KB080676

노 휴먼스 랜드

노 휴먼스 랜드

NO HUMAN'S LAND

김정 장편소설

창비

1부

노 휴먼스 랜드

지난겨울은 정말 진절머리 나게 추웠다. 살아 있는 것도, 아닌 것도 전부 묻어 버릴 만큼의 눈을 쏟아 낸 뒤 아무 일도 없었다는 듯 맑게 갠 하늘을 쥐어패고 싶었을 정도로. 지금 눈앞에 보이는 광경은 그때를 닮았다. 온통 파랗고 하얗다. 쨍한 하늘 아래 구름이 끝없이 이어져 땅은 어디에도 보이지 않는다.

비행기 안은 고요하다. 어디서 나는지 알 수 없는 바람 소리만 낮게 깔려 있다. 사람들은 마치 약속이라도 한 듯 꼿꼿하게 앉아 있고, 나는 눈치껏 그들과 비슷하게 자세를 고쳐 앉는다. 문득, 지금 이 순간이 내가 만들어 낸 환상일지도 모른다는 기묘한 생각이 피어오른다.

내가 이 모양인 건 다 할머니 때문이다.

언제부터인지 기억할 수 없을 정도로 오래전부터, 할머니는 곧 죽을 사람처럼 말했다. "올해가 마지막인 것 같구나."라든가 "할머니는 시간이 얼마 안 남았어."라고. 어렸을 때는 그런 말을 들은 날엔 잠도 잘 못 잤다. 밤사이에 할머니가 어떻게 될까 봐 전전긍긍했다. 그런데 몇 년이 지나도 아무 일도 일어나지 않았다. 할머니는 멀쩡한 모습으로 같은 말을 반복할 뿐이었다.

분명 기쁜 일이었지만 기쁘지만은 않았다. 어느새 나는 두려움에 익숙해졌다. 두려움은 한번 익숙해지고 나니 별거 아니었다. 할머니의 예고에서 무엇도 느낄 수 없게 된 나는 일부러 퉁명스럽게 대꾸하기도 했다. "그래서 얼마나 남았는데? 오십 년? 백 년?"

그러니 마침내 숨을 거둔 할머니를 발견했을 때 가장 먼저 든 감정이 슬픔이 아니라 의심이었어도 이상할 게 없었다. 오랜 세월 할머니는 내 머릿속에서 수만 가지의 방법으로 죽음을 맞이했고, 그에 비하면 실제 마지막은 너무나 조용하고 은밀하게 찾아와서 마치 아무 일도 일어나지 않은 것만 같았으니까.

정말 할머니가 죽었나? 할머니의 죽음으로부터 시작된 이 모든 일들이 내가 만들어 낸 환상은 아닐까? 혼란스러울 때마다 나는 속으로 되뇐다. 할머니는 죽었어. 정말 죽었어. 네 눈으로 봤잖아. 네가……

"시은!"

아드리안의 표정을 보니 이미 나를 여러 번 부른 모양이다. 크리스가 불안한 눈으로 나를 보고 있다.

"시은, 혹시 내 발음이 이상해? 시은, 시으은?"

아드리안은 마치 새로운 단어를 배우는 아이처럼 입을 신중하게 움직여 소리를 낸다.

"아니. 안 이상해."

솔직히 조금 이상하지만 굳이 말하지는 않는다. 정확히 발음했어도 어차피 나는 못 들었을 테니까.

"시은, 그 도시 말이야. 인구가 가장 많았을 때는 몇 명이나 됐었어?"

예상치 못한 질문이다.

"글쎄……."

"아드리안. 누가 그런 걸 외우고 다녀."

크리스가 재빨리 끼어든다.

"시은은 알 수도 있지. 안 그래?"

아드리안이 동의를 구하는 눈빛으로 나를 바라본다. 뭐라고 대답해야 하나 망설이는데, 옆에서 한나가 고개를 불쑥 내민다.

"과거 인구는 모르지만 현재와 미래는 내가 알아. 현재는 제로고, 곧 다섯 명이 될 거야."

마치 혼자만 아는 비밀을 몰래 알려 주기라도 하는 듯한 한나의 과장된 속삭임에 아드리안이 무릎을 두드리며 웃는다. 뭘 해도 어색한 크리스는 미소마저 부자연스럽다. 나는 슬쩍 곁눈으로 혼자 떨어져 앉은 파커를 살핀다. 파커는 역시, 아무것도 안 들리는 양 미동도 없다.

우리 다섯 명은 노 휴먼스 랜드 조사단이고, 지금은 파견을 나가는 중이다.

나는 X를 만나기 전까지 노 휴먼스 랜드는 말 그대로 사람이 완벽하게 금지된 땅인 줄 알았다. 그래서 X가 나를 노 휴먼스 랜드 조사단에 잠입시킬 거라고 했을 때, '잠입'보다 '노 휴먼스 랜드 조사단'이라는 단어에 더 놀랐다. 그 존재에, 그동안 그 땅에 사람들이 드나들어 왔다는 사실에.

그곳은 내가 태어나기 전부터 있었다. 지구 어딘가에 빙하가 있고 사막이 있듯이 노 휴먼스 랜드도 어디엔가 있었다. 직접 보지는 못했지만 알고 있었다. 드넓은 대지를 둘러싼 거대한 벽과 그 안을 낱낱이 살피는 정찰 위성, 사람의 존재를 감지하는 첨단 장비들에 대한 소문은 중력처럼 어디에나 존재했다. 잊을 만하면 한 번씩은 노 휴먼스 랜드 불법 침입자를 체포했다는 소식이 들려오기도 했다. 그들이 받게 될 끔찍한 형벌에 관한 얘기는 아무 잘못이 없는 나도 괜히 위축되게 만들었다. 나는 그래서 할머니를 이해할 수 없었다.

할머니는 노 휴먼스 랜드를 애틋하게 생각했다. 정확히 말하자면 노 휴먼스 랜드가 되어 버린 고향을. 틈만 나면 할머니는 고향에 대한 얘기를 늘어놓으며 그곳에 돌아가고 싶다는 마음을 내비쳤다. 그럴 때마다 나는 마음이 불편했다. 심지어 화가 나기도 했다. 어릴 때는 혼자 남겨질까 봐 불안했고, 커서는 허무맹랑한 소망을 품는 할머니가 미련하게 느껴졌다. 그런데 노 휴먼스 랜드 조사단이라니. 세상에 제대로 속은 기분이었다.

"그럼, 그 넓은 땅을 아예 방치하는 줄 알았어?" X가 어이없다는 듯한 표정으로 벙찐 나를 응시했다. 그러고 보니 나는 살면서 단 한 번도, 그곳에 대해 깊이 생각하거나 알려고 노력해 본 적이 없었다. 그냥 그러려니 했다. 눈앞의 것들 너머를 신경 쓸 여유가 없었으니까. 오늘내일을 사는 것만으로도 숨이 넘어갈 지경이었으니까.

잠입은 쉬웠다. X의 지시대로 움직이기만 하면 됐다. 나는 UNCDE 러시아 분소에서 조사단의 다른 단원들을 만났고, 그들과 함께 훈련을 받았다. 훈련이라고 하길래 높은 곳에서 뛰어내리거나 진흙탕을 구를 줄 알았는데, 예상과 달리 우리는 일주일 내내 앉아만 있었다. 훈련 첫째 날에는 파견지에서 해서는 안 되는 행동에 대해 하루 종일 설명을 들었고, 둘째 날에는 그 내용이 빽빽이 적힌 서류에 서명을 해야 했다. 셋째 날에는 드디어 생존 훈련 같은 진짜 훈련을 하나 싶었지만, 조사지에서 측정하고 채취해야 할 것들의 목록과 세부 사항을 숙지하느라 밤늦도록 숨 돌릴 틈도 없었다. 중간중간에 듣도 보도 못한 전염병 예방 주사도 맞아야 했다. 그 뒤로는 먹고 자는 데 필요한 각종 장비와 통신 기기의 사용법을 익히느라 따분하고 피곤한 시간을 보냈고, 일주일의 일정 중 마지막 날이 되어서야 겨우 총을 손에 쥐어 볼 수 있었다. 그마저도 마취총이었다. "진짜 총은요?" 내 물음에 파커는 건조하게 답했다. "필요 없어. 가장 큰 위협이라고 해 봐야 들개나 멧돼지 정도니까." 파커에게는 들개와 멧돼지가 토끼와 다람쥐라도 되는 모양이었다.

정신없는 일주일을 보내는 동안 파커는 꼭 필요한 말을 할 때가 아니면 입을 열지 않았다. 본인이 단장임에도 단원들과 눈도 잘 마주치지 않고 혼자 다녔다. 그래서 나는 파커가 단장으로서 영 자질이 없다고 생각하는 동시에 내심 좋았다. 조사단이 화기애애한 분위기라면 일이 더 어려워질 게 뻔하니까.

조사단에 파커 같은 사람만 있는 건 아니었다. 단원들 중 가장 나이가 많은 한나는 돌아보면 늘 누군가와 대화를 하고 있었다. 저렇게 딴짓만 해서 어쩌려나 싶었는데, 신기하게도 할 일은 제일 먼저 끝내곤 했다. 아무래도 파견 경험이 가장 많은 만큼 훈련에도 익숙한 모양이었다.

파커가 지질학자이고 한나가 기상학자라는 말을 처음 들었을 때, 나는 삐져나오는 웃음을 참을 수가 없었다. 잘은 모르지만 지질학은 딱딱한 무언가를, 기상학은 흐르는 무언가를 연상시켰고, 그게 두 사람의 이미지와 딱 맞아떨어졌기 때문이다.

훈련 첫날 전달받았던 조사단 명단에는 우주 비행사도 있었다. 세계적으로 유명한 사람이라고 하길래 무엇으로 유명하냐고 묻자, 한나가 어떻게 모를 수 있냐면서 "예뻐. 정말 예뻐. 예쁜 걸로 유명해."라고 말한 뒤 아쉬운 표정으로 덧붙였다. "그리고 우주 비행사야. 꼭 만나 보고 싶었는데……." 그 예쁜 우주 비행사는 돌연 불참한다는 소식을 전해 왔다. 그 자리에 대신 들어온 사람이 동물행동학자인 아드리안이었다. 뜻밖의 파견이라 정신이 없을 법도 한데 아드리안은 빠르게 적응했다. 친화력이 좋은 것 같았다. 그래서 나는 최대한 아드리안을 피해 다녔다.

나는 이 조사단에서 셰르파 같은 존재다. 셰르파가 뭔지 모르지만 X가 그렇게 말했다. "어렵게 생각할 거 없어. 형식적인 건데, 혹시나 사고가 날 경우를 대비해서 모든 조사단에는 파견 지역을 잘 아는 사람을 필수로 넣게 되어 있거든. 아주 가끔이지만 조난이 발생하기도 하니까. 넌 지역 전문가 역할을 맡게 되는 거야."

이해가 잘되지 않았다. 묻고 싶은 것이 많았다. 하지만 X는 자기 할 말은 이미 다 마쳤다는 듯 입을 꾹 다문 채 나를 내려다봤다.

X의 긴 머리카락 끄트머리가 바람을 타고 내 눈앞을 어지러이 맴돌았다. 마치 나를 놀리듯이. 나에겐 질문할 권한이 없다는 것을 일깨우듯이. 그때 크리스는 X의 뒤에서 조용히 손톱을 물어뜯고 있었다.

갑자기 비행기가 덜컹거리고 둔탁한 기계음이 온몸을 두드린다. 심장이 몸과 분리되는 느낌이다. 파커가 주의하라는 듯 헛기침을 한다. 불과 일주일 전만 해도 비행기를 가까이에서 본 적도 없는 내가 무인 수직 이착륙기 안에서 긴장을 숨기기는 어렵다. 이를 눈치챘는지 아드리안이 나를 향해 한쪽 눈을 깜빡인다. 나는 태연한 척 재빨리 창문으로 시선을 옮긴다.

서서히 고도가 낮아지며 구름이 걷히고 육지가 드러난다. 도시다. 빽빽하게 자리한 높은 건물들과 그 사이를 촘촘하게 잇는 도로들이 빈틈없이 땅을 메우고 있다. 풍경은 점차 확대된다. 도시 한가운데에 큰 강이 흐르고 있다. 일렁이는 수면 위에는 희끗희끗한 조각들이 흩뿌려져 있는데, 얼마 지나지 않아 나는 그것들이 무너진 다리의 잔해라는 사실을 알아차린다. 그제야 죄다 깨져 있는 고층 빌딩의 유리창과 뚝뚝 끊어져 있는 아스팔트 도로, 죽은 벌레의 다리처럼 솟아 있는 철근 가닥들이 눈에 들어온다. 나도 모르게 숨을 들이켠다. 고개를 돌려야 할 것만 같다. 누군가의 끔찍한 흉터를 발견하고 재빨리 시선을 거두는 것처럼. 마치 아무것도 보지 못한 듯이.

조금 전까지만 해도 할머니가 아니라 내가 이곳에 오게 되어 얼마나 안타까웠는지 모른다. 할머니가 평생을 그리워한 곳. 할머니의 고향. 하지만 이제는 안도한다. 지금 내 눈앞의 광경을 할머니가 본다면……. 상상만으로도 속이 메스껍다.

그레이 시티도 끔찍하기는 매한가지지만 이렇게 소름 끼치지는 않았다. 그곳은 숨 막히게 부대꼈어도 어쨌든 사람들이 숨 쉬고 있었다. 저 아래, 반쯤 부패된 도시는 영혼마저 떠난 듯 공허하다. 인류가 멸종된 뒤의 흔적이 저런 모습일까. 먼 미래를 엿보는 것만 같아 정신이 아득해진다.

비행기가 지면에 닿는다. 귓속을 꽉 채우던 굉음이 사그라진다. 망설임 없이 움직이는 단원들을 따라 황급히 안전벨트를 풀고 일어나 짐을 챙긴다. 이윽고 비행기 문이 열리고 후끈한 열기가 밀려들어 온다.

우리는 대한민국 서울, 노 휴먼스 랜드에 도착했다.

숨겨진 임무

텅 빈 비행기가 거대한 새처럼 왔던 길을 되돌아간다. 비행기 소음이 멀어지면서, 조금 전까지 인지하지 못했던 풀벌레 울음소리와 나뭇잎이 나부끼는 소리가 서서히 들려온다. 새벽에 비가 왔었는지 코끝에 젖은 흙냄새가 진동하고, 공기는 습기를 가득 머금어 묵직하다.

정해진 일정대로라면 오늘 우리는 이곳, 용산공원에 베이스캠프를 만들고 남산에 다녀와야 한다. 나는 파커, 한나와 함께 남산 조사를, 아드리안과 크리스는 베이스캠프 설치를 맡았다.

저 멀리 남산 꼭대기에 있는 남산서울타워가 눈에 들어온다. 훈련 기간에 들었던 대로 전망대 위의 송신탑은 부러져 대롱대롱 매달려 있다.

"생각보다 멀쩡하네."

한나가 커다란 창문 크기의 표지판을 노크하듯 두드리며 말한다. 표지판은 흙먼지만 닦아 내면 새것처럼 보일 듯 모서리가 반듯하니 부러진 곳 하나 없다. 표면에 쌓인 반투명한 먼지층 뒤로 '용산공원 안내도'라는 글자와 옆으로 누운 태아 모양을 닮은 지도가 보인다. 태아의 머리 쪽에는 전쟁기념관과 용산공원역사관이, 몸 쪽에는 국립중앙박물관과 스포츠 시설이, 태아의 손이 있을 법한 자리에는 현 위치를 나타내는 빨간 원이 표시되어 있다. 한나는 심드렁한 눈으로 지도를 훑는다. 우리는 이곳에 오기 전에 적어도 스무 번은 용산공원의 지도를 들여다봤다.

"유물들은 잘 옮겨졌을까요?"

아드리안이 검지손가락으로 국립중앙박물관 위에 동그라미를 친다. 손가락이 지나간 자리가 선명해지며 색이 살아난다. 한나가 쓸데없는 소리 하지 말라는 듯 아드리안을 팔꿈치로 가볍게 툭 치더니, 잠시 내려놓았던 짐을 들고 이동한다. 아드리안도 한나를 뒤따라간다.

나는 그대로 서서, 혈관처럼 뻗어 있는 지도 속의 길을 눈으로 따라 걷는다. 그리고 할머니의 모습을 상상한다. 젊은 시절의 할머니. 깨끗한 옷을 입고 산책하는 할머니.

할머니는 마치 어제 있었던 일인 양 용산공원이 개원하던 날의 이야기를 하곤 했다. 끊임없이 집 앞 도로를 오가는 중장비의 소음과 먼지에 시달리다가 마침내 공원 문이 열렸을 때 얼마나 기뻤는지 모른다고.

용산공원은 서울 한가운데 자리한 서울 최대 크기의 공원이다. 공원이 생기기 전에는 미군 기지가 있었고, 그전에는 일본의 군사 시설이 있었다. 한국 정부가 땅을 반환받아 토양 오염을 정화하고 공원화하기까지는 당초 계획보다 훨씬 오랜 시간이 걸려서, 공원 조성 계획이 처음 발표되었을 때 여섯 살이었던 할머니는 삼십 대가 되어서야 개원식을 볼 수 있었다. 결국 한국인이 한국 땅을 자유롭게 거닐기까지 백 년이 넘게 걸렸다는 말을 할 때 할머니는 잠시 다른 생각에 잠긴 듯했는데, 이번엔 얼마나 걸릴지 속으로 가늠해 보는 것 같았다.

"여기로 합시다."

미리 골라 온 후보지들 중에 한 곳을 파커가 베이스캠프로 지정한다. 우리는 일개미들처럼 분주히 움직인다. 4박 5일 일정이기에 짐이 많지도 않다. 각자 커다란 배낭과 작은 가방, 마취총을 하나씩 가지고 왔다. 공용 물품이 담긴 커다란 박스는 여섯 개가 있는데, 그 안에는 식료품과 통신기, 연구에 필요한 장비와 텐트 등이 들어 있다.

아드리안과 크리스가 텐트 밑에 깔 방수포를 박스에서 꺼낸다. 한나는 묵직한 장비 케이스를 열어, 환경 지표를 측정하는 기계와 샘플 채집용 도구에 이상이 없는지 확인한다. 나는 주변을 한번 살핀 뒤 배낭 깊이 손을 찔러 넣는다. 차가운 금속이 손끝에 닿자 마음이 쭉 가라앉는다. 이걸 여기까지 들고 오는 게 좋은 선택은 아니었는데. 하지만 어디 두고 올 수도 없었으니까. 심란한 마음을 애써 누르며 남산에 오르기 위한 짐을 챙긴다.

남산 정상까지는 한 시간 거리고 지금은 오전 열 시이므로, 우리는 해가 지기 전에 돌아올 것이다. 빠르면 서너 시쯤이 될지도 모른다. 지도는 확인할 필요도 없다. 고개만 들면 보이는 남산서울타워를 향해 똑바로 걸어가기만 하면 되니까. 북동쪽으로 공원을 가로 지르면 남산 등산로가 나올 것이다. 오랜 세월 방치된 등산로지만 아예 길이 없는 곳보다는 오르기 쉬울 거라고 한나가 말했다.

등에 배낭을 지고, 손에 장비 가방을 들고, 어깨에 마취총을 메고 남산을 향해 출발한다. 널찍한 공원 길에는 흘러온 시간만큼의 흙과 낙엽이 두툼하게 쌓여 있어서, 걸을 때마다 발밑에서 낙엽 썩는 냄새가 풍겨 온다. 얼마 걷지도 않았는데 몸은 끈적거리고, 어금니 사이에서 모래 알갱이가 버석거린다.

"좀 덜 더울 때 왔으면 좋았을 텐데 말이죠."

한나가 땀을 닦으며 파커의 뒤통수를 향해 말한다. 돌아보지는 않더라도 짧게 '네'나 '그러게요'라고 답할 법도 한데 파커는 들은 척도 하지 않는다. 지켜보는 내가 무안할 정도로. 하지만 나도 굳이 입을 열지는 않는다. 한나가 이번엔 나를 향해 말을 던진다.

"듣자 하니 다음 파견지는 싱가포르가 될 모양이던데, 아무래도 지원하는 게 좋겠지? 그래, 그래야겠어. 언제 또 거기 가 볼 기회가 생기겠어?"

한나는 나에게 대답할 틈도 주지 않고 자신의 질문에 스스로 대답한다.

처음 만났을 때부터 한나는 그랬다. 인기척도 없이 다가와 이런저런 얘기를 줄줄이 늘어놓았다. 그럴 때면 나는 신경을 곤두세우고 한나의 의도가 무엇인지 살폈다. 나에게 원하는 게 뭐지? 혹시 내가 시은이 아니라는 사실을 눈치챘나? 그리고 며칠 지나지 않아, 나의 반응이나 대답은 한나의 안중에 없다는 것을 깨달았다. 한나는 머릿속에 흐르는 생각을 누군가에게 말하면서 정리하는 습관이 있는 듯했다.

한나의 이야기들은 흥미로웠고 일에 도움이 되기도 해서, 나는 한나와의 일방적인 대화를 은근히 기다렸다. 노 휴먼스 랜드 조사단이라고 해서 그곳에 마음껏 출입할 수 있는 건 아니라는 사실을 한나를 통해 알았다. 노 휴먼스 랜드 운영을 골자로 하는 오클랜드 협약에 조사단 관련 내용도 명시되어 있는데, 이에 따르면 연구 목적 출입은 십여 개의 지정된 관찰지로 한정되어 있었다. "노 휴먼스 랜드이긴 하지만, 우리한테는 외진 곳에 있는 연구실이나 다름없었어. 매년 똑같은 곳들만 돌았으니까."

파견지 제한 규정이 사라진 건 불과 삼 년 전이라고 했다. 빠르면 향후 십 년 안에 지구의 평균 온도가 하락세로 돌아설 거라고 전망하는 보고서가 발표되어 세상이 떠들썩했을 때 과학자들이 보다 적극적인 연구의 필요성을 주장했고, UNCDE가 이를 받아들였다. 그때부터 조사단은 '진짜' 노 휴먼스 랜드에 발을 딛기 시작했다.

한나는 환하게 웃으며, 나무에 깔려 다리가 부러졌던 일, 뱀에 물려 쓰러졌던 일, 갑작스러운 화산 폭발로 동굴에 갇혀 있었던 일, 파견지에서 크게 싸움이 나는 바람에 다 같이 죽을 뻔한 일을 들려주었다. 귀를 사로잡는 이야기들이었다. 그중 가장 인상적이었던 건, 모든 이야기에 깔려 있는 한나의 회의적인 관점이었다. 묘하게 노 휴먼스 랜드 정책을 비웃는 듯했다. 나는 궁금함을 참지 못하고 물었다. "그런데, 왜 이 일을 그렇게 오래 하셨어요?" 한나는 어깨를 으쓱하며 대답했다. "글쎄?"

나는 한나가 조금 이상한 사람이라고 생각했다. 노 휴먼스 랜드의 야생화가 기후 위기를 완화하는 데 크게 기여했다는 사실은 그레이 시티에 사는 사람들도 아는 상식이었다. 오클랜드 협약은 몬트리올 의정서 이후 가장 성공적인 국제 환경 협약으로 평가되고 있다. 그래서 현재 지구 전체 육지의 57퍼센트를 차지하는 노 휴먼스 랜드를 70, 80퍼센트까지 확장해야 한다고 성토하는 사람들이 많다. 그래야 더 빨리 지구가 회복할 테니까. 그래야 더 빨리 과거로 돌아갈 테니까. 내가 알던 사람들 중에 오클랜드 협약을 비판하는 사람은 할머니가 유일했다. 그런 면에서 한나는 할머니를 떠올리게 했다.

우리는 어느새 용산공원의 끝에 다다른다. 부식되고 휘어진 공원의 출구를 통과하고, 갈라진 아스팔트 도로를 징검다리처럼 건넌다. 예상과 다르게 등산로의 입구로 추정되는 곳이 보이지 않자, 한나가 커다란 칼을 꺼내 성큼성큼 걸어 나가더니 덤불 앞에서 거칠게 휘두른다. 그렇게 이곳저곳에서 계속 반복한다. "찾았어!" 마침내 한나가 숨을 몰아쉬며 외친다.

수풀을 쳐 내며 남산을 오른다. 언제 벌레에 물렸는지 목덜미가 미친 듯이 가렵고, 이마를 가로지른 땀방울이 눈에 들어가서 따갑다. 날숨보다 들숨이 뜨겁다. 우리는 쉬지 않고 나아간다. 조금 더 깊이 들어가서 야생동물 서식 현황을 파악하는 용도의 무인 센서 카메라를 설치한 뒤, 야생식물과 토양의 샘플을 모을 계획이다. 나는 할 일을 머릿속으로 떠올리다가 어이가 없어서 피식 웃는다. 네가 진짜 흙이나 퍼 담으러 온 줄 알아? 정신 차려. 중요한 일은 그게 아니잖아.

X의 목소리가 들리는 듯하다. "이상한 걸 발견하거든 나에게 보고해." 대체 무엇을 찾으라는 걸까. 대충이라도 알려 줘야 찾든지 말든지 하지. 어디 보물이라도 숨겨져 있나? 공룡이라도 살고 있나? 나는 앞서 걷는 파커와 한나의 뒷모습을 유심히 살핀다. 두 사람 다 이상한 면이 있지만…… 사람은 원래 다 이상한 거 아닌가?

그때, 어디서 매미 소리가 들리는가 싶더니 파커가 주머니 속으로 손을 뻗는다. 무전기다. 파커가 무전기를 완전히 꺼내기도 전에 크리스의 떨리는 목소리가 잡음을 뚫고 나온다.

"크, 크리스입니다. 아드리안이…… 사라졌습니다."

"그게 무슨 소리야."

파커가 숨을 고르며 신경질적으로 답한다.

"사라졌습니다. 갑자기…… 없어졌어요."

한나가 고개를 절레절레 흔든다.

"화장실이라도 갔나 보지. 가끔 덤불 사이로 들어갔다가 길을 잃는 친구들이 있어. 무전은 해 봤어?"

"아드리안 무전기는 저한테 있어요……. 화장실에 간 건 아니에요."

크리스의 말이 의아하게 들린다. 화장실에 간 게 아니라고 어떻게 단언하지? 갑자기 사라졌다면서?

"기다려. 지금 돌아간다."

파커의 지시를 들은 나는 귀를 의심한다. 고작 크리스의 무전 때문에 돌아간다고?

"뭐라고요? 별일 아닐 거예요. 지금 돌아가면 일정상 여기 다시 올 시간이 없어요."

한나는 나와 같은 생각인 모양이다.

"아니요. 결정했습니다. 베이스캠프로 돌아갑니다."

파커는 이미 내려가기 시작한다. 심지어 뛰어 내려간다.

"카메라만이라도 설치하고 가죠? 한 시간이면 충분히……."

한나의 무의미한 설득은 파커에게 닿지 못하고 허공을 떠돈다. 나는 이미 손톱만 하게 작아진 파커의 뒷모습을 노려본다. 뭐 저런 사람이 다 있어. 설마 아드리안이 죽기라도 했을까 봐?

과거도시인

베이스캠프에 도착하자 사색이 된 크리스가 우리를 향해 달려온다. 여태 뭘 하고 있던 건지 텐트는 아직 모양을 갖추지도 못했다. 한나가 내 옆에 가까이 다가와 한숨 섞인 목소리로 속삭인다.

"쟤는 대체 여기 왜 온 거니?"

크리스는 연구자 자격으로 이곳에 오지 않았다. 인턴이다. 무려 학생 인턴. 훈련 첫날, 한나는 인턴이라는 게 언제부터 있었냐고, 내가 깃발이라도 들고 안내해야 하는 거냐며 짜증을 냈었다. 파커는 의외로 덤덤하게 받아들였고, 아드리안은 크리스를 귀여워했다.

모두에게 비밀이지만 나는 크리스를 훈련 전에 미리 보았다. X와 함께였다. 그때 크리스는 누가 억지로 잡아 늘인 듯한 길쭉길쭉한 팔다리를 어색하게 늘어뜨리고 있었는데, 잔뜩 긴장한 앳된 얼굴을 보고 나는 단단히 오해했었다. 나와 같은 처지라고 지레짐작했던 것이다. 안쓰러운 마음에 묻고 싶은 말이 많았다. 너는 어디에서 왔어? 뭘 받기로 한 거야? 하지만 가까이 다가가 보기도 전에, 다른 단원들처럼 크리스 역시 과거도시인이라는 걸 알게 되었다. 여전히 과거의 풍요를 누리는 사람. 갖고 있는 상식이 우리와는 다른 사람. 그런데 내가 과거도시인을 연민했다니. 혼자 약이 올라서 한동안 크리스를 마주칠 때마다 마음이 꼬집히는 느낌이 들었다.

과거도시에 가 본 적은 없어도 과거도시인에 대해서라면 나도 꽤나 알고 있었다. 다양한 과거도시 출신의 UNCDE 직원들이 그레이 시티에서 관리자로 근무하고 있었으니까. 할머니는 저 멀리서 관리자의 옷자락만 보여도 혹여 내가 문제를 일으킬까 두려워 팔을 잡아당기곤 했다. "괜히 앞에서 얼쩡대지 마." 그러면 도리어 반항심이 생긴 나는 보란 듯이 지나가는 관리자를 빤히 노려보았다. 왜 내가 눈치를 봐야 하는데? 난민이라서?

할머니뿐만 아니라 다들 이상했다. 과거도시인에게 잘 보이려 하면서도 미워했고, 과거도시를 동경하는 동시에 증오했다. 특히 기후 재난 이전, 인류 역사상 가장 평화로웠던 시기를 살았던 사람들은 종종 도저히 참을 수 없다는 듯 분통을 터트렸다. 그때도 잘사는 사람은 잘살고 못사는 사람은 못살았지만 이렇지는 않았다고. 세상이 잘못돼도 한참 잘못됐다고.

이십여 년 전, 무자비하게 이어지던 기후 재난에 1차 세계 재난이라는 이름이 붙여지기도 전, 온 세상에 흩뿌려지는 불행을 피해 살고 죽는 건 순전히 개인의 운에 달려 있었다. 운이 좋아 일단 목숨을 건졌다면 이후엔 다른 게 필요했다. 급작스러운 상황에 대처할 각자의 능력에 따라 겪어야 하는 고통의 크기가 달라졌다. 사람들은 자신이 가진 모든 것을 동원해 살길을 찾아 나섰다.

라디오에서 간만에 희망적인 뉴스가 흘러나왔을 때 할머니는 자그마한 엄마의 손을 잡고 캐나다로 향하고 있었다. 웅성대던 사람들이 환호성을 질렀다. 똑똑하고 대단한 사람들이 방법을 찾고 있대. 조금만 견디면 우리를 구해 줄 거야. 시간이 조금 더 흐르고, 그 대단한 사람들에게만 충분한 자원이 분배된다는 소식이 전해졌을 때도 사람들은 되뇌었다. 우리가 좀 굶으면 되지. 저 사람들은 중요한 일을 하고 있으니까. 저들이 살아야 우리가 살지.

그 대단한 사람들이 모여 살던 곳이 지금의 과거도시가 되었다. 기후 재난을 기점으로 나머지 세상과 분리된 곳. 과거에 살던 방식을 그대로 유지하고 있는 곳. 지난 이십여 년 동안 얼마나 많은 발전을 이뤘는지, 우주에 상주하는 과거도시인이 수천 명에 이르고, 기대 수명이 백 년을 넘겼다고 한다. 하지만 내가 보기에는 전부 헛소문이다. 과거도시인들이 그렇게 대단하다면, 그레이 시티가 아직도 그 모양일 리가 없으니까. 노 휴먼스 랜드가 여태 존재할 리 없으니까. 과거도시인들은 고상한 척만 할 줄 아는 무력한 사람들일 뿐이다.

"어느 쪽으로 갔는지도 몰라?"

파커가 다그치자 크리스는 당혹스러운 표정으로 고개를 내젓는다.

결국 두 사람씩 나눠서 아드리안을 찾아보기로 한다. 파커와 크리스는 북쪽으로, 나와 한나는 남쪽으로 향한다.

해는 쉼 없이 열기를 뿜어 대고, 나는 작은 목소리로 아드리안의 이름을 외치며 걷는다. 큰 소리를 내는 행동은 금지되어 있기 때문이다. 원칙적으로 조사단은 이곳에 없었던 것처럼 행동해야 한다. 아무런 영향도 미쳐서는 안 된다. 밤에 불을 환하게 밝혀서도, 쓰레기를 버려서도 안 된다. 심지어 대변과 소변도 챙겨서 돌아가야 한다.

얼마 지나지 않아 한나가 투덜거리기 시작한다. 이곳에 오기 위해 얼마나 많은 탄소를 배출했는지 아냐고, 삼십 분만 있었어도 카메라는 설치할 수 있었을 거라고, 파커가 유난을 떠는 바람에 전부 망쳐 버렸다고, 애초에 인턴을 데리고 출발하는 게 아니었다고.

나는 건성으로 고개를 끄덕이면서, 이게 X에게 보고할 만한 일인지 고민한다. 단원 한 명이 사라져서 일정이 어그러진 것이 이상한 일인가? 확실히 일반적인 일은 아니다. 그렇다면 언제 보고해야 하지? 단원들의 눈을 피하려면 새벽에 움직여야 하는데.

"나 궁금한 게 있어."

갑작스러운 한나의 물음에 움찔한다.

"시은 씨는 몇 살까지 여기 살았어? 2차 세계 재난은 기억나?"

나는 당황하지 않으려 노력하며, 침착하게 시은의 정보를 떠올린다. X에게서 받은 자료에 따르면 1차 세계 재난이 발생했을 때 시은은 세 살이었다. 1차 세계 재난 이후 마포 부근에 형성된 자치 공동체에서 아버지와 함께 쭉 살았던 시은은 2차 세계 재난 직후 한국 정부가 오클랜드 협약에 참여하면서 강제 이주되었다. 이주 과정에서 이웃들과 뿔뿔이 흩어질 뻔했지만, 가까스로 다시 모여 작은 한인 공동체를 이루고 살았다.

"기억나죠. 열 살 때까지 이 근처에서 살았어요. 한국이 노 휴먼스 랜드로 바뀌기 직전까지요."

최대한 자연스럽게 대답을 한 뒤, 이상한 점이 없었는지 속으로 검토한다. 완벽했다. 순발력 있게 대처한 스스로가 만족스럽다.

"그렇구나."

한나가 천천히 고개를 끄덕인다. 그러다 내 쪽으로 고개를 획 돌리며 또 묻는다.

"근데 그런 얘기 많이 들었지? 어려 보인다고."

X에게 처음 시은이라는 사람에 대해 들은 날이 떠오른다. 나는 어이가 없어서 손사래를 쳤었다. 말도 안 된다고, 어떻게 열 살이나 많은 사람을 연기하냐고. 게다가 나는 한국 땅을 밟아 본 적도 없는데 무슨 수로 둘러대냐고. 대수롭지 않은 듯 X는 답했다. "잘 모를 거야. 동양인 나이는 가늠하기 어려우니까." 한껏 찌푸려진 내 미간을 보고 X가 덧붙였다. "기분 나쁘게 듣지 마. 사실을 얘기한 것뿐이야. 그리고 걱정할 거 없어. 아무도 너에게 어려운 질문은 하지 않을 테니까. 게다가 넌…… 진짜 한국인들보다 한국에 대해 많이 알고 있잖아?" 그렇게 말하더니 신경이 쓰이기는 했는지, UNCDE 러시아 분소에 가기 전에 사람을 불러 내 머리를 만지고 말투와 행동을 교정해 주었다.

한나의 말을 듣는 순간, 나는 그날의 X에게 찾아가 따지고 싶었다. 잘 모를 거라며.

"어려 보인다는 말 자주 들어요. 제가 동양인이라서 그런가 봐요."

한나는 이번에도 고개를 끄덕인다. 아무래도 이렇게 심문을 당하는 듯한 상황은 위험하다. 나는 한나의 계속되는 질문에서 빠져

나갈 궁리를 한다.

"한나 씨는 어쩌다 UNCDE에서 근무하게 된 거예요?"

한나가 발걸음을 멈추고 내 눈을 응시한다. 입이 바싹 마른다. 내가 말을 돌리고 있다는 것을 알아챈 걸까? 다행히 한나는 다시 걸음을 옮기며 대답하기 시작한다. 이야기는 길어지고, 나는 조용히 안도의 한숨을 내쉰다.

한나는 초등학교에 입학할 즈음에 집을 잃었다. 1차 세계 재난이 일어나기도 전이었다. 바닷가 근처였던 한나의 집은 높아지는 해수면에 그대로 수몰되었다. 그때는 분하고 억울했지만 지나고 보니 오히려 다행이었다고 한나는 담담히 말했다. 변화가 눈앞에 보였기 때문에 부모님이 진작부터 이민을 준비했고, 비교적 안전한 지역에 남들보다 먼저 자리를 잡을 수 있었다고. 부모님이 경제적으로 여유가 있었기에 생각보다 고생스럽지는 않았다고 했다.

새로운 동네에 완전히 적응했을 때쯤, 전 세계에 기후 재난이 잇따라 발생하기 시작했다. 폭염과 폭설, 가뭄과 한파, 지진과 쓰나미, 허리케인과 산불은 빚쟁이들처럼 찾아와 온 사방을 들쑤시고 다녔다. 사상자가 속출했고 기후 난민이 폭발적으로 증가했다. 1차 세계 재난이었다.

한나가 살던 지역은 운 좋게 큰 화를 면했다. 직접적인 피해는 경미했지만 마트에서 살 수 있는 물건이 급격하게 줄었고, 모든 것의 가격이 올랐다. 공포와 불안이 동네를 잠식했다. 그 와중에 학교는 계속 문을 열었고, 한나는 변함없이 집과 학교를 오갔다. 한나의 일상이 본격적으로 변한 건 유엔기후재난기구의 출범 이후였다.

유엔기후재난기구(United Nations Climate Disaster Enforcement agency)는 기후 재난에 대응하기 위해 긴급히 만들어진 국제기구로, 줄여서 UNCDE라고 부른다. UNCDE는 출범 즉시 기후 난민을 구조하고 지원하는 동시에 환경 문제 해결을 위해 세계 표준 환경법을 제정하기 시작했다. 새 환경법은 유례없이 극단적이었다. 환경법이 재난보다도 더 지독하다고 사람들이 입을 모아 비난을 퍼부을 정도였다.

새로운 법이 발효될 때마다 세계 곳곳에서 폭동과 테러가 일어났다. 특히 금우법을 비롯한 축산업 규제를 향한 여론의 반발이 거셌다. 육류뿐 아니라 모든 식량의 가격이 치솟았다. 불법으로 도축된 소고기를 먹고 수백 명이 사망하는 사건이 발생하기도 했다. 한나는 그즈음부터 집에서 직접 채소를 길러 먹기 시작했다며 그 종류를 읊었는데, 그중 내가 알아들은 건 옥수수와 감자뿐이다.

식량난은 점점 악화되기만 했다. 자연재해로 식량 수확량이 줄어든 데다가 UNCDE가 물류를 통제했기 때문이다. 사람도 통제 대상이었다. 누구든 먼 거리를 이동하려면 허가를 받아야 했다. 이뿐만 아니라 전기와 가스 등의 에너지 사용량이 개인별, 기업별로 할당되었다. 탄소 배출 제한으로 철강, 금속 산업을 비롯해 거의 모든 분야의 공장들이 멈춰 섰다. 또한 UNCDE가 당장 불필요하다고 판단한 제품, 이를테면 염색약, 담배, 커피, 장난감 등은 잠정적으로 생산이 금지되었다. 이 모든 법은 1차 세계 재난 이후 수년 만에 만들어졌다.

전부 엉망진창이었다. 컴퓨터가 있어도 쓰지 못했고, 차가 있어도 탈 수 없었고, 돈이 있어도 물건을 살 수 없었다. 몇 년째 자국의 피해 규모조차 집계하지 못하는 국가가 태반이었다. 영토를 완전히 잃어 그대로 사라진 나라들도 있었다. 한나의 동네는 그런대로 치안이 유지되고 있었지만, 그렇지 못한 지역이 많았다. 공권력이 힘을 잃었다. 그 와중에 어떤 이들은 요령껏 재산을 불리기도 했다. 이들은 주로 무리를 지어 다니며 다른 사람들을 위협했다.

이 모든 상황을 쭉 지켜보며 자란 한나의 마음속은 이전 세대의 어른들을 향한 적대감과 분노로 가득했다. 산업화 시기에는 잘 몰랐다 치더라도 그 이후에는 정신을 차렸어야 하지 않냐고, 사람들 머리에 똥만 들었던 거냐고, 한나는 어른들에게 화를 쏟아 냈다.

진로를 결정할 때가 됐을 때, 우주과학이나 항공우주공학을 고르는 친구들 사이에서 한나는 기상학을 선택했다. 학업을 마친 뒤에는 곧바로 UNCDE에 일자리를 구했다. 한나의 지인들은 의아해했다. 입이 마르도록 줄곧 비난하던 기구에 제 발로 들어가다니.

한나는 자신이 UNCDE에 들어가면 뭔가를 해 볼 수 있을 거라 내심 기대했다. 이상한 환경법만 남발하는 바보 같은 조직을 바꿔 보겠다는 포부가 있었다. 하지만 현실은 전혀 달랐다. 한나는 고작 신입 사원이었고, UNCDE 안에서 돌아가는 일을 파악하기도 어려웠다. 그리고 그해에, 육 년 만에 또다시 대규모의 재난이 발생했다. 2차 세계 재난이었다.

"그때 나는 포기했던 것 같아. 놓아 버렸어. 똥통 같은 곳에서 어떻게든 버티다 죽을 생각이었지."

머리 위의 그늘이 사라지고 따가운 햇빛이 정수리에 내리꽂힌다. 한나가 손 그늘을 만들며 말을 잇는다.

2차 세계 재난 이후, 한나는 자신이 미워하던 옛날 사람들처럼 살기로 결정했다. 그러자 화가 사라지고 마법처럼 마음이 편안해졌다. 주변 사람들과 밥을 먹고 얘기를 나누며 함께 시간을 보냈다. 그들은 몰라보게 서글서글해진 한나를 반겨 주었다.

얼마 뒤, UNCDE 주도로 오클랜드 협약이 체결되었을 때도 한나는 조금도 관심이 없었다. 노 휴먼스 랜드라니. 또 다른 바보 같은 일을 시작했나 보다고 여겼다. 그런 한나의 마음을 움직인 건 어느 날 도착한 이메일 하나였다. 노 휴먼스 랜드 조사단 모집 공고 메일.

"뭘 해 보겠다는, 그런 거창한 마음은 조금도 없었어. 그저 궁금했어. 재미있어 보였어. 그게 다야. 그렇게 이십 년 가까이 훌쩍 지난 거야……. 그런데 이렇게 될 줄 누가 알았겠어? 지구가 정말 회복할 줄은 솔직히 아무도 몰랐을걸?"

내가 막연히 상상했던 과거도시인의 삶과 달라서일까? 뭐라고 대꾸하고 싶은데 적당한 말이 떠오르지 않는다. 그 대신 내 머릿속에는 새로운 이미지 하나가 자리 잡는다. 깨끗하고 밝은 과거도시에서 분노하고 체념하는 사람의 이미지가.

갑자기 한나가 멈춰 선다. 시선이 어딘가에 고정되어 불안하게 떨리고 있다. 그 시선을 따라간다. 시선의 끝에는 익숙하지만 자연스럽지 않은, 여기 있어서는 안 되는 것이 존재한다. 마주친 눈빛에서 한나와 나는 같은 생각을 공유한다.

여기, 우리 말고 누군가가 있어.

모래로 만든 집

할머니와 나는 엄마를 떠나고 싶지 않았다. 하지만 할머니는 나이가 너무 많아서, 나는 나이가 너무 적어서 그곳에 더 머무를 수 없었다.

우리가 머무르던 캐나다의 난민 캠프는 서서히 도시로 변하고 있었다. 궁색하지만 일자리가 생겨났고, 집세가 생겨났으며, 이를 감당하지 못하면 떠나야 했다. 엄마는 일을 구했다. 하지만 엄마가 버는 돈으로는 할머니와 내 몫의 집세까지 낼 여유는 없었다.

할머니는 엄마에게 알래스카로 가자고 했다. 그곳에 새 난민 거주 지역이 만들어지고 있었다. 하지만 엄마는 돈을 택했다. 돈이 있어야 우리의 미래를 계획할 수 있다면서. 별일 아니라는 듯이, 금방 다시 만날 수 있으리라는 듯이, 우리는 엄마와 인사를 나눴다. 그랬던 것 같다. 사실은 마지막이 잘 기억나지 않는다.

알래스카로 향하던 길은 또렷하게 기억한다. 할머니와 나는 끝없는 인파에 섞여 걷고 또 걸었다. 가끔은 배를 타기도 했다. 배를

34

타면 걷지 않아도 돼서 좋았지만, 어린 나의 눈에도 배는 위태로워 보였다. 물고기가 지나가다 툭 쳐도 뒤집힐 것 같았다.

하루는 바닷가를 지났다. 그곳에서 우리는 잠시 쉬었다. 할머니는 나에게 두꺼비 집 만드는 법을 가르쳐 주었다. 손등 위에 흙을 봉긋하게 덮어 단단하게 다진 뒤에 조심스레 손을 빼내면 동굴 형태의 집이 만들어졌다. 흙을 토닥토닥 두드릴 때 부르는 노래도 있었다.

두껍아, 두껍아. 헌 집 줄게, 새집 다오.

근처를 지나던 다른 아이들도 하나둘씩 우리 옆에 앉아 모래로 집을 만들었다. 그 아이들이 만든 집은 내 두꺼비 집과 많이 달랐다. 그들은 컵이나 양동이에 모래를 가득 담고 뒤집어 위로 좁아지는 원기둥 형태의 모래 더미를 만들었다. 할머니는 그 아이들의 집을 모래성이라고 불렀다.

지금, 한나와 나의 눈앞에 그 모래성이 있다. 모래성 꼭대기에는 연두색 잎사귀가 달린 얇은 나뭇가지 하나가 깃발처럼 꽂혀 있고, 그 주변으로는 구불구불한 성벽이 세워져 있다.

허리를 굽히고 웅크린 한나의 뒷모습에서 긴장이 느껴진다. 나는 한 걸음씩 조심스럽게 다가간다. 이게 대체 무슨 상황일까? 한나는 유심히 모래성을 관찰한다. 마치 그렇게 하면 어떤 증거라도 찾을 수 있을 것처럼. 하지만 아무것도 발견하지 못한다. 모래성을 만드는 데 사용했을 법한 도구도 보이지 않는다.

나는 기다란 나뭇가지를 주워 모래성 한 귀퉁이를 슬쩍 건드려 본다. 주르륵. 힘없이 무너져 내린다. 이 모래성은 만들어진 지 길어야 며칠 되었을 것이다. 아니, 어쩌면 오늘. 아니, 어쩌면 조금 전. 순간 오싹해지며 목덜미에 으스스 소름이 돋는다. 해는 여전히 뜨거운데 피부에 닿는 공기가 서늘하다. 어느덧 일어나 두리번거리던 한나가 나를 부른다.

"여기 뭐라고 적혀 있는 거야?"

한나가 가리키는 작은 표지판에는 한글이 빼곡하다.

"수영장 이용 안전 수칙……."

그제야 나는 흙과 덤불 사이로 군데군데 보이는 파란 타일을 인지한다. 우리는 흙으로 가득 메워진 수영장 앞에 서 있었다. 한나가 수영장 끄트머리에 서서 스테인리스 난간을 흔들어 본다. 난간은 끼익끼익 날카로운 소리를 내며 휘청거린다.

그 순간, 나는 아드리안의 장난일지도 모른다는 생각에 사방을 둘러본다. 역시, 그럴 리가 없는데. 한나가 우왕좌왕하는 내 옆으로 와서 차분하게 무전기를 꺼낸다. 익숙한 잡음과 함께 무전기가 켜지고 한나가 막 입을 떼려는 찰나, 어떤 말을 할 새도 없이 파커의 고함이 무전기를 뚫고 나온다.

"아드리안을 발견했다!"

한껏 격양된 목소리에 심상치 않은 일이 일어났음을 예감한다. 저 멀리에서 들리는 건지 무전기에서 흘러나오는 건지 구별할 수 없는 크리스의 비명이 공원을 울린다. 한나와 나는 누가 먼저랄 것도 없이 곧장 북쪽으로 달린다.

깊이가 5미터쯤 되어 보이는 구덩이. 아드리안은 구덩이 안에서 발견되었다. 아무리 불러도 대답이 없는 걸로 보아 의식이 없거나 사망했다. 엎드려 있어서 얼굴을 확인할 수가 없다. 아드리안에게 대체 무슨 일이 있었던 걸까. 왜 이런 일이 생긴 걸까. 누가 이렇게 만든 걸까.

"가능하겠어?"

걱정스레 묻는 한나에게 고개를 끄덕여 보이지만, 사실 잘 모르겠다. 사정없는 더위에 정신이 혼미하다. 긴장을 풀기 위해 장갑 낀 두 손을 세게 마주치며 발을 굴러 본다. 등에 멘 작은 공기통은 생각보다 무겁고 호흡기는 얼굴을 옥죄어 갑갑하다. 저 아래에 무색무취의 가스가 고여 있을지도 모르니 호흡기를 꼭 껴야 한다고 파커가 지시하지 않았다면, 나는 우리한테 이런 게 있었는지도 몰랐을 것이다. 훈련 기간에 비상용품 사용법은 매뉴얼로만 보았다. 꺼낼 일이 없을 거라고 했다.

나는 최대한 아무 생각도 하지 않으려 노력하면서 로프를 쥐고 구덩이 안으로 한 발씩 내딛는다. 구덩이의 벽면은 매끈하다. 아래로 더 깊이 내려갈수록 확신이 생긴다. 이건 인위적으로 만들어진 공간이다. 최근에 만들어졌거나, 최근까지 관리된 구덩이다.

바닥에 다다른다. 언뜻 보기에 아드리안은 멀쩡하다. 조심스럽게 아드리안의 곁으로 다가간다. 그리고 멈칫한다. 나는 아드리안의 옷이 유달리 지저분하다는 것을 알아챈다. 심지어 군데군데 찢어져 있기도 하다. 아드리안은 그냥 구덩이에 떨어진 게 아니다. 나는 서둘러 쪼그려 앉아, 아드리안의 목과 땅 사이의 틈으로 손가락을 뻗는다. 젠장, 뭐가 어떻게 돌아가고 있는 거지. 경동맥에서 박동이 느껴지지 않는다.

나는 저 위를 향해 고개를 좌우로 내젓는다. 햇빛이 강해 보이지는 않지만, 한나의 나지막한 욕설과 파커의 탄식 소리로 그들의 표정을 상상할 수 있다. 크리스는 울음에 더해 딸꾹질까지 시작한다.

문득 할머니가 떠오른다. 할머니도 크리스처럼 유독 죽음을 어려워했다. 세계 재난이 일어나기 전에는 죽은 사람을 마주할 일이 거의 없었다면서. 반면에 나는 죽음 가까이에서 자랐고, 죽음이 두려웠던 적도 없다. 그레이 시티에서는 대부분의 사람들이 집이나 길에서 죽음을 맞이했고, 나는 시신 운반을 도울 일이 많았다. 그곳에서 몇 안 되는, 돈을 벌 수 있는 일이었다.

죽은 사람은 무겁다. 아드리안에게 구조용 안전벨트를 매야 하는데 성가신 공기통이 일을 어렵게 하고 있다. 순간적으로 화가 치밀어 호흡기를 벗고 공기통과 함께 집어 던진다. 짓눌리던 어깨가 위로 솟아오르는 것만 같다. 저 위에서 당황한 누군가의 음성이 들리지만, 뭐 어떡해. 당장 죽겠는데.

잠시 후, 안전벨트에 로프를 연결하고 신호를 보낸다. 지상의 사람들이 힘을 합쳐 로프를 당기는 동안 나는 밑에서 아드리안을 들어 올린다. 아드리안은 평온한 얼굴로 눈을 감고 있다. 아드리안이 누워 있던 자리를 유심히 확인해 본다. 특이한 점은 보이지 않는다.

지상에 올라서자 뜨거운 지열과 내 몸에서 뿜어지는 열기에 숨이 턱 막힌다. 꽉 묶었던 머리는 호흡기 때문에 산발이 되어 이마와 목에 들러붙었다. 나는 장갑을 내던지고 머리를 다시 묶으며, 고성이 오가는 파커와 한나 쪽을 확인한다. 한나가 당장 멱살을 잡을 기세로 파커에게 다가선다.

"당장 돌아가야죠! 보고를 안 하겠다니, 그게 무슨 말이죠?"

"안 한다는 게 아니라…… 상황을 더 파악하고 하겠다는 거 아닙니까."

"뭘 파악하겠다는 거예요? 일단 구조부터 요청하세요. 단장님이 지금 우리를 위험하게 만들고 있는 거 아시죠?"

파커의 얼굴이 일그러진다. 험악해진 얼굴은 돌연 크리스를 향한다.

"크리스, 정말 아무것도 못 봤어?"

겁에 질린 크리스는 눈을 동그랗게 뜨고 고개를 좌우로 흔든다. 파커가 스스로를 진정시키려는 듯 숨을 길게 내쉬고, 부탁하듯 목소리를 낮추어 말한다.

"그러니까 제 말은…… 범인이 아직 근처에 있을지도 모르니까, 일단 이 근방만이라도 확인하자는 겁니다. 아드리안을 위해서라도 그 정도 노력은 해야 하지 않겠습니까? 그 뒤에는 한나 씨 말대로 하지요."

범인이라는 말에 크리스가 움찔한다. 잠깐의 정적이 흐르고, 한나는 떨떠름한 표정으로 마지못해 수긍한다.

"알았어요. 아무것도 발견하지 못하면, 그 즉시 돌아가는 겁니다."

돌아간다는 말에 머리가 복잡해진다. 그럼 나는 돈을 받을 수 없잖아……? 돌연 낭떠러지에 떨어지는 기분이다. 할머니도 없는 그레이 시티로 그냥 돌아가라고? 돈이 없으면 엄마한테 갈 방법도 없는데? 할머니의 행방을 묻는 사람들을 피해 도망 다니는 내 모습이 눈앞에 그려진다. 그 순간, 내가 아드리안 대신 죽었어야 했다는 생각이 정답처럼 머리에 자리 잡는다. 그러는 편이 아드리안에게도, 나에게도 더 좋았을 텐데……. 아드리안은 돌아갈 곳도 있고 기다리는 사람도 있을 테지만, 나는…….

차가운 감촉이 이마를 때린다. 빗방울이다. 비는 점점 거세게 쏟아진다. 파커가 따지듯이 하늘을 노려본다. 우리는 오늘 아침에도 일기 예보를 확인했다. 일기 예보에 따르면 앞으로 일주일은 비가 올 확률이 거의 없었다.

어차피 이렇게 된 거, 나는 목 부분의 옷을 들어 올린다. 몸을 타고 흘러내리는 가는 물줄기들이 잔뜩 달아오른 피부의 열기를 빼앗는다. 숨통이 트인다. 끓어올랐던 머리도 차츰 식는다.

"일단 베이스캠프로 돌아갑시다."

파커의 지시에 크리스가 서둘러 들것을 꺼내 조립한다. 한나는 아드리안의 몸에 연결된 로프를 떼어 내고, 나는 여기저기 늘어놓은 구조 장비를 주워 가방에 담는다.

"아, 맞다. 다 없어졌겠네."

한나가 멈칫 손을 멈추고 당황한 얼굴로 나를 바라본다. 정신이 없어서 까맣게 잊고 있었다. 모래성. 이 정도 폭우라면 지금쯤 형체도 없이 사라졌을 터다. 한나가 간략하게 조금 전 우리가 본 것에 대해 묘사하자, 아드리안이 발견된 뒤로 눈물만 보였던 크리스가 한참 만에 입을 연다.

"우리 말고, 여기 누가 있는 거 맞죠?"

바보 같은 질문을 한다고 생각할까 봐 차마 입 밖에 꺼내지 못했던 의문. 대체 노 휴먼스 랜드에 누가 있단 말인가? 누군가 있다면 그 사람이 아드리안을 죽인 범인일까? 그렇다면 구덩이는 왜 팠으며 모래성은 왜 만들었을까?

요란한 빗소리는 끊임없이 이어지고, 한나는 말이 없다.

단서

"셋에 드는 거야. 하나, 둘, 셋."

방수포 끝자락을 움켜쥐고 조심조심 뒤로 걷는다. 맞은편에서 창백한 안색의 크리스가 나와 발걸음을 맞춘다. 텐트 안은 꽤 널찍하다. 방수포로 둘둘 말아 둔 아드리안을 한쪽에 눕히고도 네 사람이 충분히 들어올 수 있을 정도로.

"이제 됐지?"

마지막 힘을 짜내 굽은 허리를 폈더니, 텐트 안에는 나와 죽은 아드리안뿐이다. 시신이 바닥에 닿자마자 도망치듯 빠져나갔을 크리스의 뒷모습이 눈앞에 그려져 한숨이 절로 나온다. 그냥 내 말대로 하지. 비도 잦아들었으니 밖에 두어도 된다니까. 굳이 굳이 텐트 안으로 옮겨야 한다고 고집부렸던 건 크리스였다.

파커와 한나가 수색을 나간 지는 두 시간쯤 되었다. 그 사이 크리스와 나는 텐트와 천막을 세우고, 천막 아래에 우리의 모든 짐을 옮겨 두었다. 일단 지시대로 하기는 했지만 전부 헛짓거리라는 생각이 머리를 떠나지 않는다. 왠지 모든 일정을 취소하고 돌아가게 될 것 같은 불길한 예감이 든다.

힘이 쭉 빠진다. 나에게는 간단하지만 확실한 계획이 있었다. 잠입의 대가로 X가 약속한 금액은 과거도시로 이주하기에는 턱없이 모자랐지만, 그레이 시티보다 나은 난민 거주 지역으로 옮기기에는 충분했다. 그 돈으로 자다가 얼어 죽을 걱정이 없는 곳, 날벌레와 악취가 없는 곳, 가능하다면 학교와 병원이 있는 곳에서 엄마와 함께 살 생각이었다. 그런데 그 돈을 받지 못한다면…… 이주는커녕 나는 혼자 그레이 시티에서 늙어 갈 것이다. 그렇게라도 살아진다면 다행이다. 어쩌면 더 비참한 상황을 마주할지도.

밖에 나와 보니 크리스는 짐 더미 사이에 멍하게 걸터앉아 있다. 원래 표정이 저런 건지, 크리스는 종종 넋이 나간 것처럼 보인다. 러시아 분소에서도 그랬다. 다른 단원들 눈을 피해 X의 정체를 캐물으려고 멀리서 지켜봤었는데, 크리스는 나이에 맞지 않게 세상 다 산 사람처럼 침울한 분위기를 풍겼다. 하긴, 남 말할 처지는 아니지만.

슬며시 천막 아래로 들어가 크리스와 조금 떨어진 곳에 앉는다. 그늘 아래 있어도 조여 오는 열기에 숨이 막힌다. 비가 오기 전에는 피부가 지글지글 타들어 가는 것 같았는데, 지금은 끓는 냄비 속에 빠져 있는 것만 같다.

"이거."

크리스가 대뜸 손을 내민다. 뭐, 어쩌라는 거지? 영문을 모르겠다는 내 표정을 보더니, 크리스는 나를 향해 팔을 더 길게 뻗는다.

어지간하면 일어서겠지만 지금은 그럴 힘조차 남아 있지 않다. 내가 가만히 앉아 눈만 껌뻑이자 크리스가 가까이 다가온다.

"이거, 아까 주웠어."

크리스의 종잇장 같은 손바닥 위에 얹어진 무언가를 흘깃 바라본다. 아주 오래되어 보이는 오렌지색 플라스틱 조각. 웬 쓰레기를 주웠어,라고 말하려는 찰나, 플라스틱 표면 위에 얕게 파인 음각의 형태를 인지한다. 가지런히 배열된 알파벳. 낯이 익다. 나는 마치 유리 파편을 다루듯 조심스럽게 플라스틱을 집어 들고, 예전에는 매끈했을, 지금은 광택이 사라진 표면을 엄지손가락 끝으로 매만진다. 오돌토돌한 표면이 말을 거는 것만 같다. 이터널 플랜트(Eternal Plant).

"맞지? 할머니 회사."

재난 이전의 기억을 가진 사람들은 두 부류로 나뉜다. 그 시절의 이야기를 하는 사람과 하지 않는 사람. 할머니는 유별나게 과거를 입으로 되풀이하는 사람이었다. 그중 가장 높은 빈도를 차지했던 건 단연 회사 얘기였는데, 가족이나 친구 얘기와는 비교가 안 될 정도였다.

언젠가 한번은 궁금해서 물었다. 살면서 가장 행복했던 순간이 회사에서 일하던 때였냐고. 할머니는 천장에 답이 적혀 있기라도 한 것처럼 한동안 위를 올려다본 뒤 말했다. "행복은 잘 모르겠지만, 그때가 가장 사는 것 같았어."

할머니는 1999년 경주에서 태어났다. 경주는 한국의 동남쪽에 있는 도시인데, 도심 곳곳에는 옛날 사람들의 무덤이 언덕처럼 솟아 있었다. 푸른 잔디로 뒤덮인 커다란 봉분은 아무 꾸밈 없이 그 자체로 아름다웠다. 무덤은 주인이 누구인지에 따라 '릉', '원', '묘'라 이름 붙여졌고, 주인을 알아내지 못한 경우는 '총', 특별할 게 없는 것은 '분'이라 불렸다. 무덤에서 유물을 발굴한 뒤에는 다시 덮는 게 일반적이었지만, 예외도 있었다. 경주 중심부에 위치한 천마총은 무덤 안에 길을 내어 관광 상품으로 개발했다.

수십 년이 지났는데도 할머니는 천마총에 처음 들어갔을 때의 기분을 잊지 못한다고 했다. 타인의 죽음을 훔쳐본다는 사실에 묘하게 흥분되면서, 망자의 허락 없이 들어왔다는 죄책감에 겁이 나기도 했고, 자신은 아무리 노력해도 이렇게 큰 무덤은 갖지 못할 거라는 시기심을 느끼기도 했다. 무덤에서 나올 때에는 마치 한걸음에 과거에서 현재로 이동한 것만 같은 신비로운 경이감에 온몸이 간지러웠다.

천마총 얘기를 들을 때면 나는 세계의 유명한 무덤들을 떠올렸다. 이집트의 피라미드와 인도의 타지마할, 영국의 웨스트민스터 사원. 그리고 그 생각의 끝은, 언젠가 시체가 즐비하게 늘어설 둥근 지구의 표면이었다. 마지막 인류에게 무덤을 만들어 줄 후손은 없을 테니까.

할머니는 스무 살이 되던 해에 경주를 떠나 대학이 있는 서울에서 자취를 시작했다. 그리고 얼마 후, 전 세계에 코로나바이러스가 퍼졌다. 비싼 월세 내며 기껏 학교 앞으로 이사 가서 수업을 방구석에서 들어야 했지만, 그 정도로 팬데믹을 넘길 수 있어 다행이었다고 했다. 학부에서 화학을 전공한 할머니가 그다음으로 선택한 건

생명공학 석박사 통합 과정이었다. 당시에는 분명 어떤 이유가 있었는데, 돌아보면 왜 그렇게 결정했는지 잘 모르겠다고 할머니는 멋쩍게 웃었다.

어쩌면 이유 같은 걸 돌아볼 정신이 없었는지도 모르겠다. 할머니는 박사 과정을 관두고, 대학원을 다니며 진행하던 프로젝트로 창업을 했다. 회사 이름은 '이터널 플랜트'. 유전자 편집 기술을 이용해 탄소를 포집하는 작물을 개발하는 바이오 스타트업이었다. 때마침 유전자 변형 생물에 대한 규제가 완화되던 시기였다. 이터널 플랜트는 식량 위기와 기후 변화에 대응하는 기업으로 주목받아 여러 벤처투자사로부터 대규모의 투자를 받았고, 정부 기관에서도 연구 개발 자금을 지원받았다.

연구소의 규모를 키우고 한창 개발을 진행하던 때, 삼십 대 중반이었던 할머니는 계획에 없던 일을 저질렀다. 결혼과 출산이었다. 정말 의외의 결정이었다. 그 시기의 한국에는 어린 자녀의 존재를 약점으로 여기는 분위기가 팽배했다. 심지어 아기를 가질지도 모른다는 가능성만으로도 그랬다. 아이에게 시간을 써야 해서 아무 때나 일할 수 없는 사람은 결함이 있는 인적 자원으로 여겨졌다. 그래서 불이익을 피하기 위해 결혼이나 자녀 계획이 없음을 공공연하게 알리는 젊은 사람이 많았다. 할머니도 그중 한 명이었다. '아기 리스크'를 피하고 싶었다. "그런데 신기하지. 어느 날 마음이 한번 바뀌니까 다른 건 안 보이더라고. 게다가 나는 대표였잖아. 에라 모르겠다 싶었지."

할머니는 이터널 플랜트의 연구원이었던 할아버지를 만나 무언가에 홀린 듯이 가정을 꾸렸다. 그리고 할아버지를 똑 닮은 딸, 그러니까 엄마를 낳았다. 시간이 흘러 할아버지는 좋은 남편이자 좋은 아빠가 되었고, 할머니는 마침내 탄소 흡수율이 획기적으로 높고 생장 속도가 빠르면서 단위면적당 수확량이 많은 벼를 개발해 냈다.

기대가 컸다. 전 세계 인구의 30퍼센트, 그러니까 30억 명 이상의 사람들이 쌀을 먹고 있었다. 기존의 벼 재배지에서 종자만 바꾸어 농사를 지으면 상당한 양의 대기 중 탄소를 토양에 흡수시킬 수 있을 터였다.

하지만 쉽지 않았다. 한국은 많은 양의 유전자 변형 곡물을 수입하면서도 재배는 허가해 주지 않았고, 이터널 플랜트의 벼도 예외는 아니었다. 아무리 많은 자료를 제출하고 기다려도 재배 승인은 나지 않았다. 예상치 못한 일은 아니었다. 아쉽지만 상업화를 포기하거나 유전자 변형 생물에 비교적 관대한 해외 시장으로 눈을 돌려야 했다.

그런데 막상 할머니가 마음을 비우고 국내 생산을 포기하자 예상치 못한 일이 일어나 상황이 급변했다. 어느 날부터 뉴스에 기상이변으로 인한 식량 위기 소식이 연일 보도 되더니, 생각지도 않았던 재배 승인이 떨어졌다. 안정성을 우려하는 환경단체와 소비자 단체에서 강력히 반발했지만, 제한된 농지에서 시험 재배가 시작되었고 개발도상국을 중심으로 수출이 검토되었다.

세계 식량난이 심해질수록 이터널 플랜트의 수익은 늘어났고 할머니는 바빠졌다. 많은 이들의 걱정 속에 이터널 플랜트의 쌀이 대형마트 매대에 올라갔다. 어떤 이들은 환경을 생각해서 구매했고, 어떤 이들은 환경을 생각해서 불매했다. 할머니는 연구 시설을 확충하고 직원을 늘려 다른 탄소 포집 작물도 개발하기 시작했다. 시간이 조금 더 있었다면 이터널 플랜트는 세계적인 종자 기업이 될 수도 있었다.

엄마가 아홉 살이 되었던 해. 그해는 끔찍하게 더웠고 전국적으로 폭염과 가뭄이 극심했다. 모두 타 죽겠다 싶을 즈음에 거짓말처럼 비가 내렸다. 비는 멈추지 않고 쏟아졌고 금세 물바다가 되었다. 순식간이었다. 같은 시기에 다른 나라들도 자연재해에 시달렸다. 그제는 동남아에 쓰나미가, 어제는 유럽에 산불이, 오늘은 미국에 허리케인이 나타나는 식이었다.

할머니는 별일 아니라고, 매년 반복되던 홍수가 조금 더 심할 뿐이라고 생각했다. 하지만 할아버지는 이번에는 뭔가 다르다고, 하루라도 빨리 피난을 떠나자고 재촉했다. 할머니는 쉽게 떠날 수 없었다. 할머니에게는 회사 직원들과 당장 챙겨야 할 중요한 업무들이 있었다. 떠나고 싶지 않았다. 설령 떠난다 해도 시간이 필요했다.

비교적 높은 지대에 살고 있던 할머니는 집은 지킬 수 있었지만 가정을 지키지는 못했다. 할아버지는 엄마를 안고 중국으로 떠났다. 나중에 할머니는 할아버지와 다시 만나긴 했지만, 그때 갈라진 사이는 영영 다시 붙지 못했다.

혼자 남은 할머니는 매일 아침 직원이 수십 명씩 줄어들었다는 보고를 받았다. 연구소 운영이 불가능했다. 할머니는 막상 자신이 피난을 떠날 때보다 홀로 남겨졌던 때가 더 마음이 아팠다고 회상했다. 도시가 비어 갔다. 마음이 아파서인지 몸도 아팠다. 할머니는 일을 시작한 뒤 처음으로 장기 휴가를 냈다.

신선한 식재료는 구하기 힘들어 냉동식품을 먹으며 지냈다. 딱딱한 비스킷과 콩을 씹고 있던 저녁이었다. 전화가 왔다. 긴급한 일이 아니면 연락하지 않을 테니 푹 쉬라던 비서였다. "대표님, 소식 들으셨어요?" 할머니는 황급히 뉴스를 찾아보았다. 대피령이었다. 인천공항과 김포공항, 김해공항 등 국내의 모든 공항들이 잠정 폐쇄된다는 속보가 나오고 있었다. 폐쇄 시점까지는 열흘도 채 남지 않은 상황이었다. 더 이상 미룰 수 없었다.

중국으로 떠나는 비행기 안에서 할머니는 집에 다시 돌아가면 해야 할 일을 정리했다. 그때만 해도 길어야 반년이면 돌아갈 줄 알았다. 그러나 홍수가 끝나자 한파가 몰아치기 시작했고, 일 년이 지나도 이 년이 지나도 한국에 돌아가는 비행 편은 없었다.

한국 땅에는 최소한의 군 인력과 소수의 민간인이 남아 있었다. 공항과 발전소, 항구, 상하수도 등 국가 중요 시설들을 복구하는 데 몇 년이 걸릴지 예측하기도 어려웠다. 그래도 그때는 언젠가는 예전처럼 회복될 거라는 희망이 있었다. 할머니는 엄마와 난민 캠프를 전전하면서, 곧 집에 돌아갈 거라고 굳게 믿었다.

그렇게 육 년이 지났다. 그리고 2050년, 2차 세계 재난이 발생했다. 연이은 기후 재난으로 식량 생산량이 급감하면서 전 세계에 유례없는 기근이 닥쳤다. 쌀과 밀, 옥수수가 금보다 귀했다. 자국민을 충분히 먹일 수 있는 국가는 몇 안 되었는데, 그 국가들은 식량 수출을 완전히 금지했다. 수십억의 사람들이 굶주렸고, 이로 인해 당장 전쟁이 일어나도 이상하지 않을 상황이었다.

이에 UNCDE는 다급히 오클랜드 협약을 제안했다. 어떻게든 있는 식량을 나눠 먹으면서 미래를 도모해야 했다. 내용은 간단했다. 먹을 것이 있는 곳으로 사람들을 모았다. 식량을 가진 국가에 난민들을 수용하게 해 식량을 나누었고, 식량을 가지지 못한 국가는 노 휴먼스 랜드로 지정해 기후 변화에 대응하기로 했다. 식량 자급률이 낮았던 한국은 당연히 노 휴먼스 랜드가 되었다.

오랜 세월이 지났음에도 할머니는 집에 돌아갈 수 없다는 사실을 받아들이지 못한 것 같았다. 마음의 준비 없이 떠나서인지, 마음을 그곳에 두고 온 것 같았다.

"이거 내가 가져도 돼?"

"응. 당연하지."

이 오렌지색 플라스틱은 무엇에서 떨어져 나온 조각일까? 할머니가 만든 쌀을 담았던 통이었을까? 나는 플라스틱 조각에 붙어 있는 흙을 손톱으로 살살 긁으며 주변을 둘러본다. 이리저리 마구 자란 큰 나무들이 빗물에 씻겨 한층 선명해진 색채를 발하고 있다. 마치 이 열기에 지지 않겠다고 소리치듯이.

바지 주머니에 조각을 넣으며 무심코 고개를 돌리자, 저 멀리서 걸어오는 한나와 파커가 보인다. 나는 서둘러 두 사람의 안색을 살핀다. 범인을 찾았을까? 아니면…… 우리는 이대로 돌아가야 하는 건가?

한 치 앞도 보이지 않는 밤

해는 순식간에 저물었다. 우리는 아드리안을 죽인 범인에 대한 어떤 단서도 찾지 못했다. 약속했던 대로 파커는 긴급 복귀를 요청했고, UNCDE는 내일 아침 우리를 태울 비행기를 보내기로 했다.

범인이 근처에 있을지도 모르니 돌아가면서 저녁을 먹자는 파커의 제안에는 이견이 없었다. 먼저 파커와 한나가 텐트에서 밥을 먹을 동안 크리스와 내가 보초를 서기로 했다. 마취총을 잠시 내려놓고 뻐근해진 목과 어깨를 돌린다. 보초를 서는 게 무슨 의미가 있나 싶다. 공원은 어둠에 잠겨 세 발자국 앞도 잘 보이지 않는다. 이래서는 조그만 강아지 한 마리가 뛰어 들어와도 막지 못할 터다.

"아까 말이야, 위험했어."

"뭐가?"

"호흡기 말이야. 별일 없어서 다행이지만…… 그러면 안 되는 거였잖아."

크리스가 손으로 호흡기를 빼서 집어 던지는 시늉을 해 보인다.

맞는 말이다. 위험한 행동이었다. 만약 구덩이 안에서 나까지 잘못되었다면 남은 세 사람은 무척 곤란했을 것이다. 머리로는 충분히 이해하는데, 크리스가 괜히 나에게 시비를 거는 것처럼 느껴진다.

"내가 왜 그 고생을 했는데. 다 너 때문이잖아."

크리스 때문이라고 생각한 적은 없었는데, 무심코 말하고 보니 정말 그런 것 같기도 하다. 동시에 서운한 마음이 든다. 고생했다고, 미안하다고, 고맙다고 할 수도 있었을 텐데. 격려를 하지는 못할망정 지적이라니. 위험하다는 걸 내가 몰랐을까 봐? 그동안 표현은 안 했지만 나는 크리스를 내 편이라고 생각했다. 이곳에서 내가 시은이 아니라는 사실을 알고 있는 유일한 사람이니까. 내가 긴장을 풀어도 되는 사람이니까.

"너는 그런 말을 할 자격이 없어. 네가 다 망쳤으니까. 네가 아드리안을 잘 지켜보기만 했어도……."

마치 시간을 되돌린 듯, 좁은 구덩이를 맴돌던 나의 거친 숨소리가 귓가에 웅웅거린다. 불안하게 흔들리던 로프와 머리를 압박하던 호흡기, 아드리안의 맥박을 찾던 손끝의 감각이 한순간에 되살아난다. 그때는 정신이 없어서 몰랐는데 돌이켜 보니 마음속에 화가 들불처럼 번진다.

"네가 아드리안을 잘 지켜보기만 했어도, 우리는 계획대로 일정을 끝내고 며칠 뒤에 건강하게 돌아갔을 거야. 그럼 나는 약속된 돈을 받았을 테고."

목구멍 아래에서 뜨거운 무언가가 치밀어 오른다. 그러자 막을 새도 없이, 생각지도 못한 말들이 입에서 쏟아져 나온다.

"너 같은 과거도시인들은 상상도 할 수 없겠지만……."

나중에 후회할 거라는 예감이 들지만, 이왕 시작한 거 끝까지 말을 뱉는다.

"나는 그 돈이 없으면 그냥 죽는 게 나아. 그러니까 너는 두 사람을 죽인 거야. 아드리안, 그리고 나."

붉게 부어 있는 크리스의 눈두덩이에 매달린 긴 속눈썹이 파르르 떨린다. 그 떨림이 나를 비난하는 것만 같다. 그러든가 말든가. 나는 속이 시원하다. 속을 전부 게워 낸 것처럼. 그러나 그것도 잠시, 게워 낸 자리에 후회가 고이기 시작한다. 내가 좀 심했나? 이렇게까지 몰아붙일 생각은 아니었는데.

"내가 죽이지 않았어."

크리스가 작지만 단호한 목소리로 말한다.

알고 있어. 나는 소리 없이 답한다. 방금 했던 말들은 진심이 아니니까. 너같이 어린 아이가 누구를 다치게 하겠어. 파커라면 또 모를까.

크리스와 나 사이에 흐르는 정적이 불편하다. 그칠 듯 말 듯 이어지던 빗소리마저 끊긴다. 더 화내고 싶은 마음과 미안한 마음이 뒤섞여 속이 시끄럽다. 방금 내가 토해 낸 말들이 다시 내 귀로 들어와 끈적하게 눌어붙는다. 나는 그 돈이 없으면 그냥 죽는 게 나아. 그래, 그 돈이 없으면…….

이대로는 안 된다. 나는 총을 메고 황급히 일어선다. 그리고 놀란 눈의 크리스에게 말한다.

"누가 나오거든, 나 화장실 갔다고 해."

크리스는 잠시 이해하지 못하는 표정을 지었다가, 내가 텐트 뒤의 천막을 눈짓하자 미세하게 끄덕인다.

발소리를 죽이고 어둠 속으로 한 걸음씩 내딛는다. 곧 교대 시간이 다가오므로 서둘러야 한다. 옅은 안개처럼 빛이 새어 나오는 텐트를 등대 삼아, 그 너머에 있는 천막의 위치를 짐작한다. 파커와 한나의 움직임에 따라 불빛이 흔들리면 내 심장도 덩달아 울렁인다.

천막 아래에는 우리의 짐이 쌓여 있다. 짐 사이에는 내 가방이 있고, 내 가방 안에는 X가 챙겨 준 통신기가 있다. 일단 X에게 상황을 보고할 생각이다. 어떻게 설명하면 좋을까. 느닷없이 단원 한 명이 죽는 사고가 생겨서 내일 아침에 돌아가게 됐다고? 일정이 취소된 게 내 탓은 아니니 돈은 받아야겠다고? 모르겠다. 눈을 아무리 크게 떠도 주위는 캄캄하고, 머리를 아무리 굴려도 좋은 생각은 떠오르지 않는다.

우리는 아드리안의 직접적인 사망 원인도, 아드리안이 말없이 베이스캠프를 이탈한 이유도 알지 못한다. 혹시나 해서 아드리안의 소지품을 뒤져 봤지만 별다른 이상한 점은 없었다. 옷가지와 수건, 간식과 비상약 등 평범한 물건들뿐이었다. 그나마 눈에 띈 건 손바닥만 한 수첩이었는데, 수첩은 이번 파견을 위해 새로 준비했는지 넘겨도 넘겨도 새하얀 공백이었다. 이름조차 적혀 있지 않았다. 한나는 수첩을 도로 집어넣으며 한숨을 푹 내쉬었다. "단원을 잃은 적이 몇 번 있었지만, 이유를 모르는 건 이번이 처음이야."

천막에 다가선다. 양손으로 축축한 짐 더미를 더듬으며 내 배낭을 찾는다. 손전등 불빛이 간절하지만 촉감에 의지할 수밖에 없다.

운이 좋게도 내 배낭은 바로 앞에 있었다. 손을 쭉 펴서 배낭 안 감을 따라 밀어 넣는데, 딱딱한 무언가가 손톱에 걸린다. 나는 그게 무엇인지 바로 알아차린다. 이 모든 사달의 시작점, 나의 할머니. 잠시 꺼내서 상태를 확인하고 싶은 충동이 일지만, 이내 정신을 차리고 재빨리 금속 케이스를 지나쳐 배낭 바닥을 더듬거린다. 찾았다. 통신기를 넣어 둔 양말이 손가락에 걸린다.

전원을 켜자 몇 초 뒤 화면에서 밝은 빛이 뿜어져 나온다. 예상치 못한 자극에 눈이 시리다. 나는 빛이 새어 나가지 않도록 통신기를 몸으로 감싸 안고 어둠 속에서 눈을 여러 번 깜빡인다. 그러고는 실눈을 뜨고, 빠르게 메시지를 입력한다.

아드리안 사망. 내일 오전 6시 긴급 복귀.

여기까지 쓰고 나서 나는 잠시 망설인다. 아드리안이 발견된 구덩이와 이상한 모래성의 존재도 알려야 하지 않을까? 짧은 고민 끝에 명확한 사실만 전달하는 편이 낫다고 판단한 나는 전송 버튼을 누른다. 괜히 잘 모르는 것에 대해 언급했다가 트집 잡히면 돈을 못 받을지도 모르니까. 전송이 되고 있음을 알려 주는 그래픽이 화면에 잠시 등장했다가, 곧 완료되었다는 글귀가 나타난다. 됐다. 일단 할 수 있는 일은 했다. 이걸로 약속했던 돈의 반이라도 받을 수는 없을까? 반의반이라도……

통신기의 전원을 끄려는 찰나, 잠깐만이라고 외치듯 통신기가 불을 깜빡인다. 마치 기다렸다는 듯이 도착한 답장. 나는 다시 눈을 게슴츠레 뜨고 화면을 확인한다.

도망쳐

눈으로 읽은 내용을 이해하기까지 시간이 조금 걸린다. 나는 잠시 멍하게 있다가, 한참 만에 물 밖에 나온 사람처럼 숨을 크게 들이쉰다. 메시지에서 눈을 뗄 수가 없다.

혼란의 순간

내가 제대로 읽은 건가? 어디로 도망치라는 거야? 지금 당장?
왜? 도망치라는 한마디는 머릿속에 물음표를 폭발시킨다. 도대체
무엇으로부터 도망치라는 거야?

그때, 뒤에서 인기척을 느낀다. 누군가의 발소리. 한 사람의 소
리다.

나는 크리스의 커다란 눈을 상상한다. 뒤돌아서는 그 짧은 순간
에 크리스를 데리고 어디로 도망가야 좋을지 생각한다. 그러나, 뒤
돌아보니 크리스는 없다. 그 대신 내가 마주한 건 커다란 사람의 실
루엣이다. 파커. 파커의 손에 쥐어진 권총의 희미한 광택이 나를 향
해 번들거린다.

"단장님⋯⋯."

파커의 단호한 눈빛이 내가 들고 있는 통신기에 고정되어 있다.
어떻게 알았을까. 언제부터 알았을까.

이 순간을 종종 상상했다. 내가 시은이 아니라는 사실이 발각되

는 순간을. 몇 가지 상황을 가정한 뒤 둘러대는 연습을 한 적도 있다. 그중에는 분명 이런 상황도 있었던 것 같다. 하지만 지금, 나에게 겨눠진 총 앞에서는 아무 말도 떠오르지 않는다.

"단장님……."

"내려놔."

파커가 총을 한쪽으로 흔들며 통신기를 내려놓으라는 손짓을 한다. 나는 최대한 느린 동작으로 통신기를 짐 위에 얹는다. 그리고 양 손바닥을 들어 보인다.

"설명할게요. 제 말 좀 들어 보세요."

사실 할 말은 없다. 나는 시은이 아니고, 모두를 속였고, 정보를 빼돌리기 위해 이곳에 왔다. 그리고 조금 전 X에게 메시지를 보냈다.

"앞장서."

조금의 망설임도 없는 파커의 태도로 보아 이미 나를 어떻게 처분할지 결정한 모양이다. 이제 나는 어떻게 되는 걸까.

별수 없이 두 팔을 들어 올리고 텐트를 향해 걷는다. 발밑이 어두운 데다 다리가 후들거려 넘어질 것만 같다. 등 뒤에서 몇 걸음 간격으로 따라오는 파커의 기척이 느껴진다. 분명 떨어져 있는데도 마치 총구가 등에 딱 붙어 있는 것만 같다.

어느새 가까워진 옅은 올리브색 텐트에 가로로 기다란 물체가 비쳐 보인다. 크리스와 내가 옮겨 놓은 아드리안의 시신이다. 그 너머로는 커다란 덩어리 두 개가 희미하게 어른거린다. 뭉개진 말소리도 들린다. 한나와 크리스가 텐트 안에서 파커를 기다리고 있는 듯하다. 두 사람을 마주할 자신이 없다. 한나는 나에게 배신감을 느끼겠지. 크리스를 놀라게 하고 싶지 않은데. 크리스가 걱정이 된다. 작은 감정 하나하나 표정에 다 드러나는 그 아이가, 내가 시은이 아니라는 사실을 몰랐던 척 연기할 수 있을까? 혹시 내가 전부 말해 버릴까 봐 불안에 떨지는 않을까?

이 상황에서 벗어날 방법이 없다. 잔뜩 굳은 채 텐트 앞에 선다. 파커의 따가운 시선을 의식하며, 빛이 흘러나오는 틈에 손을 넣고 문을 열어젖힌다.

뭐지? 나는 낯선 곳에 떨어진 이방인처럼 눈앞의 광경을 바라본다. 텐트 구석 흐린 조명 아래, 한나와 크리스가 웅크리고 있다. 양손이 뒤로 묶이고, 입에는 붕대가 감긴 채. 나를 발견한 한나가 괴성을 지르기 시작한다. 크리스는 겁에 질려 있다.

나는 뒤를 돌아, 파커에게 묻는다.

"당신이었어?"

총을 본 순간 왜 알아차리지 못했을까. 파커는 분명 나에게 진짜 총은 필요 없다고 했었다. 파커가 나를 위협하는 이유는 내 정체를 알아내서가 아니다. 파커는 처음부터, 다른 계획이 있어서 몰래 무기를 숨겨 왔다.

파커가 아드리안을 살해했을까? 이제 우리도 죽는 걸까? 곧 죽을지도 모른다는 공포에 뇌가 마비된 듯 아무 생각도 할 수 없다. 심장은 어찌나 거세게 뛰는지 가슴뼈가 부러질 것만 같다.

굳어 버린 다리를 간신히 움직여 텐트 안으로 들어선다. 몸을 뒤틀며 끊임없이 괴성을 지르는 한나의 말을 알아들을 수는 없지만, 추측하건대 전부 욕인 것 같다. 미간을 찌푸린 파커가 조용히 하라며 한나에게 총을 겨눈다.

바로 지금이다. 총을 낚아챌 수 있는 기회다. 나는 곁눈으로 총과 나 사이의 거리를 가늠한다. 팔을 뻗으면 닿을 수 있을 것 같다. 할 수 있을까? 그 순간, 잠시 머뭇거린 그 순간, 총구는 다시 나를 향한다. 심장이 덜컥 내려앉는다. 어쩌면 방금 살 수 있는 마지막 기회를 놓친 걸지도 모른다.

별수 없이, 총을 뺏을 생각은 전혀 없었다는 듯이, 순순히 한나의 옆에 가서 앉는다. 떨리는 손으로 파커가 건넨 로프를 받아 든다. 그리고 내 발목을 직접 묶는다. 파커가 눈치채지 못할 선에서 최대한 허술하게. 내 손의 움직임에서 파커의 주의를 돌리기 위해 말을 건넨다.

"우리도 죽일 거예요?"

텐트 안의 공기가 얼어붙고, 한나와 크리스의 숨이 멎는다. 잠그지 않은 텐트의 문이 바람에 살며시 나부낀다. 파커가 말없이 나에게 총을 겨누며 성큼성큼 걸어온다. 거리가 좁혀질수록 온몸의 혈관이 조여든다.

"단장님, 이유라도 알려 주셔야죠."

파커는 내 옆을 지나쳐 뒤로 온다. 마음 같아서는 귀를 물어뜯어 버리고 싶지만 충동을 꾹꾹 누른다. 괜히 자극했다가는 이 텐트 안에 파커와 네 구의 시체만 남는 수가 있으니까. 파커가 내 양 손목을 단단히 묶는다. 그리고 다시 나를 지나쳐 우리와 마주 선다.

"혹시 모르니까."

파커가 처음으로 내 눈을 똑바로 바라보고 말한다.

"뭐라고요?"

"혹시 모르니까. 네가 날 죽일지도 모르잖아?"

어이가 없어서 말문이 막힌다. 누가 누구를? 하고 싶은 말이 마구 튀어나와 목구멍에 얽힌다.

"내가…… 내가 왜 단장님을 죽여요? 저는 전혀 그럴…….'

"너, 누구야?"

내 말을 끊으며 파커가 단도직입적으로 묻는다. 위태롭게 흔들리는 까만 총구가 대답을 재촉한다. 나도 모르게 시선을 크리스에게 던진다. 어떻게 해야 해? 사실대로 말해? 말하면 파커가 나를 살려 둘까? 부릅뜬 크리스의 눈을 해석할 수가 없다. 파커의 목소리가 한층 커진다.

"너 누구냐고! 어디서 온 거야?"

"나는…….'

나는 속이기를 포기한다.

"그레이 시티에서 왔어요."

"어디?"

"알래스카에 있는 난민 캠프요. 그레이 시티."

원했던 답이 아니라는 듯 파커가 인상을 쓴다.

"그런 걸 묻는 게 아니잖아. 말 돌리지 마. 어느 단체 소속이야? 누구랑 같이 일하지? 여기 뭐 하러 왔어?"

"단체 같은 거 아니에요. 같이 일하는 사람도 없고요."

파커의 호흡이 거칠어진다. 총을 쥔 손가락 끝에 핏기가 사라진다.

"넌 이게 지금 장난으로 보여? 그럼 아드리안은 왜 죽였어!"

흥분한 파커가 내 쪽으로 한 걸음 더 다가온다. 크리스가 화들짝 놀라 몸을 뒤로 빼면서 아드리안을 덮고 있는 방수포를 건드린다. 그 바람에 방수포가 흘러내리고 아드리안의 얼굴이 드러난다. 크리스가 눈을 질끈 감는다. 아드리안은 이곳에 있는 사람들 중에서 가장 평온한 표정을 하고 있다.

"생각해 보세요. 아드리안이 사라진 시점에 나는 단장님이랑 같이 있었잖아요. 오늘 하루 종일 혼자였던 적이 없다고요."

파커의 눈 밑이 파르르 떨린다. 진심으로 내가 아드리안을 죽인 범인이라고 믿는 모양이다. 만약 그렇다면 다행이기도 하다. 적어도 파커는 살인자가 아니라는 뜻이니까. 안심이 되는 동시에 답답함에 목이 졸리는 것만 같다.

"내가 모두를 속인 건 맞아요. 그건 미안해요. 하지만 나는…… 그냥 여기서 일어나는 일들을 지켜봤을 뿐이에요. 그게 내 일이었다고요. 어떻게 내가……. 불가능했다는 거 알잖아요!"

절박한 외침 뒤에 침묵이 이어진다. 파커는 머리를 벅벅 긁고는, 돌연 밖으로 나가 버린다. 뭐지? 텐트에 불이라도 지르려는 건가? 밖에서 전부 총으로 쏴 버리려는 건 아닐까? 당장 일분일초 뒤에 일어날 일을 알 수가 없어 공포가 극에 달한다.

그때, 몸이 옆으로 밀린다. 한나가 어깨로 나를 밀면서 뭔가를 요구하고 있다.

"풀어 보라고요?"

고개를 끄덕인 한나는 꾸물꾸물 움직여 나에게 등을 보인다. 내 옆구리 부근에 놓인 한나의 손목은 여러 겹의 로프로 묶여 있다. 나는 엉덩이와 발을 번갈아 움직이며 한나와 반대로 몸을 튼다. 이제 우리는 등을 맞대고 있다. 로프가 쉽게 손에 잡히지만 안 보고 풀기는 쉽지 않다. 한참을 더듬거려 매듭의 형태를 알아낸다. 하지만 어디를 당겨야 할지 도무지 알 수가 없다. 게다가 내 손목도 묶여 있는 터라 사용할 수 있는 손이 한 개나 다름없다. 조급한 마음에 손가락이 거칠게 허공을 헤맨다. 그렇게 한동안 애쓰고 있을 때, 크리스가 작지만 분명한 소리로 신호를 보낸다. 한나와 나는 사색이 되어 고개를 돌린다.

아이다. 파커가 있을 거라 예상한 곳에는 호기심 가득한 눈으로 텐트 안을 기웃거리는 동그란 얼굴이 있다. 일곱 살쯤 되었을까.

"얘."

아이가 나와 눈을 맞춘다. 유령처럼 희미했던 심증이 확신으로 변한다. 역시 이곳에 사람이 있었어. 노 휴먼스 랜드에 사람이 있었어. 낮에 모래성을 본 순간 뇌리를 스쳐 지나갔지만 미처 인식하지 못했던 직감의 정체를 이제 깨닫는다. 모래성은 당연히 애들이 만드는 건데…….

"얘."

나는 다시 한번 아이를 부른다. 문틈으로 간신히 보이는 아이의 한쪽 눈동자가 불안하게 이리저리 떠돈다. 아이의 시선이 나와 한나를 시작으로 크리스를 거쳐 마지막으로 고요한 아드리안의 얼굴을 훑는다. 죽었다는 걸 알아챈 걸까. 아이가 한 걸음 뒤로 물러서고, 이제는 자그마한 체구의 윤곽만 어둠 속에서 간신히 드러난다.

가지 마, 도와줘,라고 소리치려다 망설인다. 파커가 오기 전에 저 아이가 로프를 풀 수 있을까? 아이는 왜소하다. 파커가 슬쩍 밀쳐도 저 멀리 날아갈 것 같다. 만약 우리를 풀어 주려다 걸리면 저 아이도 무사하지 못할 것이다.

선뜻 결정하지 못하고 물고기처럼 입만 뻥끗거리는 사이, 어느새 아이는 감쪽같이 사라지고 없다. 또 늦었다. 정말 마지막 기회였는지도 모른다.

혹시나 아이가 다시 돌아올까 문틈을 주시한다. 파커가 들을지도 모르므로 소리칠 수는 없다. 제발 다시 돌아와 줘. 간절한 내 마음이 닿았는지 누군가가 다가오는 기척이 느껴진다. 하지만 그 움직임은 아이가 아니라 파커의 것이다.

한 손에는 총, 다른 한 손에는 통신기를 들고 의기양양하게 들어온 파커가 통신기를 내 얼굴 앞에 들이밀며 다그친다.

"자, 이거. 누구한테 보낸 거야?"

"……모르겠어요."

파커가 통신기에 저장되어 있는 문자를 읽는다. 방금 주고받은 두 개가 전부다. 파커가 도망쳐,라고 말한 뒤 눈쌀을 찌푸린다.

"누구야?"

누구인지 말하고 싶어도 할 수가 없다. 나는 X의 이름을 알지 못한다. 직업도, 나이도, 사는 곳도. 딱 두 번 만나서 대화를 나눈 것이 전부다. 첫 번째 만났을 때는 일을 제안받았고, 두 번째 만났을 때는 제안의 구체적인 내용을 들었다. 돌이켜 보니 내가 얼마나 무모했는지 알겠다. 한심하기 짝이 없다.

"정말 몰라요! 삼십 대 같았는데. 키가 크고……."

또 뭐가 있더라. 재수 없는 말투? 나한테만 그런 식으로 말한 건가? 두 번 다 짧은 만남이었던 데다가 주위가 어두웠고, X는 외투에 달린 커다란 모자를 뒤집어쓰고 있었으므로 내가 파악한 정보는 많지 않다. X에게서 좋은 향이 나긴 했지만, 과거도시 사람들은 대개 그러니까 특징이 되긴 어렵다.

파커의 얼굴이 붉으락푸르락 달아오른다.

"내가 우스워? 다 알고 있어! 너 플래그리스잖아!"

느닷없이 파커가 통신기를 바닥에 내던진다. 그리고 발로 짓밟는다. 밟고 또 밟는다. 그러고도 분이 안 풀리는지 씩씩거린다. 그다음 일은 순식간에 벌어진다. 탕. 고막을 찢을 듯한 총성과 동시에 통신기의 파편이 튀어 오른다. 한나는 소리를 지르고, 크리스는 얼굴을 무릎 사이에 묻고 몸을 앞뒤로 흔든다. 나는 두 눈이 뜨거워지는 것을 느낀다. 앞이 잘 보이지 않아 눈을 깜빡이자 눈물이 후드득 떨어져 내린다. 다음 총알은 나를 향할지도 모른다는 불안감에 정신을 차릴 수가 없다.

다행히 다음 총알은 없다. 총구는 바닥을 향한다. 파커는 마치 방아쇠를 당긴 사람이 자신이 아니라는 듯 당황해서는 부서진 통신기를 멍하니 바라본다. 나는 파커가 제정신인지 의문스럽다.

모두가 섣불리 움직이지 못하고 숨죽이고 있던 그때, 크리스가 온몸으로 할 말이 있음을 표현한다. 얼굴이 붉게 상기된 파커가 크리스에게 다가가 입에 물린 붕대를 내려 준다.

"사고였어요!"

크리스가 토해 내듯 말한다.

"사고였어요. 아드리안 말이에요."

파커뿐만 아니라 한나와 나도 깜짝 놀라 크리스를 바라본다. 전혀 예상하지 못한 상황에 머리가 복잡하다. 크리스는 뭔가 알고 있었던 건가? 배신감과 분노가 밀려온다.

파커의 눈이 크리스 뒤에 누워 있는 아드리안에게로 향했다가 다시 돌아온다.

"사고라니? 그게 무슨 말이야?"

크리스는 떨리는 목소리로, 하지만 명확하게 말한다.

"커다란 새였어요. 새가 아드리안을 낚아채서 날아갔어요. 새에게 잡히기 전에 아드리안은 분명 살아 있었고요. 미친 소리 같겠지만 사실이에요. 새가 아드리안을 죽인 거예요."

크리스의 이야기는 당황스럽다. 믿기지 않는데 그렇다고 거짓말 같지는 않다. 만약 거짓말이라면 더 그럴듯한 설명을 골랐을 테니까. 이런 허황된 얘기를 하진 않았을 테니까. 허황된 이야기를 요약하자면 이러하다. 짐을 풀고 있었는데 갑자기 아드리안이 나를 공격했다. 이유를 모른 채 정신없이 쫓기다가 막다른 곳에 다다랐다. 그때 어디선가 커다란 새가 날아왔다. 코끼리만큼 커다랗고 하얀 새였다. 새는 긴 다리로 아드리안을 낚아채 그대로 날아갔다.

크리스의 말이 끝나기 무섭게 한나가 발버둥 친다. 파커가 한나의 입에 있는 붕대를 풀어 준다.

"잠깐만! 이 얘기를 왜 지금 하는 거야?"

손만 묶여 있지 않았다면 한 대 쳤을 법한 말투로 한나가 묻는다.

"범인은 없다는 말이에요. 그건 새였으니까. 그러니까 이제 그만

풀어 주세요."

마치 답을 구하듯 파커가 아드리안의 감긴 눈을 응시한다. 그러고는 간결한 손길로 방수포를 끌어 올려 아드리안의 얼굴을 덮는다.

"크리스, 중요한 얘기가 빠졌잖아. 너는 이유도 몰랐다면서 왜 도망갔지? 그리고 왜 지금까지 비밀로 한 거지? 낮에는 우리한테 모른다고 했었잖아."

선뜻 입을 열지 못하는 크리스를 보면서 나는 다시 한번 배신감을 느낀다. 나한테는 얘기해도 됐을 텐데. 나한테만 조용히 말할 시간도 있었는데. 내 비밀은 알고 있으면서 자신의 것은 말하지 않은 크리스에게 화가 난다. 하긴, 아까는 내가 심하게 몰아세우긴 했지. 그래서 말을 못 꺼냈나? 아니면 처음부터 나에게도 털어놓을 생각이 없었나?

그때, 나는 무언가를 감지한다. 조심스러운 움직임. 문틈으로 보이는 어둠에서 느껴진다. 파커와 한나는 크리스에게 너무 집중한 나머지 못 알아챈 듯하다. 아까 그 아이가 다시 왔나? 멧돼지는 아니겠지?

아지랑이처럼 어른거리는 검은 형체를 흘깃흘깃 바라본 끝에 나는 구체적인 실루엣을 식별해 낸다. 사람들이다. 이번에는 어른들. 그중 한 사람이 텐트 안으로 머리를 내민다. 쉿. 젊은 남자가 손가락 하나를 들어 입에 가져간다. 그리고 그 순간, 파커도 뭔가를 느꼈는지 별안간 고개를 돌린다.

말할 수 없는

순식간에 아수라장이 된다. 시작은 나의 몸부림이다. 파커가 뒤를 돌아보지 못하게 옆으로 구르고 다리를 휘두르며 시선을 끈다. 동시에 동물의 울음소리 같은, 나조차도 의미를 알 수 없는 고함을 친다. 깜짝 놀란 파커가 어쩔 줄 몰라 하며 나에게 한 걸음 다가서는 순간, 서너 명의 사람들이 재빨리 달려들어 온다. 파커가 앞으로 고꾸라진다. 탕. 총소리가 울린다.

상황은 완전히 반전되었다. 이제 묶인 사람은 파커다. 크리스가 텐트에 남아 파커를 감시하는 동안 한나와 나는 밖에서 낯선 사람들과 마주한다. 중년 한 명과 청년 네 명이 무표정하지만 차갑지는 않은 얼굴로 서 있다. 중년 여성이 앞으로 나서며 자신을 채윤이라고 소개한다. 한국말을 사용하기에, 나는 마치 통역사처럼 한나와 채윤 사이에 선다. 그리고 채윤의 말들을 한나에게 전달한다. 비행기가 날아왔을 때부터 우리를 쭉 지켜봤다고. 아이가 죽은 사람을 봤다고 해서 모두 일어나 대기하고 있었다고. 총소리가 들려 달려 나왔다가 위험한 상황인 것 같아 모른 척할 수 없었다고. 나는 거듭 감사 인사를 전한다.

"정말 감사합니다. 먹는 약은 하루에 세 번 드시면 돼요. 더 나빠지지는 않을 거예요."

한나가 구급함에서 꺼내 온 항생제를 내밀자, 채윤의 뒤에 서 있는 청년이 엉거주춤한 자세로 오른팔을 내밀어 약을 받아 든다. 왼팔에는 붕대가 감겨 있다.

조금 전 파커가 넘어지면서 발사된 총알이 청년의 왼팔을 스치고 지나갔다. 불에 달군 갈고리에 베인 것처럼 순식간에 살점이 뜯겨 나갔다. 나는 한나가 시키는 대로, 괴로워하는 청년의 상처에 약을 바르고 붕대를 감아 주었다. 아마 흉터가 크게 남을 것이다. 미안하고 고마운 마음에 뭐라도 더 해 주고 싶었지만, 더 이상 내가 해 줄 수 있는 건 없었다.

"문제가 될까요?"

채윤이 묻는다.

"다친 데가요?"

내가 한나의 말을 전한다.

"아니요. 우리가 이곳에 사는 거요. 알고 있어요. 안 되잖아요."

나는 채윤의 말을 영어로 옮긴 뒤 한나의 답을 기다린다. 다른 곳으로 이주해야 한다는 대답을 마음속으로 미리 준비한다. 그러나 내 귀에는 다른 말이 들린다. 나는 제대로 들은 건지 의아해 한나의 눈을 바라본다. 한나가 내 마음을 읽고 가볍게 고개를 끄덕인다.

"괜찮습니다. 아무 문제 없을 거예요. 위에 보고하지 않겠습니다."

채윤의 뒤에 선 청년들이 서로 눈빛을 주고받는다.

"그리고 우리는 내일 아침에 떠날 예정이에요."

"다시 오지 않을 거죠?"

채윤이 확답을 요구하는 어조로 묻는다.

"네. 그럴 거예요."

내가 말을 전한다. 그때, 급히 물어야 할 것이 떠오른다.

"저기, 저쪽에 깊은 구덩이가 있어요. 오늘 저희 일행 중 한 명이 그 구덩이에 떨어져 죽었어요."

채윤이 눈을 찌푸리고, 청년은 고개를 갸웃하며 답한다.

"떨어져서 죽을 정도로 깊지는 않은데요."

"그 구덩이를 알아요? 그런 게 여기 왜 있는 거예요?"

"덫이에요."

"덫요?"

"네. 저희가 만든 건 아닙니다. 저쪽 사람들이 한 짓이에요."

사람이 더 있다고? 대체 이곳에 몇 명이나 있다는 거야? 나는 놀란 마음을 진정시키며 계속 질문한다.

"아니, 저렇게 위험한 걸 그냥 길 한복판에 만든다고요?"

청년이 그걸 왜 나한테 묻냐는 듯 손바닥을 들어 보이고는 통증에 얼굴을 일그러뜨린다.

짧은 대화를 끝으로 우리는 인사를 나누고 헤어진다. 어느새 구름이 사라지고 맑아진 달빛이 공원 밖으로 향하는 그들의 뒷모습을 비춘다. 저들은 어디로 가는 걸까? 어디에서 어떤 모습으로 살고 있는 걸까? 채윤과 청년들은 그레이 시티의 사람들과 별반 다르지 않아 보였다. 더없이 평범해 보여서 놀라웠다.

"잠깐만요!"

나는 채윤을 향해 달려간다.

"잠깐만요! 물어보고 싶은 게 있어요."

돌아선 채윤과 청년들 앞에서 나는 숨을 몰아쉬며 말을 잇는다.

"혹시 커다란 새 알아요? 하얗고 엄청 크다는데……. 그런 새가 정말 있어요?"

"구름새 말입니까?"

"구름새요? 진짜 그런 새가 있어요? 그 새는 왜 사람을 잡아가죠?"

청년들이 웃음을 터뜨린다. 대체 뭐가 우스운 거지? 채윤이 그들에게 그만 웃으라고 눈치를 준 뒤, 자신도 억지로 입꼬리를 내리며 말한다.

"그 새는 땅으로 내려오지 않아요. 말 그대로, 구름새니까요."

채윤 일행이 돌아간 뒤 우리는 텐트 안에 모인다. 파커가 풀어 달라고 애원하지만 한나는 들은 척도 하지 않는다. 권총집을 어디서 찾아냈는지 크리스는 파커의 총을 허리에 차고서 보란 듯이 자신의 손목을 매만진다. 나는 그제야 내 손목과 발목도 붉게 까져 있다는 것을 깨닫는다. 갑자기 느껴지는 통증에 눈물이 찔끔 난다.

한나가 부서진 통신기의 잔해를 하나씩 줍기 시작한다. 왜 아무 것도 묻지 않는 걸까. 나는 한나를 가만 지켜보다 초조함을 견디지 못하고 먼저 말을 꺼낸다.

"죄송합니다. 저는……."

"그건 조금 이따 이야기하지. 먼저, 확실히 해 둘 게 있거든."

한나가 모두와 눈을 한 번씩 맞추며 말한다.

"모두 잘 들어. 무슨 일이 있어도 불법 거주민의 존재를 발설해서는 안 돼."

"왜요? 우리를 구해 줘서요?"

크리스가 파커를 흘겨보며 묻고, 파커는 자신에게 아무 잘못도 없다는 듯 뻔뻔하게 한나를 응시한다.

"아니."

더 자세한 설명을 요구하는 분위기에 한나가 자리를 잡고 앉아 놀라운 이야기를 시작한다.

"이건 내부 기밀 사항인데, 노 휴먼스 랜드에는 사람들이 살고 있어. 곳곳에, 아주 많이. 나도 몇 년 전 파견지 제한 규정이 사라지고 나서야 알았어. 새로 발을 내딛는 곳마다 사람들이 있더라고. 1차 세계 재난 이전 세대인 노인들부터 태어난 지 얼마 안 된 아기들까지. 처음에는 너무 놀라서 다급히 UNCDE에 알렸어. 곧바로 어떤 조치가 취해질 줄 알았는데 아무 일도 일어나지 않았지."

UNCDE는 노 휴먼스 랜드를 관리할 여력이 없다고 한나가 털어놓는다. 하지만 그 사실이 알려지면 너도나도 고향으로 돌아가겠다고 나설 테니, 이를 막기 위해 기밀로 하고 있다고. 나는 바로 할머니를 떠올린다. 그래, 이곳에 사람이 살고 있다는 걸 알았다면 할머니는 뒤도 안 돌아보고 그레이 시티를 떠났겠지. 나도 할머니 손을 잡고 이곳으로 왔을 테고.

"각자 살고 싶은 데서 살면 좋잖아요."

나는 마치 할머니의 대변인이 된 것처럼 발끈해서 묻는다.

"그건 곤란해. 오클랜드 협약이 있으니까. 지구 온도가 목표치에 도달할 때까지 노 휴먼스 랜드를 운영하기로 모두가 동의했잖아? 여기는 법적으로 사람이 살면 안 되는 곳이야."

"그럼 협약을 없애면 되잖아요? 어차피 모두가 약속을 지키는 것도 아니라면."

크리스가 묻는다.

"그것도 곤란해. 노 휴먼스 랜드가 아예 사라지면 더 이상 지구는 회복되지 않겠지. UNCDE는 그렇게 생각해."

우리는 한동안 말이 없다. 각자의 생각에 빠져 있는 듯하다. 그렇게 얼마간의 시간이 흐르고, 내가 묻는다.

"그럼 이제 어떻게 하면 되죠? 불법 거주민에 대해서는 말하지 않는 걸로 하고……."

나는 불만스러운 표정의 파커와 총을 매만지는 크리스를 바라본다.

"사실이 무엇이냐에 따라 다르지."

한나가 크리스를 향해 단호한 표정을 지어 보인다.

"자, 나도 사실을 말했으니, 이제 너도 말해 봐. 정말 무슨 일이 있었던 거야? 크리스, 너의 얘기는 전혀 앞뒤가 맞지 않아. 계속 모른 척했던 것도 이해할 수 없고. 그 이상한 새 얘기는 뭐지? 여기 사람들은 그 새가 땅에 내려오지 않는다던데?"

한나의 다그침에 크리스가 숨을 길게 내쉬며 천천히 눈을 감았다 뜬다. 나는 침을 꿀꺽 삼킨다.

"아드리안이 플래그리스였어요. 날 죽이려 했고요."

"아드리안이었어?"

모든 얘기를 잠자코 듣고 있던 파커가 놀라 소리를 지른다. 한나는 빨려 들어갈 듯 크리스 쪽으로 몸을 기울인다.

"플래그리스가 왜 널 죽이려고 한 건데?"

"저도…… 플래그리스였으니까요."

그 순간, 분위기가 쭉 가라앉는다. 나만 영문을 몰라 두리번거린다. 불과 몇 초 사이에 한나와 파커의 눈빛이 적대적으로 변했는데, 크리스는 이런 반응을 예상했다는 듯이 덤덤히 받아들인다. 그리고 나지막이 중얼거린다.

"걱정하지 마세요. 지금은 아니니까."

드러난 정체

한나가 궁금해 죽겠다는 표정으로 꼬치꼬치 캐묻는다.

"플래그리스에서 나오는 게 가능해?"

"……."

"왜 나온 거야?"

"……."

"애초에 플래그리스가 된 이유는 뭐였는데?"

"……."

크리스는 아무리 찔러도 머리를 내놓지 않는 거북이처럼 입을 꾹 다물고 앉아 있다. 한나는 그런 크리스를 게슴츠레한 눈으로 응시하며 서성인다. 이를 가만 지켜보던 나는 더 이상 참지 못하고 묻는다.

"대체 플래그리스가 뭔데요?"

내 질문에 한나의 표정이 한층 더 미묘해진다. 웃는 것도 아니고 우는 것도 아니다.

"하아, 이 멤버 정말 대단하네! 플래그리스에, 플래그리스였던 사람에, 플래그리스가 뭔지도 모르는 사람이라니!"

그러고는 파커를 툭 건드린다.

"총질하는 사람도 하나 있고."

말은 그렇게 하지만, 한나는 나를 위해 차근차근 설명해 준다.

플래그리스는 말 그대로 깃발이 없다는 뜻의 국제단체 이름이다. 그 단체에 소속된 사람들도 플래그리스라고 불린다. 언제 누가 만들었는지, 얼마나 많은 사람들이 가입되어 있는지, 정확히 어떤 활동을 하는지는 알려지지 않았다.

"플래그리스는 기후 재난을 기점으로, 이전과는 완전히 다른 사회가 만들어져야 한다고 주장하는 단체야. 그들은 인류 문명이 실패했기 때문에 기후 재난이 발생했다고 믿어. 그래서 과거의 모든 것을 버리고, 새로운 문명을 시작해야 한다고 생각해."

자신과 아무 상관 없는 얘기라는 듯 허공만 응시하는 크리스를 흘깃 보고 한나가 말을 잇는다.

"지금 전망하는 대로 지구 기온이 내려가기 시작하면, 십여 년 뒤에는 노 휴먼스 랜드가 없어지게 될 거야. 그러면 자연스럽게 예전의 국가들이 다시 자리 잡게 될 테지. 이곳에는 한국 정부가 들어올 거고. 서서히 세계가 재난 이전으로 돌아가는 거야. 플래그리스는 그걸 반대해. 그들은 UNCDE 같은 국제기구나 국가는 물론이고, 자본주의나 사회주의 같은 체제도 사라져야 한다고 생각해. 그동안 인류가 발전시켜 온 과학 기술과 종교, 예술까지도 전부 다."

"그럼 뭐가 남는데요?"

"사람이 남지. 새로운 인류가 무에서부터 다시 시작하는 거야. 플래그리스의 소망대로라면, 기후 재난 같은 건 일으키지 않을, 지금과는 전혀 다른 문명이 탄생하겠지. 편을 갈라 치열하게 싸웠던 기억도 없고, 무언가를 착취해 본 적도 없는, 그런 새로운 인류."

그게 가능한 이야기인가? 터무니없게 들린다. 그런 이상적인 문명이 생겨나는 게 가능하다고? 그런데 한편으로는, 만약 가능하다면 나쁘지만은 않을 것 같다.

"그래서요? 그렇게 생각하면 안 되나요?"

"생각은 할 수 있지. 하지만 강요해서는 안 되지. 폭력적인 방법을 사용해서는 더더욱 안 되고."

한나가 졸린 눈으로 내 옆에 와서 앉는다.

"플래그리스의 생각에 동의해서 자발적으로 사라지겠다는 국가가 몇이나 될 것 같아? 하나도 없어. 단 하나도. 국가뿐만 아니라 개인도 마찬가지지. 문제는, 언젠가부터 각국의 정부 고위 공무원들이 차례로 살해당하고 있다는 거야. 유명한 종교인이나 기업가도 위협을 받고 있어. 플래그리스는 혐의를 부인하고 있지만, 누가 그 말을 믿겠어? 플래그리스는 모두의 적이야."

파커가 신음하며 몸을 뒤튼다.

"맞아. 어떤 상황에서도 폭력적인 방법을 사용해서는 안 돼. 그런 의미에서, 이제 풀어 주면 안 될까?"

한나가 코웃음 친다.

"파커, 너는 왜 시은이 플래그리스라고 생각한 거야?"

"풀어 주면 말해 줄게."

"아냐. 그럼 됐어."

"UNCDE에 복귀를 요청하다가 들었어. 이 조사단에 플래그리스가 잠입한 것 같으니 조심하라고. 그래서 우리 중에 누가 플래그리스인지 알아내려고 한 거야."

"폭력적인 방법으로?"

두 사람이 눈을 맞추며 웃는다.

"어쩔 수 없었어. 그렇게 하지 않으면 또 무슨 일이 생길 것 같았거든."

파커가 아드리안 쪽으로 시선을 보낸다.

"그럼 총은 왜 가져왔지? 러시아에서 출발할 때는 몰랐을 텐데?"

한나의 질문이 예리하다.

"그건…… 불안해서 그랬어. 몇 년 만에 맡은 일이기도 하고, 진짜 노 휴먼스 랜드는 처음이기도 하고, 그래서……."

한나가 씩 웃는다.

"파커. 나도 어쩔 수 없어. 못 풀어 주겠다. 너는 방아쇠를 실제로 당겼던 사람이잖아? 나는 우리 중에 네가 제일 무서워. 하루만 참아. 비행기에서 내릴 때 풀어 줄게."

나는 한나와 파커 사이에 오가는 기묘한 친밀감을 느낀다. 오늘 낮까지만 해도 두 사람 사이에는 팽팽한 긴장감만 흘렀는데, 지금은 서로 농담을 주고받는다. 비록 차갑고 거친 농담이긴 하지만.

"시은 씨, 이제 뭐라고 불러야 해? 그레이 시티에서 왔다고 했지?"

기습적인 한나의 질문에 목덜미가 뻣뻣해진다. 이제 내가 취조를 당할 차례인가. 비난을 회피할 생각은 조금도 없다. 어쩌다 조사단에 잠입하게 됐는지 구구절절 핑계 댈 염치도 없고.

"네. 미아예요. 김미아."

"반가워요, 미아 씨."

한나가 내민 손을 맞잡는다. 긴장감에 속이 울렁거린다.

"미아 씨가 아까 한 말들은 전부 사실이야? 그냥 지켜보기 위해 왔다는 말."

"네."

"누가 시킨 일인지도 정말 몰라?"

"……네."

내가 얼마나 한심하게 보일까? 창피해서 한나의 눈을 마주치기가 어렵다.

"자세한 사정은 모르겠지만, 위험한 일은 안 했으면 좋겠네. 미아 씨, 아직 애기 같아 보이는데."

한나의 말에 목이 꽉 막힌다. 갑자기 서러워진다. 한나를 붙잡고 내가 그동안 얼마나 마음 졸였는지, 얼마나 무서웠는지 속마음을 쏟아 내고 싶지만, 내 사정이야 어떻든 한나와는 아무 상관 없을 테니 꾹 참는다. 내일이면 나는 구치소에 수감되고, 한나는 과거도시로 돌아갈 테니까. 싱가포르로 다음 파견을 떠날 때쯤에는 나의 존재조차 기억하지 못할 것이다.

"내가 제안을 하나 할게."

한나가 일어나 텐트 한가운데 선다.

"내일 아침에 비행기를 타는 순간, 여기에서 있었던 일은 모두 없었던 걸로 하자. 크리스, 너는 플래그리스였다는 사실을 숨기고 싶지? 파커는 총을 몰래 반입한 일을 알리고 싶지 않을 거야. 그리고 시은, 아니 미아. 미아는 일이 끝날 때까지 시은이고 싶을 테고. 나는 불법 거주민 관련 기밀을 모두가 잊어 주면 좋겠어. 그러니까, 내 말은."

한나가 깊게 숨을 들이쉬고, 마저 말한다.

"우리 UNCDE에 돌아가서, 아드리안이 사망했다는 사실, 그거 딱 하나만 보고하자. 무슨 뜻인지 알지?"

이번에는 한나의 의견에 모두가 동의한다. 거절할 이유가 하나도 없다. 파커는 한나를 천재라며 치켜세우고, 크리스는 작게 미소를 짓는다. 나는 싱숭생숭하다. 그간 겪었던 모든 일들이 거품처럼 사라지고 다시 그레이 시티로 돌아간다니.

밤이 늦었다. 조금 뒤면 날이 밝고 비행기가 도착한다. 규정대로라면 두 명씩 돌아가면서 보초를 서야 하지만 우리는 모두 함께 쉬기로 한다. 긴 하루였다. 크리스는 아드리안과 가장 멀리 떨어진 구석에서 벌써 잠이 들었다. 자세히 보니 아직도 파커의 총을 허리에 차고 있다. 파커는 손목이 묶여서 불편한 자세로 꾸벅꾸벅 존다. 잠깐 안쓰러운 마음이 들었다가, 파커가 통신기에 총을 쏘던 모습이 떠올라 속에서 울화가 치민다. 나는 크리스의 맞은편에 자리를 잡고 눕는다. 마음이 복잡하다. 이 일을 끝내면 바로 엄마를 만나러 갈 생각뿐이었는데, 계획이 틀어지고 나니 이제 뭘 어떻게 해야 할지 모르겠다.

피곤하긴 했었는지 잠이 든다는 자각도 없이 그대로 정신을 잃었다가 눈을 뜬다. 규칙적인 숨소리 사이로 멀어지는 인기척이 느꺼진다. 아마 저 인기척 때문에 잠이 깬 모양이다.

파커는 여전히 불편한 자세로 자고 있고, 한나는 마치 감독관처럼 파커를 마주한 채 잠이 들었다. 크리스만 보이지 않는다. 나는 두 사람을 깨우지 않도록 조심하며 밖으로 나간다.

새카만 어둠이 푸르스름한 빛에 물들고 있다. 풀 냄새가 진하게 밴 선선한 공기가 폐를 가득 채운다. 맹렬했던 더위도 잠이 들었는지 사그라들었다.

그 많은 일들이 고작 어제 하루 동안 일어났다는 사실이 믿기지 않는다. 아주 작은 사소한 부분들까지 잘 기억해 났다가 할머니에게 전부 말해야겠다고 생각하다가, 할머니가 죽었다는 사실을 깨닫는다. 깜빡할 게 따로 있지. 할머니가 내 정신머리까지 챙겨 갔나 보다.

몽롱한 상태로 서서 크리스를 기다린다. 크리스의 지난 모습들이 잔상처럼 떠오르고 마음이 복잡해진다. 아드리안을 죽이지 않았다고 말하던 크리스의 담담한 목소리, 내가 쏟아 내는 말을 듣던 애처로운 표정, 플라스틱 조각을 건네던 조심스러운 손짓, 플래그리스였음을 밝히던 낯선 눈빛. 이 모습들이 전부 한 사람의 것이라니. 무엇이 진짜 크리스와 가장 가까운 모습일까. 그 아이는 어떤 삶을 살아온 걸까. 지금 무슨 생각을 하고 있을까.

푸르게 밝아 오는 하늘을 등지고 걸어오는 크리스가 보인다. 크리스는 나를 발견하고 미소 짓는다. 나는 용기를 내서 가볍게 손을 흔든다. 그리고 머리카락을 매만진다. 뒤에서 점점 강한 바람이 불어온다. 이상함을 느끼고 무심코 고개를 돌렸을 때, 나는 깜짝 놀라 비명을 지른다. 새다. 거대하고 하얀 새. 새는 정확히 크리스를 향한다. 나쁜 예감이 밀려온다.

"크리스!"

뭘 어떻게 해 볼 틈도 없이 새가 크리스를 낚아채 간다. 나는 크리스의 이름만 계속해서 외친다.

막다른 길

한나가 달려 나온다. 새는 이미 저만치 멀어져 별처럼 빛난다. 어떻게 된 거냐고 묻는 한나에게 할 말이 없다. 손목이 묶여 있는 파커도 뒤늦게 뒤뚱거리며 뛰어나온다.

크리스의 말은 사실이었다. 커다란 새가 있었다. 사람을 낚아채 가는 새.

"새였어요! 하얗고 커다란 새요!"

하늘은 이미 비어 버렸다. 구름 한 점 없는 하늘은 새와 크리스를 삼켜 버렸다. 우리는 멍청한 표정으로 새가 날아간 방향을 바라본다. 선뜻 누구도 말을 꺼내지 못한다.

크리스에게 무슨 일이 생겼든 예정대로 비행기는 날아온다. 고요한 공원에 존재감을 과시하며 내려앉는다. 나는 아직도 충격에서 헤어 나오지 못했다. 눈앞에서 크리스가 하늘로 사라지는 광경이 머릿속에서 되풀이된다.

우리는 비행기 앞에 서서 서로를 마주한다. 가슴속에서 울컥 진심이 튀어나온다.

"돌아가고 싶지 않아요."

파커가 기다렸다는 듯이 동의한다.

"그래, 크리스가 죽었는지 살았는지 모르는 채로는 돌아갈 수 없지."

한나만 남았다. 한나가 팔짱을 끼고 다리를 떨며 나와 파커를 번갈아 바라본다.

"뭐야, 둘이 그렇게 나오면…… 나 혼자 돌아갈 수는 없잖아. 좋아. 다 같이 찾으러 가자. 서두르지 않으면 크리스도 잃게 될 거야."

우리는 침묵 속에 아드리안을 비행기로 옮기고 문을 닫는다. 굉음과 함께 거센 바람을 일으키며 비행기는 출발한다.

혹시나 하는 마음에 크리스에게 무전을 해 봤지만 소리는 텐트 안에서 들려왔다. 크리스가 어디로 갔는지, 살아는 있는지 확인할 방법이 없다. 우리는 일단 새가 날아간 방향으로 움직이기로 한다. 남쪽으로.

경직된 분위기를 바꿔 보려는 듯 한나가 짐짓 밝은 목소리로 말한다.

"우와, 그렇게 큰 새 본 적 있어? 무슨 집 한 채가 날아가는 줄 알았잖아. 솔직히 크리스가 새 얘기를 했을 때는 반신반의했었거든. 그런데 설마…… 그냥 또 어디 떨어뜨리는 건 아니겠지?"

한나의 말에 나의 생각은 아드리안이 발견되었던 구덩이 속으로 다시 돌아간다. 호흡기 안에 가득 찼던 뜨거운 숨과 로프에 매달려 올라가던 아드리안의 굳은 얼굴. 다시는 겪고 싶지 않은 경험이다.

크리스를 빨리 찾아야 한다.

"이제 총도 없는데, 그냥 풀어 주면 안 돼? 진짜 걷기 힘들어."

파커가 툴툴거린다. 파커의 총은 크리스와 함께 딸려 갔는지 베이스캠프를 아무리 뒤져도 나오지 않았다.

"안 돼. 그래서 늘려 줬잖아."

베이스캠프를 출발하기 전에 우리는 파커의 손목을 다시 묶어 주었다. 어깨를 펴고 걸을 수 있도록 양 손목 사이를 널찍이 띄워서. 나는 파커를 풀어 줘도 되지 않을까 생각했다. 한나와 나에게는 마취총이 있는 데다 파커가 우리를 공격할 것 같지 않았다. 어제는 정말 당혹스러웠지만, 파커가 말했듯이 그건 플래그리스를 찾아내기 위해서였으니까. 하지만 한나가 신나 보여서 말을 꺼낼 수가 없었다. 한나는 파커를 괴롭히는 게 즐거운 듯했다.

"이제 곧 한강이 나오겠어요."

우리는 용산공원을 빠져나와 왕복 10차선의 한강대로 위를 걷기 시작한다. 도로 위에는 버려진 차들이 즐비하고 아스팔트는 비스킷처럼 부서져 있어서, 차선을 따라 곧게 걷지 못하고 지그재그로 나아간다.

"그런데 우리 복귀하지 않아도 정말 괜찮아요?"

"무슨 소리야. 당연히 안 괜찮지."

한나가 잠깐 정색했다가 표정을 부드럽게 풀며 말한다.

"징계를 받게 될 거야. 어느 정도일지는 모르겠네. 돌아가지 않고 노 휴먼스 랜드에 남은 건 우리가 처음일걸? 그것도 무단으로."

징계라는 단어가 비현실적으로 들린다. 수십 층 높이의 빌딩들이 좌우에서 반짝이며 영원히 이곳을 떠나지 못할 거라고 속삭이는 것만 같다. 우리는 크리스를 언제쯤 찾게 될까? 찾을 수는 있을까? 누가 알려 준대도 답을 알고 싶지 않다. 나는 다가오는 미래가 두려워 현재에 몰입하기를 선택한다. 그건 어렵지 않다. 눈이 닿는 곳마다 놀라움의 연속이니까.

발밑에는 부서진 사이드미러와 작은 종이 쪼가리들, 동물의 사체가 널브러져 있고, 녹슨 자동차 안에는 인형과 쿠션, 무언가 담겨 있는 비닐봉지, 운동화, 생수병 등 주인을 잃은 물건들이 뒤엉켜 있다. 저 멀리로는 화려한 외모의 여자와 상체를 노출한 남자의 대형 사진이 큰 건물에 붙어 있는데, 그 아래로는 수십 대의 자전거가 얽히고설켜 높이 쌓여 있다.

나는 화석처럼 고스란히 남아 있는 옛날 사람들의 흔적들을 보며 할머니의 말을 떠올린다. 퇴근 시간이면 차를 버리고 걸어서 집에 가고 싶었다던 말을 이제야 이해할 수 있을 것 같다.

"할머니가 한국인이라고 했지?"

고개를 한껏 빼고 주변을 관찰하는 나를 한나가 흥미롭게 바라본다.

"네."

"할머니는 그레이 시티에 계시는 거야?"

넘어질까 봐 바닥만 보며 걷던 파커가 잠시 멈춰 서서 묻는다.

"아니요. 돌아가셨어요."

"아, 그렇구나."

파커가 머쓱한 표정으로 다시 걸음을 옮긴다. 만약 지금 내 가방

86

안에 할머니가 들어 있다고 하면, 파커는 어떤 표정을 지을까?

처음부터 할머니의 시신을 빼돌릴 생각은 없었다. 세계 표준 장례법 위반은 처벌의 수위가 높았다. 전해 듣기로는 추방형이었다. 한번 난민 도시에서 추방되면 다른 난민 도시에 들어가는 것도 불가능하기 때문에 추방형은 절대 피해야 했다. 아무리 그레이 시티가 지옥 같아도 난민 도시 밖은 무법 지대니까.

UNCDE가 화장과 매장을 금지하는 세계 표준 장례법을 공표한 날, 할머니와 엄마는 크게 다퉜다. 새 장례법은 공동 장례소에서 모든 시신을 일괄적으로 처리하도록 했는데, 친환경적인 방법이라고만 했을 뿐 구체적인 시신 처리 과정을 알려 주지는 않았다.

할머니는 새로운 장례법이 인류의 문화와 인간의 존엄성을 무시하는 조치라면서 격노했고, 엄마는 모두를 위한 합리적인 선택이라며 옹호했다. "장례 문화까지 건드리지 않아도 인간은 환경 문제를 해결할 수 있어!"라고 할머니가 소리치면, 엄마는 "방법이 있으면 우리가 왜 이런 곳에서 이렇게 살아야 하는 건데!"라고 악을 썼다. 그래서 그날, 나는 할머니를 업고 공동 장례소 대신 장례 브로커를 찾아갈 수밖에 없었다.

"한강대교는 못 건너겠는데."

앞장서 걷던 한나가 멈춰 선다. 우리는 한강대로와 바로 연결되는 한강대교를 건너 강의 남쪽으로 이동할 계획이었다. 다리 초입에 서서 끊어질락 말락 간신히 이어진 다리를 허탈하게 바라본다. 용기를 내면 시도해 볼 수는 있겠지만 까딱 잘못했다가는 강물로 추락하게 생겼다. 강 너머는 까마득히 멀어 헤엄쳐서는 도저히 건

너갈 엄두가 나지 않는다.

"고무보트를 가져올까?"

파커가 턱으로 우리가 지나온 길을 가리킨다. 우리는 한강 수질 조사 때 사용하려고 고무보트를 챙겨 왔다. 그리고 그 보트는 지금 베이스캠프에 있다. 한나가 한숨을 내쉰다.

"그러기엔 너무 늦는데……."

해는 이미 중천에 떴고 아스팔트는 빠르게 달아오르고 있다. 돌아갈 시간도, 체력도 없다.

그때, 우리는 마치 한 사람처럼 동시에 정지한다. 우당탕탕. 요란한 소리가 저 아래에서 올라온다. 다리 끄트머리로 살금살금 다가가 아래를 내려다보니, 십 대 중후반으로 보이는 소년 두 명이 뭔가를 하고 있다. 용산공원에서 보았던 사람들과는 어딘지 분위기가 달라 보인다. 우리는 초록색 버스 뒤에 숨어서 어떻게 하면 좋을지 의논한다.

"위험할 것 같지는 않아. 어제 만나 봐서 알잖아. 쟤네들한테 물어보자. 강을 건너고 싶다고 하면 방법을 알려 줄지도 몰라."

의욕적인 파커와 달리 한나는 망설인다.

"있지, 파견 다니면서 마주쳤던 불법 거주민들이…… 전부 어제 만난 사람들처럼 호의적이지는 않았어."

한나는 더 할 말이 있는 듯 입술을 뗐다가 말을 삼킨다. 그러자 파커가 서서히 미간을 찌푸린다. 한나가 하려던 말을 상상한 모양이다. 우리가 이렇게 머뭇거리는 사이 크리스에게 끔찍한 일이 벌어질지도 모른다는 생각에 나는 마음이 조급해진다.

"그럼, 멀리서 한번 말을 걸어 볼까요? 아니다 싶으면 도망칠 수 있게."

다행히 한나가 썩 내키지는 않는 얼굴로 그러자고 답한다. 우리는 아슬아슬하게 기울어진 난간 앞에 가서 나란히 선다.

첫인사는 내 몫이다.

"안녕하세요!"

소년들이 깜짝 놀라 고개를 든다. 나는 다시 한번 인사한다.

"안녕?"

한참 소곤거린 뒤에 그들 중 키가 작은 소년이 대답한다.

"누구세요?"

"얘기 좀 할 수 있을까? 물어보고 싶은 게 있어."

소년이 고개를 끄덕인다. 우리를 향한 경계심과 호기심이 동시에 느껴진다. 나는 한나와 파커의 의사를 살핀 뒤, 다시 소년에게 시선을 돌린다.

"어떻게 내려가면 되니?"

"뒤쪽으로 가면 계단이 있어요. 그리로 내려오세요."

우리는 어색하게 인사를 나눈다. 키가 큰 소년은 진우, 작은 아이는 진호다. 낚시를 하러 나왔다고 한다. 내가 소년들과 대화를 나누는 동안, 파커와 한나는 초조한 얼굴로 무슨 말이 오가는지 알아들으려 애쓴다. 나는 두 사람에게 간단히 내용을 공유한 뒤, 소년들에게 묻고 싶었던 질문을 한다.

"혹시 오늘 아침에 구름새가 날아가는 거 봤어?"

"뭐라고요?"

"구름새……. 그 하얗고 엄청 큰 새 있잖아."

"아, 그 뚱땡이요? 그건 왜요?"

"뚱땡이? 그 커다란 새 말하는 거 맞아? 내가 보기엔 안 뚱뚱하던데."

"아, 그냥 뚱땡이라고 부르는 거예요. 왜요?"

진우는 뚱땡이가 무슨 대수냐는 표정을 지으며 다음 말을 기다린다.

"오늘 아침에 그 뚱땡이……가 친구를 잡아갔거든. 우리는 새를 쫓아가는 중이야."

소년들이 눈빛을 주고받는다. 그러고는 어제 만난 채윤과 같은 이야기를 한다. 그럴 리가 없다고. 그런데…… 이어지는 말이 다르다.

"뚱땡이는 이쪽에 안 내려오는데? 저쪽에서만 착지해요. 딱 한 군데에서만."

진호가 가느다란 팔을 강의 남쪽으로 뻗는다. 심장이 두근거리기 시작한다. 나는 흥분을 감추지 못하고 어디냐고, 새가 어디에 내려앉냐고 대답을 재촉한다.

"저기, 서울대학교 알아요? 서울대에 둥지가 있다고 하더라고요. 거기로만 내려가거든요."

한나가 궁금해 죽겠는지 진호가 말을 끝내기 무섭게 내 어깨를 두드린다. 나는 신이 나서 한나와 파커에게 강의 남쪽에 새의 둥지가 있다고 말한다.

"근데, 새가 크리스를 거기까지 데려갔을까? 혹시 아드리안처럼……."

파커가 묶인 손으로 불편하게 머리를 긁으며 말한다. 파커의 손목이 로프로 감겨 있다는 것을 발견한 소년들이 멈칫한다. 이를 눈치채고 파커가 환하게 웃으면서 별거 아니라고 설명하지만 소년들의 표정은 나아지지 않는다.

"우리는 거기에 꼭 가야 해."

나는 재빨리 소년들의 주의를 끌며 어떻게 하면 좋을지 의견을 묻는다. 진우가 걸어서 다리를 건너도 되지만 위험한 건 사실이라고 한다. 내가 이 내용을 한나와 파커에게 영어로 설명하는 동안 진호가 진우에게 귓속말을 한다. 뭐지? 무슨 속셈이지? 나는 통역을 하는 동시에 그들의 속삭임을 들으려 애쓰지만 결국 듣지 못한다.

"배가 필요한 거죠?"

진우가 씩 웃는다. 그러고는 내 등에 매달려 있는 기다란 마취총을 가리킨다.

"배랑 바꿔 줄게요."

굳이 통역해 주지 않아도 한나와 파커가 알아듣고 정색한다. 이번에도 의견이 갈린다. 한나는 총을 건네주는 것에 동의한다. 어차피 우리에게는 총이 두 개 있기 때문에 하나는 줘 버려도 상관없다고. 그러자 파커가 반대한다. 그러다 공격당하면 우리는 여기서 죽을지도 모른다고. 두 사람의 눈동자가 나를 향한다. 나는 숨을 길게 내쉬고 진우에게 답한다.

"일단, 배를 먼저 보여 줘."

진우는 어깨를 으쓱하더니 강을 따라 동쪽으로 우리를 데려간다. 옳은 선택을 한 걸까 불안하다. 목숨이 걸린 일이다. 뒤에서 부산스러운 움직임이 느껴져 고개를 돌려 보니, 한나가 부지런히 걸으면서 파커의 로프를 풀어 주고 있다. 만약의 경우를 대비해서 준비하는 모양이다. 두 사람이 허둥지둥하는 모습을 보자 나도 모르게 웃음이 난다. 언젠가부터 나는 정말 이 사람들과 한 팀이 된 것만 같다.

"도착했어요."

진우가 가리킨 선착장에는 새파란 비닐로 덮인 무언가가 있다. 배라고 하기에는 높이에 비해 너비가 어색하게 좁아 보인다. 진우와 진호는 자기 몸보다 큰 비닐 덮개를 능숙하게 끌어 내린다. 배의 윗부분이 드러나자 한나가 헉하고 숨을 들이쉰다. 우리는 당혹감을 감추지 못하고 의심이 가득 담긴 눈으로 낯선 물체를 바라본다. 곧 배가 완전히 드러나고, 진우가 자랑스럽게 소개한다.

"한 시간이면 맞은편에 도착할 거예요. 오리배거든요."

우리 앞에는 진짜 오리가 강물에 떠워져 있다. 하얀 몸에 노란 부리, 빨간 목걸이가 인상적이다. 빛바랜 까만 눈은 허공을 응시하고 있다. 오리의 몸 안에는 플라스틱 좌석이 있고, 낚시 도구로 보이는 잡동사니가 쌓여 있다. 진호가 배에 있는 물건을 꺼내며 말한다.

"페달만 밟으면 가요. 핸들은 쓸 줄 아시죠?"

잃은 것과 얻은 것

약속대로 한나는 진우에게 마취총을 건네며 주의 사항을 설명한다. 신이 난 진우와 진호는 입이 귀에 걸렸다. 자신들을 걱정스레 바라보는 우리의 시선은 조금도 개의치 않고.

우리는 소년들이 시야에서 완전히 사라질 때까지 기다렸다가 오리배에 다가간다. 좌석은 총 네 개로, 앞에 두 명, 뒤에 두 명 타게끔 되어 있는데, 진호가 설명했던 대로 앞좌석에만 페달이 달려 있다.

"일단 파커는 앞에 타고, 미아랑 나 둘 중 한 명이 뒤에 타자."

"왜?"

파커가 불만을 표시한다.

"감시해야 하니까. 뒤에 탄 사람이 총을 들면 되겠어."

볼멘소리를 내는 파커에게 한나가 로프를 들고 다가간다.

"잠깐만! 이건 너무 위험하잖아. 손이 묶인 채로 강에 빠지면 어떻게 하라는 거야? 그냥 죽으라고?"

한나가 멈칫한다. 파커의 말이 일리가 있기는 하다. 더군다나 오리는 어딘지 멍청해 보여서 믿음직스럽지가 않다. 한나는 손가락에 로프를 감았다 풀었다 하며 잠시 고민을 하는가 싶더니, 로프를 배낭 안에 집어넣는다.

"허튼 생각 하기만 해 봐."

파커와 내가 앞에 앉고, 한나는 세 개의 배낭과 함께 뒤에 앉는다.

조종은 간단하다. 파커와 나 사이에 있는 동그란 핸들을 좌우로 돌리면 방향 전환이 된다. 문제는 페달이다. 오 분도 되지 않아 파커와 나는 끙끙 앓는 소리를 내기 시작한다. 등은 이미 땀으로 흠뻑 젖었는데, 오리는 햇볕을 받아 점점 더 뜨거워진다.

"근데 저 아이들…… 총을 어디다 사용할까? 설마 사람한테 쓰지는 않겠지?"

한나의 목소리가 저 멀리서 아득하게 들린다. 돌아볼 기운도, 대꾸할 기운도 없다.

"그건 그렇고, 여기 거주민들은 서로 사이가 안 좋나 봐? 용산 사람들은 새가 어디로 내려앉는지도 모르고……. 내가 말한 적 있나? 작년에 파견 갔던 데가 진짜 지옥이었는데 말이야. 거기 사람들은 서로 무슨 철천지원수처럼 싸우더라고. 심지어……."

입에서 피 맛이 나기 시작한다. 남쪽 물가는 아직 멀기만 한데 허벅지가 터질 것 같다. 하지만 파커가 페달을 밟는 속도에 맞추기 위해 온 힘을 쥐어짜 낸다. 이게 뭐라고, 지고 싶지 않다. 파커가 힐끔 힐끔 내 속도를 확인할 때마다 이를 악문다.

"근데 시은 씨는, 아, 미안. 미아는 한국말을 진짜 잘한다. 한국인도 아니라면서. 나도 금방 배울 수 있나? 안 되겠지? 하긴, 그럴 시간에 운동이나 해야지. 요새 체력이 너무 떨어져서……."

"포기! 포기!"

나는 거칠게 숨을 몰아쉬며 다리를 뻗는다. 한나가 잠시 쉬라며 내 어깨를 두드린다. 입이 찢어지게 웃는 파커가 곁눈으로 보인다. 파커를 강물에 밀어 버리고 싶을 정도로 약이 오르지만 그럴 수는 없으니 눈을 감아 버린다. 가빴던 호흡이 조금씩 진정된다. 수면의 흔들림이 온몸에 그대로 전해지며 나른해진다.

설핏 잠이 들었었는지, 정신을 차려보니 한쪽으로 꺾인 내 머리가 한나의 손바닥을 베고 있다. 뒤에서 한나가 많이 피곤하지,라고 말하며 웃는다. 민망해진 나는 대답을 얼버무리고 얼른 페달 위에 발을 올린다. 돌이켜 보니, X의 제안을 수락한 뒤로 편히 잠든 날이 없었다.

더위에 기진맥진한 상태로 계속 페달을 밟아 어느새 우리는 남쪽 강변에 다다른다. 뒤에서 틈틈이 물을 건네준 한나가 없었더라면 한참 더 걸렸을 것이다. 앞으로 이십 분이면 충분히 강둑에 닿을 수 있을 것 같다.

"저기 봐!"

한나가 다급히 소리친다. 나는 하늘을 보고 소스라치게 놀란다. 하얀 새다. 새가 오리배 위를 빙빙 돌고 있다. 새의 거대한 그림자가 우리를 삼켰다가 뱉기를 반복한다.

"크리스는 안 보이는데?"

파커가 새의 다리를 가리키며 외친다. 한나는 재빨리 총을 들고 새를 조준한다. 하지만 총을 쏘기에는 너무 멀다. 새는 태양을 등에 업은 듯 기세등등하다.

"일단 육지로 갈까요?"

"서둘러!"

우리는 온 힘을 다해 페달을 밟는다. 새는 사냥감을 노리듯 집요하게 오리배를 배회한다.

그때, 별안간 무거운 빗방울이 후드득 떨어진다. 코끝을 간질이는 달콤한 냄새. 비가 아니다. 그럼 뭐지? 배 안은 순식간에 혼란스러워진다. 잠시 후, 어디서 나타났는지 사람 얼굴만 한 새 수십 마리가 주위에 몰려들더니 인정사정없이 오리배를 들이받는다. 새의날카로운 울음소리와 사방에서 울리는 충돌음이 정신을 쏙 빼놓는다. 쩍쩍 갈라지기 시작한 낡은 플라스틱 오리배는 곧 뒤집힐 듯 휘청거린다. 이마에 미지근한 물이 튀어 손등으로 닦아 보니 새빨간 피가 번들거린다.

"배를 버려! 헤엄쳐야 해!"

아무 생각도 할 수 없다. 저만치 앞서가는 파커를 따라 본능적으로 헤엄치기 시작한다. 하지만 이내, 나는 수영을 배운 적이 없다는 사실을 깨닫는다. 오리배가 만들어 내는 물결이 얼굴을 덮칠 때마다 속절없이 물을 들이켠다. 그렇게 몇 번 들이켜고 나니 팔다리에 힘이 빠진다.

이렇게 죽는 건가? 말도 안 된다. 이런 허무한 결말을 맞으려고 그렇게 아등바등 살아온 것이 아닌데. 살고 싶다. 서서히 정신이 희미해진다. 살고 싶다고 간절히 기도한다. 그러자 나를 잡아끄는 강한 힘이 느껴진다……

그 뒤로는 어떻게 된 건지 모르겠다. 정신을 차려 보니 나는 강둑에 누워 있고, 파커는 서서히 가라앉는 오리배를 바라보고 있다.

"한나는요? 한나는 어디 있어요?"

파커의 동공이 부지런히 강을 살핀다.

"걱정하지 마. 한나는 나보다 수영을 잘하거든."

그렇게 말하면서도 파커의 눈은 쉬지 않는다. 나도 강의 표면을 샅샅이 살피기 시작한다. 촘촘하게 흩뿌려진 물비늘이 아무것도 모른다는 듯 반짝이며 수색을 방해한다.

"한나!"

파커가 금방이라도 다시 뛰어들 듯 강으로 다가가며 소리친다. 수면 위로 머리를 내민 한나가 텅 빈 하늘을 올려다보고 있다. 눈물이 터져 나온다. 나는 꺽꺽 소리 내며 몸을 웅크린다. 눈물과 콧물이 강물과 섞여 콘크리트 위로 뚝뚝 떨어진다.

"이걸 포기할 수 없었어."

물 밖으로 나와 철벅철벅 소리를 내며 다가오는 한나의 손에는 기다란 마취총이 들려 있다.

우리를 공격하던 새들과 하얀 새는 감쪽같이 사라졌다. 강물은 오리배를 완전히 집어삼켰고, 배낭도 함께 사라졌다. 나는 할머니를 잃어버렸다.

넋이 나간 상태로 흐르는 강물을 바라본다. 언젠가 할머니를 보내 드려야 하긴 했지만, 이런 식을 원하지는 않았다. 사실 내가 뭘 원했는지도 모르겠다.

"미아야, 괜찮아?"

누워서 숨을 고르던 한나가 몸을 일으키며 묻는다.

"할머니랑 같이 왔었어요."

"응?"

"유골을 가져왔었다고요."

파커가 옷을 비틀어 짜던 손을 멈춘다. 한나가 확인하듯 또박또박 묻는다.

"유골을 가져왔다고?"

"네, 우리 할머니 유골요. 화장했거든요. 배낭 안에 있었어요."

강바람이 분다. 물방울이 똑똑 떨어지는 소리가 들린다. 할머니를 영영 보내고 나면 많이 슬플 줄 알았는데, 슬픔보다 의아함이 더 크다. 이게 맞나? 진짜 끝인가? 이제 나와 할머니를 이어 주는 건 아무것도 남지 않은 건가?

"잘 가셨을 거야."

한나가 다가와 손바닥으로 등을 쓸어 준다. 우리 할머니가 그랬듯이.

"살다 보면 그런 때가 있더라고……. 당시엔 전혀 이해할 수 없었는데, 나중에 시간이 지나서 돌아보면 그게 그렇게 되려고 그랬나 보다, 그래서 그랬나 보다, 그렇게 느껴지는 때가."

무슨 말인지 전혀 모르겠다. 의미를 알 수 없는 한나의 나지막한 말이 강바람을 타고 멀리 흘러간다.

"할머니가 원하셨는지도 모르지. 여기 참 멋지잖아."

눈치를 살피다 어설프게 말을 보태는 파커의 서투른 위로가 우스워 나도 모르게 웃고 만다. 그러자 파커가 의기양양한 표정으로 분위기를 바꾼다.

"그건 그렇고, 뭐 할 말 없어?"

그제야 나는 물속에서 나를 잡아당긴 미지의 힘을 기억해 낸다. 어제는 나에게 총을 겨눴던 사람이 오늘은 목숨을 구해 주다니.

"고맙습니다."

"고마우면 하나 좀 설득해 줘. 이제 안 묶어도 된다고."

한나가 총이 멀쩡한지 이리저리 만져 보며 시큰둥하게 말한다.

"어차피 로프도 없어, 이제."

로프만 없는 게 아니다. 우리는 마취총 하나를 제외한 모든 짐을 잃었다. 이제 마실 물 한 모금도 없다. UNCDE에 연락할 수단도 잃었고, 개인적인 소지품도 잃었다. 오리배가 물에 잠겼으니 베이스캠프로 돌아갈 방법도 없다. 객관적으로 보자면, 우리는 망했다. 가진 것이라고는 진호에게 들은 정보뿐이다. 하지만 그마저도 확실하지 않다. 설령 맞는다고 해도, 그곳에 크리스가 있으리란 보장은 없다.

"그런데, 아까 그건 뭐였을까요?"

맹렬히 달려들던 새의 까만 눈, 고막을 찢을 듯 울어 대던 비명 소리, 배에 부딪혀 터져 나간 살점의 냄새. 가능하다면 머리에서 뜯어내고 싶은 잔상들이 연이어 떠오른다. 달콤한 냄새를 풍기던 액체는 뭐였을까? 그 액체가 새들을 미치게 만들었을까? 우리가 겪은 일들은 전혀 자연스럽지 않다. 내가 상상할 수 없는 무언가가 있다. 그게 무엇인지 알아낸다면 크리스를 구할 수 있을까?

우리는 각자 생각에 잠긴 채 다시 출발할 준비를 한다. 신발을 벗고 뒤집어 물을 쏟아 낸다. 양말도 벗어 물을 짜낸 뒤 다시 신는다. 햇볕이 얼마나 따가운지 머리는 벌써 반쯤 말랐다. 감기 걸릴 걱정은 덜어서 다행이다.

서울에 온 지 고작 이틀째라는 사실이 믿기지 않는다. 어제는 아드리안이 죽었고, 오늘은 크리스가 사라졌다. 내일 또 누군가에게 무슨 일이 일어나는 게 아닐까? 나는 옷을 말리는 두 사람을 물끄러미 바라본다. 이들을 잃고 싶지 않다.

"있잖아요, 전부터 궁금했는데……. 두 사람, 원래 잘 아는 사이예요?"

한나와 파커는 서로 대답을 미룬다. 결국 입을 연 사람은 파커다.

"거의 가족이었지. 한나는 내 아내의 가장 친한 친구였어."

거기까지만 말하고 파커는 입을 다문다.

이상하고 낯선

길을 잃을까 봐 우리는 골목을 피해 차선이 일곱 개인 큰 도로를 따라 걷는다. 이 동네는 한강을 건너기 전에 봤던 풍경과는 사뭇 다른 인상이다. 완만하게 경사진 도로 양옆의 제멋대로 자란 가로수 너머로 비교적 오래되어 보이는 건물들이 늘어서 있다. 제대로 가고 있는 걸까. 서울대학교는 조사 일정에 없었으므로 우리 중 누구도 정확한 위치를 알지 못한다. 가로등 옆의 표지판이 이 길이 현충로임을 알려 주지만 지도가 없는 우리에게는 아무 의미도 없다.

사실 그보다도 더 큰 문제는 물이다. 챙겨 온 식수는 오리배와 함께 전부 강바닥에 가라앉았다. 땡볕이 정수리를 쪼아 대고 입 안은 바싹 마른 지 오래다. 물을 찾아 아무 건물에나 들어가 봤지만 마실 만한 건 얻지 못했다.

"이거 봐. 얘네도 다 말라 죽었잖아."

한나가 나무 그늘이 드리워진 경계석에 털썩 주저앉는다. 한나보다 먼저 그 자리에 있었던 잡초가 바스락 소리를 내며 부서진다.

그래, 이 소리다. 자꾸만 귀에 거슬리던 소리. 언제부턴가 특이하게 생긴 마른 풀이 노란 카펫처럼 길바닥 여기저기에 깔려 있어 걸을 때마다 바스락거렸다.

나도 한나를 따라 그늘에 들어가 앉는다. 기다란 막대기 같은 줄기 하나가 손끝에 닿는다. 나는 고개를 들어 찬찬히 주변을 관찰한다. 흙이 조금이라도 있는 곳에는 바싹 마른 이파리가 말라 죽은 불가사리처럼 붙어 있고, 그 위로 이런 줄기가 너저분하게 흩어져 있다. 나는 줄기를 꺾어 든다. 줄기 끝에는 언뜻 민들레 씨앗처럼 보이는 구 형태의 꽃이 달려 있는데, 내 주먹보다는 크고 얼굴보다는 작다. 이파리나 줄기에 비해 꽃이 기이할 정도로 크다. 후, 하고 불면 날아가는 민들레 씨앗과는 다르게 꽃은 꽤 단단하게 굳어 동그란 모양을 유지하고 있다.

"알리움 같지는 않은데……."

한나가 내 손에 들린 꽃을 보고 중얼거린다.

"그게 뭔데요?"

"아, 네가 들고 있는 그런 거. 기다란 줄기 위에 동그란 꽃을 피우는 애들이야. 아주 작은 꽃들이 모여서 공 모양의 큰 꽃을 만들지."

"수국 같은 거야?"

파커가 묻는다.

"아니. 다른데…… 뭐, 비슷해. 멀리서 보면 다 비슷하지, 뭐."

한나가 너털웃음을 짓는다.

"가자, 이제. 이런 거 쳐다보고 있을 시간 없어."

파커가 재촉한다. 한나가 으응, 하고 대답하면서 손으로는 마른 줄기 하나를 잡는다. 그러더니 잡초 위에 수직으로 세워 두고, 마치 그림을 감상하는 사람처럼 고개를 멀리 빼서 갸웃갸웃한다. 세워 놓으니 꼭 거대한 막대 사탕 같다. 노르스름하게 표백된 막대 사탕. 막대 사탕 수백 개가 땅에서 자라나는 광경을 상상하자 나도 모르게 웃음이 난다.

"좀, 가자니까?"

"알았다고! 거참, 되게 보채네."

한나가 들고 있던 줄기를 집어 던지며 일어선 뒤 엉덩이를 신경질적으로 턴다. 그 모습을 파커가 못마땅한 표정으로 바라본다.

"잊고 있나 본데, 내가 단장이야."

"아이고, 그러셨어요?"

한나가 빈정거린다. 그러고는 뭔가 생각이 났는지 덧붙인다.

"그래, 처음부터 말이 안 됐었는데 역시 짚고 넘어갔어야 했어. 대체 왜 네가 단장이야?"

한나가 파커에게 다가가며 본격적으로 따진다.

"언제나 단장은 나였잖아. 경력으로 보나 성과로 보나 단장은 내가 되어야 맞잖아. 네가 생각해도 이상하지 않디? 게다가 너는……."

"됐어."

파커가 한나의 말을 자른다.

"뭐가 됐다는 건데?"

"명단에서 한나 네 이름을 발견했을 때 그냥 관뒀어야 했는데."

"그래! 당연히 관뒀어야지! 다시는 내 눈앞에 나타나지 말라고 했잖아. 대체 왜 돌아온 거야? 아니, 어떻게 돌아온 거야? 누구한테 부탁했길래 아직 징계도 끝나지 않은……."

파커가 또 한나의 말을 자른다.

"딱 이번 일만 하고 끝내려고 했어."

"그게 무슨 말이야? 왜 이번 일만 하고 끝내?"

한나가 파커를 죽일 듯이 노려보는 동안, 파커는 그런 한나의 눈을 피하려는 듯 저 멀리를 응시한다. 나는 갑작스레 벌어진 상황에 할 말을 잃고 두 사람을 지켜본다. 누가 이기든 빨리 끝났으면 좋겠다.

이제 다 싸웠나 싶을 때쯤, 한나가 괴성을 지른다.

"너어! 이번엔 또 뭘 숨기고 있는 건데!"

파커가 대답을 하지 않자, 한나는 가만히 있던 나를 끌어들인다.

"미아 씨, 그거 알아? 파커는 총만 쏠 줄 아는 게 아니야. 파커는 사람도 죽였어."

"제발……. 아니라고 수십 번 말했잖아. 말을 왜 그런 식으로 해?"

"내 말이 틀렸어? 리디아한테 강요했잖아! 그것도 모자라, 나한테 거짓말하라고 시켰잖아!"

전쟁처럼 이어지는 언쟁을 들으며, 나는 두 사람 사이에 무슨 일이 있었던 건지 유추해 본다. 몇 년 전 파커의 아내가 출산 중에 사망했는데, 한나는 그게 파커의 잘못이라고 생각하는 듯하다. 거짓말이라고는 한 마디도 할 줄 모르던 친구가 갑자기 아이를 낳기 위해 모두를 속이고 떠났다는 게 말이 안 된다고. 하지만 파커는 한나의 주장을 정면으로 반박한다. 자신이 아내를 돌보기 위해 거짓으로 병가를 낸 것까지도 전부 아내의 계획이었다고.

104

"한나, 넌…… 정말 모르는구나? 리디아는 네가 무서워서 도망친 거야. 너한테 비난받을까 봐 두려워서 도망친 거라고. 우리가 아이를 갖겠다고 솔직히 말했으면…… 축하해 줬을 거야? 아니잖아!"

나는 두 사람의 싸움에서 한발 물러나 혼자 생각에 잠긴다. 왜 사람들은 그렇게까지 아이를 가지려고 하는 걸까? 1차 세계 재난이 일어났을 때도 사람들은 아기를 낳았다고 한다. 당장 자신들의 목숨이 어떻게 될지도 모르는 상황에서. 그건 자신을 위한 일이었을까, 아기를 위한 일이었을까? 아니면 민족, 국가, 인류를 위한 일이었을까? 혹은, 누구도 위한 일이 아니었을까.

2차 세계 재난 이후에는 새로 태어나는 아기의 수가 기하급수적으로 줄었다. 사람들의 생각이 바뀐 것이 아니라 UNCDE가 강력한 인구 억제 정책을 펼쳤기 때문이었다. UNCDE는 지금 당장 살아남아야 미래가 있음을 강조하며, 예산을 박박 긁어모아 임신 중단 수술과 정관 수술을 지원하기 시작했다. 처음엔 많은 이들이 망설였지만 한번 흐름이 생기고 나니 당연한 일이 되었다. 사람들은 팬데믹 시기에 백신 미접종자에게 보내던 시선을 정관 수술을 하지 않는 남자들에게 보냈고, 아기를 갖는 사람들을 손가락질하기 시작했다. 정책이 얼마나 성공적이었는지 그레이 시티만 해도 나보다 어린 사람을 보기가 힘들었다. 어쩌다 아기 울음소리가 들리면 모두 달려가서 구경할 정도였다.

"아기가 있어."

파커의 한마디에 내 귀는 다시 두 사람에게 향한다.

"뭐라고?"

"아기가 있다고."

많이 놀란 듯 입을 다물지 못하는 한나에게 파커가 차분하게 말한다.

"그래서 여기 온 거야. 돈이 필요했으니까. 나는…… 그냥 온 게 아니야. 별도로 지시를 받고 왔어."

우리 사이에 느리게 흐르던 더운 공기도 놀라 멈춘 듯하다. 한나와 나는 아무 소리도 내지 않고 파커만 바라본다.

"서울에 도착하면 크리스를 데리고 비밀리에 조사단을 빠져나오라고 했어. 마치 실종된 것처럼. 그러면 누가 찾으러 올 거라고……. 그게 나에게 주어진 일이었어."

"누가, 왜 그런 일을 시킨 건데?"

"그건 모르겠어. 전략기획실에서 나온 사람이었어. 내 인사 정보를 다 알고 있더라고. 돈이 필요하다는 것까지."

우리는 마치 서로를 전혀 모르는 사람들처럼 각자 다른 곳을 바라본다. 이 조사단에는 왜 이렇게 비밀이 많을걸까. 나는 아무래도 내가 상상했던 것보다 더 큰 일에 휘말린 것 같다. X가 나에게 기대했던 정보가 이것이었을까? 크리스는 파커의 임무도 처음부터 알고 있었을까? 우리는 이제 어떻게 되는 걸까?

"돌아가자."

한나가 차분하고 단호한 어조로 말한다.

"돈이 필요해서 크리스를 찾으러 가던 거라면, 그만둬. 돈은 내가 줄게."

파커가 복잡한 얼굴을 하고 대답을 망설인다. 한나가 슬픈 눈으로 나를 본다.

"크리스는 이미 죽었을 거야. 이제 그만 돌아가자."

"아니요, 살아 있을 거예요! 죽었다고 생각했으면 여기까지 오지도 않았죠!"

이건 다 아기 때문이다. 아무리 모든 사람의 목숨이 똑같이 소중하다 해도, 그중에서 더 소중한 목숨이 있기 마련이니까. 나한테 할머니가 그렇듯이 한나에게는 친구의 아기가 소중한 것이다. 크리스의 목숨보다 더.

"그냥 크리스를 버리고 싶어진 거잖아요! 왜 비겁하게 자기 합리화를 하고 그래요?"

더 대화할 가치가 없다는 듯 한나가 나에게서 아예 고개를 돌려 버린다. 그 모습에 나는 멍해진다. 밀려드는 실망감에 마음이 짓눌려 속이 헛헛하다.

그때, 한나가 눈을 부릅뜨더니 떨리는 손가락으로 파커의 뒤를 가리킨다. 고개를 돌린 나는 한 손에 지팡이를 짚으며 위태롭게 다가오는 낯선 할아버지를 발견한다.

"그만들 해요."

할아버지가 스스럼없이 우리에게 말을 건넨다.

"뭐라는 거야?"

파커가 어딘지 서글퍼 보이는 할아버지에게서 뒷걸음질 치며 나에게 묻는다.

"그만하래요."

한나가 등 뒤에 있는 마취총을 천천히 앞으로 가져온다.

"그게 무슨 말이야? 술 마신 거 아니야?"

"아니. 술 냄새는 안 나는데."

파커가 쿵쿵대며 인상을 쓴다. 할아버지는 자기 몸을 감당하기도 버거워 보여서 그리 위협적으로 느껴지지는 않는다. 다만 말투며 표정이며, 모든 행동에서 콕 집어 설명할 수 없는 위화감이 느껴진다. 어떤 사람인지 좀처럼 파악할 수가 없다. 나는 할아버지의 의도를 살피며 조심스레 묻는다.

"뭘 그만하라는 거예요?"

뭔가 말을 하는데 잘 들리지가 않는다.

"대체 뭘 원하는 거지?"

파커가 긴장을 늦추지 않는다. 그런데, 대답이 엉뚱한 곳에서 나온다. 또 다른 낯선 목소리다.

"그 할아버지, 신경 쓰지 마세요."

뒤를 돌아본 한나가 기겁하며 소리 지른다. 한나의 뒤에서 나타난 사람은 키가 작은 여자아이다. 화려한 잔꽃무늬 원피스와 새하얀 운동화, 윤기 나는 머리카락. 다른 세계에서 뚝 떨어진 것만 같다.

"가요. 데리러 왔어요."

아이는 마치 매일 하는 일인 양 무료한 얼굴로 우리에게 손짓한다.

"데리러 왔다고? 우리를? 어디 가는데?"

한나가 할아버지와 아이를 번갈아 바라본다. 아이는 무표정하게 대답한다.

"서울대학교 가잖아요. 따라와요."

별을 따라서

아무래도 할아버지가 신경이 쓰이는지 한나가 자꾸만 뒤를 돌아본다. 할아버지는 우리를 이유 없이 따라오고 싶어 했는데, 낯선 아이가 매몰차게 밀어냈다. 두 사람 모두 이상해 보였다. 그건 마치 꼬리를 흔들며 다가오는 늙은 떠돌이 개를 작은 천사가 내쫓는 모양새였다. 아직도 할아버지는 아쉬운 얼굴로 우두커니 서서 멀어져 가는 우리를 지켜보고 있다. 어쩌면 한나가 추측한 대로 할아버지는 어디가 아픈 건지도 모른다.

"정말 괜찮은 거야?"

파커가 앞서가는 아이에게 묻는다. 아이는 걷는 속도를 조금도 늦추지 않고, 그럼요, 하고 답한다. 조금 전, 아이는 할아버지를 돌봐 줄 사람들이 근처에 있으니 걱정할 필요가 없다고 말했다. 그래서 잘 아는 사람이냐고 물었더니, 그건 또 아니라고 했다.

아이는 뭐 하나 속 시원히 말하지 않는다. 우리를 데리러 왔다는 게 무슨 뜻일까. 어디서 온 걸까. 한눈에 봐도 이 아이는 이곳에서 만난 불법 거주민들과는 다르다. 불법 거주민들이 그레이 시티의 사람들을 닮았다면, 이 아이는 과거도시인을 닮았다. 여유 있어 보이는 태도가 특히 그렇다.

우리는 속닥거리며 아이의 뒤를 따라간다. 진짜 따라가요? 가면 안 돼? 집에 돌아가자니까. 여기까지 와서? 아무래도 위험한 것 같아요. 저렇게 조그만 애가 우리를 어떻게 하겠어? 착한 애 같은데. 아이고, 큰일 날 소리. 진짜 이상해요. 여기 이상한 게 한둘이야? 잠깐만, 내가 말해 볼게.

한나가 종종거리며 쫓아가 아이 옆에 바싹 붙는다.

"애기야, 우리가 거기 가려고 하는 건 어떻게 알았어?"

가식적인 목소리.

"누가 시켜서 온 거야?"

한나가 끈질기게 묻는다.

"우리를 왜 도와주는 건데?"

"일단 좀 따라오세요! 저도 말 못 할 사정이라는 게 있지 않겠어요?"

아이는 자꾸 채근하는 한나를 참지 못하고 차갑게 대꾸한다. 한나가 지금 들었냐는 표정으로 나를 돌아보고는, 공들여 목을 가다듬는다.

"우리는 UNCDE에서 나온 조사단이야. UNCDE가 뭔지 아니? 기후 재난에 대응하는 환경법을 만들고 시행하는 국제기구인데, 궁극적으로는 지구 평균 기온을 낮추고……."

아이가 손가락으로 귀를 후비자, 한나가 잠시 입술을 깨물었다가 다시 말을 잇는다.

"그러니까 간단하게 말하면, 우리는 여기 환경 조사를 하러 왔어. 야생화가 얼마나 진행되었는지 확인하려고. 나무랑 풀도 관찰하고, 야생동물의 흔적도 찾고……."

아이가 잠깐 걸음을 멈추고 꾀죄죄한 한나의 몰골을 훑어 본다. 놀리는 것이 분명한 아이의 태도에 한나가 기분이 상했는지 콧바람을 흥 뿜고 물러난다.

우리는 쭉쭉 걸어 나간다. 언덕을 올랐다가 내려가고, 다시 올랐다가 내려간다. 자주 다니는 길인지 아이는 조금의 망설임도 없다.

넓은 차도를 걷다가 좁은 골목으로 들어선다. 골목 좌우로 삼사 층 정도의 건물들이 늘어서 있는데, 일 층에 있는 작은 입구마다 마치 이름표처럼 한글이나 알파벳으로 가게 이름이 적혀 있다. 망가진 문틈으로 슬쩍 안을 들여다본다. 벽에 붙은 낯선 음식 사진과 작은 테이블들 사이로 나뒹구는 접시를 보아 하니 식당이었던 모양이다. 갑자기 참기 힘든 허기가 밀려온다.

"얼마나 더 가야 해?"

파커가 땀을 닦으며 묻는다.

"이제 한 시간 남았어요."

"멀구나. 데리러 오느라 힘들었겠다."

"아니요. 저는 차 타고 왔는데요?"

땅만 보고 걷던 한나가 우뚝 멈춰 선다.

"차? 차가 있어? 그럼 우리는 왜 걸어가는 거야?"

"걸을 수 있잖아요."

한나의 턱이 뚝 떨어진다. 입을 다물지 않은 채로 잠시 멈춰 있던 한나는 나무 그늘 아래로 향한다.

"우리도 차 탈 줄 알아! 너무하잖아, 이 땡볕에!"

한나가 노랗게 말라 죽은 잡초 위에 드러눕는다. 나도 풀이 쌓여 있는 곳을 찾아 주저앉는다. 풀이 없는 아스팔트 위에 앉았다가는 엉덩이가 익어 버릴지도 모르기 때문이다. 나는 막대 사탕 모양으로 바삭하게 마른 꽃을 보며, 살아 있을 땐 어떤 모습이었을지 상상해 본다.

"제가 타고 온 건 일인용이에요. 보다시피 도로 상태가 안 좋아서 큰 차는 여기까지 못 와요."

아이가 눈으로 우리의 부피와 무게를 재듯 한 명 한 명 살피면서 변명하듯 말한다. 익숙하지 않은 목소리를 가만 듣고 있자니, 내가 겪고 있는 이 상황이 생경하게 느껴진다. 입에서 바보 같은 웃음이 쿨럭쿨럭 새어 나온다. 한나와 파커가 나를 흘깃 보며, 쟤 왜 저러냐는 눈빛을 주고받는다. 나는 뒤로 벌러덩 눕고 멈추지 않는 웃음을 내버려 둔다. 하늘에 있는 작고 동그란 구름 하나가 혼자 빠른 속도로 흘러간다. 그 구름을 눈으로 좇다 문득 통성명을 하지 않았다는 걸 깨닫는다.

"이름은 알려 줄 수 있지?"

"유별이에요. 별이라고 부르세요."

"별. 예쁘다, 이름."

별이라는 단어는 곧장 나를 그날로 데려간다. 장례 브로커가 화장터라며 안내한 곳은 버려진 공장 단지의 낡은 건물이었다. 화장은 생각보다 오래 걸렸는데, 할머니가 그 몸을 움직이며 살아온 시간과 비교하면 찰나나 다름없었다. 화장이 끝나자 할머니는 동화 같은 마을이 그려진 틴 케이스에 담겼다. 예전에는 쿠키가 담겨 있었을 것 같은 통이었다.

그새 날이 저물어 공장 단지는 어둠에 잠겼다. 집에 가는 길을 확인하기 위해 나는 공장 옥상으로 향하는 계단을 올랐다. 가라앉은 마음이 질질 끌려 한 걸음 한 걸음이 힘에 겨웠다.

옥상에서 바라본 공장 단지는 면적조차 가늠할 수 없을 정도로 캄캄했다. 하늘에는 별들이 소란스럽게 출렁였고, 땅은 적막했다. 둘 사이를 가르는 지평선 너머로 별자리 하나가 뉘엿뉘엿 지고 있었다. 도무지 어느 쪽으로 가야 할지 알 수 없었다. 밤에도 불을 밝히지 않는 그레이 시티는 어둠 속에 꽁꽁 숨어 있었다.

할머니를 꼭 끌어안았다. 한순간, 수많은 기억이 쏟아져 내렸다가 한꺼번에 흔적도 없이 사라졌다. 뒤이어 파도가 치듯 반복해서 기억들이 밀려왔다가 밀려났다. 나에게 남은 시간들이 막막하고 아득해서 심장이 터질 것 같았다. 뭐든 할 수 있을 것 같은 마음과 그 어떤 것도 해낼 수 없으리란 마음이 치열하게 서로를 밀어냈다. X를 만난 건 그때였다. X의 제안은 나에게 주어진 유일한 길이었다.

"한국 사람이에요?"

별이가 묻는다.

"아니. 나는 아니고, 할머니랑 엄마가. 너희 부모님이 옛날부터 여기 사셨으면 우리 할머니를 아실지도 모르겠는데."

"어떻게요?"

"할머니가 엄청 유명했었거든. 혹시 이터널 플랜트라고 알아?"

내 착각일까. 별이의 얼굴이 조금 경직되었다.

나는 몸을 일으켜 바지 주머니 속을 더듬는다. 아무것도 잡히지 않는다. 강에 빠졌을 때 잃어버린 줄 알고 실망해 손을 빼려는 찰나, 플라스틱 조각이 손가락에 걸린다. 표면에 붙은 모래 알갱이를 털어 별이에게 건네자, 별이는 그것을 햇빛에 이리저리 비추어 본다.

"아, 알아요."

나는 숨을 죽이고 별이의 다음 말을 기다린다. 할머니를 알고 있는 사람을 만나는 게 뭐라고 이렇게 긴장이 되는지 모르겠다.

"한국에 처음 왔다고 했죠?"

"나? 응."

별이는 잠시 뭔가를 곰곰이 생각하는 듯하더니, 싱거운 미소를 지어 보인다. 그게 다다. 더 이상 아무 말도 하지 않는다. 나는 별이가 나를 대하는 태도에서 무언가가 달라졌음을 분명하게 느낀다. 무관심에서 다른 무언가로 바뀌었다. 더 나쁜 쪽으로.

우리는 다시 언덕을 오른다. 끝이 없을 것만 같은 넓은 아스팔트 도로는 한낮의 열기를 뿜어낸다. 이 정도 땀을 흘렸으면 이제 몸에 수분이 없을 법도 한데 땀은 끊임없이 흘러내린다. 언덕의 꼭대기에 오르자, 이번엔 끝이 없을 것만 같은 내리막이 펼쳐진다. 굴러서 내려가는 편이 낫지 않을까 진지하게 고민하면서 걷다 보니 어느새 내리막의 끝에 다다른다.

"어? 여기는……."

"알아요?"

멀리서는 보이지 않았던 조형물이 나무 사이로 모습을 드러낸다. 한글 '샤' 모양의 조형물. 서울대학교 정문이다. 언뜻 보면 '샤'로 보이지만 그게 아니라 시옷과 기역과 디귿을 합쳐 열쇠 모양을 만든 거라고 할머니는 여러 번 얘기했었다. 하지만 실제로 보니 이건 영락없는 '샤'다. 할머니한테 이게 어떻게 열쇠냐고 말하고 싶어 입이 근질근질하지만, 이 말을 할 기회는 영원히 없을 것이다.

그때 파커가 놀라며 저 멀리를 가리킨다. 새다. 새가 가까이 다가오자 순간 해가 진 것처럼 주변이 어두워진다. 새는 마치 경고하듯 우리의 머리 위를 빙글빙글 돈다. 한나가 발치의 돌을 주워 새에게 던져 보지만, 돌은 새의 발끝에도 못 미친다.

"야, 이놈아! 크리스는 어딨어!"

뭔가 이상하다. 다시 봐도 기분 탓이 아니다.

"저기…… 새가 좀 커지지 않았어요?"

그동안 나는 왜 새가 한 마리라고 생각했던 걸까. 아드리안과 크리스를 잡아간 새, 한강에서 마주친 새, 그리고 지금 우리 눈앞에서 날고 있는 새. 혹시 전부 다른 새가 아닐까?

마치 따라오라는 듯 새는 서울대학교 안으로 천천히 날아간다.

2부

마주한 의문

"이 동네 정말 마음에 안 드네."

한나가 구시렁거린다. 그럴 만도 하다. 이제 끝났나 했더니 정문을 통과하자마자 또 오르막이다.

아무리 물어도 하얀 새에 대해 끝까지 함구하는 별이를 보며, 나는 이곳에서 일어난 모든 일들이 어떤 식으로든 연결되어 있다는 것을 직감한다. 사람을 잡아가는 새와 별이. 그 뒤에는 무엇이 있는 걸까.

상념에 잠겨 기계적으로 발걸음을 옮기다가, 달라진 공기의 흐름을 느끼고 주변을 살핀다. 어느새 발밑의 아스팔트는 촉촉한 흙이 되었고, 머리 위 하늘은 풍성한 잎사귀들로 가득 메워졌다. 깜짝 놀라 뒤를 돌아보니, 우리는 나무로 이루어진 터널 안에 있다. 조금 전까지 집요하게 정수리를 달구던 뙤약볕이 저만치에서 눈부시게 빛난다. 잰걸음으로 앞서 나가던 별이는 이끼로 뒤덮인 커다란 돌덩이 앞에 멈춰 선다.

"거의 다 왔어요. 여기만 통과하면 돼요."

별이의 말이 끝나기가 무섭게 돌이 요란한 소리를 내며 옆으로 밀려나고, 엘리베이터 크기의 작은 공간이 드러난다. 금속으로 만들어진 환한 공간에 별이가 성큼성큼 발을 내딛자 텅텅 소리가 메아리친다. 우리는 서로 어깨가 닿을 듯 가까이 모여 선다. 작은 경고음과 함께 등 뒤의 돌이 닫힌다. 그러고는 무슨 일이 일어날지 짐작할 틈도 없이 강한 바람이 불어닥치더니 우리를 훑고 지나간다. 이어 매캐한 냄새가 나는 뽀얀 기체가 머리 위에서 쏟아진다. 우리는 누가 먼저랄 것도 없이 쿨럭거린다. 별이만 빼고.

"아, 맞다. 숨 참으라는 말을 깜빡했네……."

분명 일부러 그랬다. 우리를 골탕 먹이려고. 간신히 기침을 가라앉히고 별이에게 따지려던 나는 고개를 들고 할 말을 잃는다.

금속 문이 열리고 나타난 낯선 공간은 압도적이다. UNCDE 러시아 분소의 로비보다 다섯 배는 넓고 열 배는 화려하다. 눈에 보이는 모든 것이 알 수 없는 무언가로 이루어져 있는데, 뽀얗고 매끈한 벽은 손을 대자 폭신하게 들어가고, 나뭇결이 살아 있는 바닥은 아무리 살펴도 이음매가 보이지 않는다. 까마득히 높은 천장은 조명도 없이 스스로 빛나고, 공기에서는 놀랍도록 아무 냄새도 나지 않는다. 그리고 무엇보다도, 방금까지 온몸을 옭아매던 열기가 조금도 느껴지지 않는다.

현실이라고 믿기 힘든 공간에서, 나는 익숙한 무언가를 발견하고 반사적으로 고개를 숙인다. UNCDE 직원들이다. 백여 명쯤 되는 군중 너머로 UNCDE 유니폼을 입은 사람들이 일렬로 줄지어 서 있다. 대체 왜 여기에 저들이 있는 거지? 내 잘못이 얼굴에 적혀 있는 것도 아닌데, 나는 UNCDE 직원들과 눈이 마주칠까 봐 고개를 들지 못한다.

"하필…… 딱 이 시간에 왔네요. 좀 기다려야겠어요."

별이가 우리를 구석으로 데려간다.

"이게 다 뭐야."

눈을 휘둥그레 뜬 한나가 상황을 파악하느라 애쓴다. 근처를 지나는 낯선 사람들이 우리를 가리키며 뭐라고 수군거린다. 표정을 보아 하니 좋은 말은 아니다. 그럴 만도 하다. 내가 봐도 우리는 이 공간에 잘못 오려 붙여진 지저분한 천 쪼가리 같으니까.

"여기는 연구소예요. 조금 이따 소장님께 안내해 드릴게요. 지금은 바쁘시거든요. 아! 저기 오시네요."

웅성거리는 소리가 서서히 커지더니, 저 멀리서 누군가가 나타난다. 터져 나오는 박수 소리와 함성 소리에 분위기가 고조된다.

"이거 무슨, 행사야?"

한나가 눈을 가늘게 뜨고 환호하는 사람들을 관찰한다. 그때, 파커가 큰 소리를 내며 어딘가를 가리킨다.

"저기! 저기 크리스! 맞지?"

설마 하고 의심하면서도 혹시나 하는 기대에 파커의 손끝이 향한 곳을 확인한다. 세 사람이 군중을 향해 손을 흔들고 있는데, 그중 한 명은 크리스를 닮았다. 아니, 크리스다. 다리에 힘이 풀린다. 역시 살아 있었어. 그럴 줄 알았어.

나는 까치발을 들고 몸을 좌우로 움직이며, 사람들 너머로 손톱

만 하게 보이는 크리스를 살핀다. 다행히 어디 다친 곳은 없는 것
같다. 얼굴도, 팔도, 다리도 멀쩡하다. 그런데 멀쩡하다는 표현은
적절하지 않다. 크리스는 불과 반나절 만에 많이 달라져 있다. 다가
가기 어려울 만큼 좋아 보인다. 허술하고 엉성했던 인턴이 멀끔한
과거도시인으로 변해 있다. 대체 무슨 일이 있었던 걸까? 빨리 알
고 싶어서 마음이 들썩거린다.

"어? 옆에……."

한나는 크리스보다 크리스 옆에 있는 사람 때문에 더 놀란 듯하다.

"이사벨! 이사벨 그레이 위원장 아니야?"

귀신이라도 본 듯 한나가 위원장이 왜 여기 있는 거냐고 중얼거
리는 동안, 나는 파커에게 저 사람이 대체 누군데 한나가 이렇게 놀
라는 거냐고 묻는다.

"이사벨 그레이. 예전에 UNCDE 의장이었고, 지금은 UNCDE 자
문위원회 위원장이야. 의장 임기 중에 오클랜드 협약을 주도했지.
노 휴먼스 랜드를 처음 제안한 사람으로 유명해."

파커의 설명을 한 귀로 들으며, 사람들과 차례로 악수를 나누는
이사벨 위원장을 자세히 관찰한다. 잘 다려진 무채색의 유니폼이
마치 태어날 때부터 입고 있던 것처럼 잘 어울린다. 인자한 웃음과
절도 있는 움직임에서는 오랫동안 권위를 가졌던 사람의 노련함이
느껴진다. 저렇게 대단한 사람이 눈앞에 있다니……. 나는 이사벨
에게서 눈을 떼지 못한다. 파커가 뭔가 생각난 듯 덧붙인다.

"미아 씨 그레이 시티에서 왔잖아. 위원장님 이름을 따서 붙인
거야, 그레이 시티."

느닷없이 알래스카 난민 캠프가 그레이 시티로 이름이 바뀌던 때가 떠오른다. 그레이가 누군가의 이름일 줄은 상상도 못 했는데.

한나가 조심스럽게 파커 옆으로 한 걸음 다가선다.

"혹시…… 이런 프로젝트에 대해 들은 적 있어? UNCDE에 이런 과제를 진행하는 부서가 따로 있었나?"

"글쎄. 전혀 모르겠는데."

파커가 팔짱을 끼고 이어 말한다.

"어쩌면 이사벨 위원장이 대외비로 운영하고 있는 TF일지도 모르지. 그러고 보니…… 나한테 일을 준 그 전략기획실 사람…… 여기서 나온 거였나?"

파커가 자신의 추측이 맞는지 확인하려는 듯 별이의 표정을 살피지만, 별이는 아무 반응도 하지 않고 태연히 앞만 보고 서 있다.

"그런데 크리스랑 이사벨 위원장 옆에 있는 사람은 누구예요? 저기 머리가 하얗고 반짝거리는……."

"앤 소장님이에요."

한동안 말이 없던 별이가 입을 연다.

"이 연구소를 만드셨는데, 전혀 몰라요?"

별이는 마치 내가 당연히 알았어야 한다는 투로 말한다. 나는 어딘지 차가운 별이의 태도가 신경 쓰여 내가 잘못한 게 있는지 되짚어 보다가, 이내 다시 앤 소장에게 정신을 뺏긴다.

앤 소장이라는 사람은 이 공간에서 가장 빛난다. 말 그대로 반짝거린다. 백발인지 은발인지 모를 하얀 머리 위에는 핑크색 렌즈가 끼워진 뿔테 선글라스가 얹혀 있고, 가는 어깨를 타고 흐르는 블라

우스는 원단이 무엇인지 모르겠지만 광택이 반지르르하다.

그때, 세 사람 뒤로 앤보다 더 반짝거리는 물체가 나타난다. 열댓 명의 사람들이 각자 자신의 몸만 한 카트를 하나씩 끌고 들어오는데, 카트 안에는 투명한 비닐과 플라스틱으로 포장된 새 물건들이 가득 쌓여 있다. 흥분한 사람들이 휘파람을 불며 손을 흔든다. 저게 다 무엇인지 알 수 없어도, 심지어 내 것이 아닌데도, 덩달아 내 심장도 두근거린다. 내가 평생 본 새 물건들을 다 합쳐도 저 카트 하나에 담긴 양보다 적을 것이다.

"저게 다 뭐야? 오늘 누구 생일이야?"

한나의 큰 목소리가 주변 사람들의 주의를 끌자 별이가 못마땅한 표정을 짓는다.

"오늘은 위원장님이 방문하시는 날이거든요. 위원장님은 연구소에 오실 때마다 매번 선물을 가져오세요. 여기는 과거도시와는 달라서 없는 물건이 많죠."

"뭐가 없는데?"

파커가 이해할 수 없다는 듯 으리으리한 실내를 둘러보며 묻는다.

"기타 줄 같은 거요. 저 안에 제 기타 줄도 있을 거예요. 하나가 끊어져서 다섯 줄 뿐이라 벌써 몇 달째 기타를 방치하고 있거든요. 새 기타 줄을 구하려면 허가를 받아서 밖에 나가야 하는데 허가받기도 쉽지 않고…… 나간다고 해도 이미 다 털린 악기 상점에서 찾을 수 있다는 보장도 없고……. 이사벨 위원장님이 가져다주시지 않으면 직접 재료를 구해다가 어찌어찌 만들어 보는 수밖에 없어요. 기타 줄을요."

124

별이의 설명을 듣고 나니 이 광경이 이해가 된다. 이사벨 위원장은 이곳에서 산타 할머니인 모양이다. 미리 소원을 말하면 필요한 것 혹은 비슷한 것, 어쩔 땐 더 좋은 것을 가져다주는.

"그런데 크리스는 왜 저기 껴 있는 거야? 우리가 얼마나 찾았는데…… 여기까지 새를 쫓아온 건 다 크리스 때문이었다고. 이렇게 잘 있는 줄 알았으면 그냥 집에 갔지."

한나의 투덜거림은 별이의 한마디에 경악으로 바뀐다.

"아드님이시잖아요. 위원장님의."

"뭐? 뭐라고?"

한나의 고함에 주변 이들의 이목이 집중된다. 파커도 몰랐던 모양인지 입을 다물지 못한다. 이쪽의 상황을 알 리가 없는 크리스는 이사벨 위원장, 앤 소장과 함께 유유히 뒤돌아간다.

"이제 가요! 소장님 집무실로."

흩어지는 사람들 사이로 별이가 우리를 인솔한다. 소장의 집무실로 가까워질수록 인적이 드물어지더니, 어느새 반듯한 복도에는 우리뿐이다. 한나는 크리스가 이사벨 위원장의 아들이라는 사실이 큰 충격이었는지 아직도 멍쩌 있다.

크리스는 대체 뭐 하는 아이일까. 그렇게 높은 사람의 아들이 왜 플래그리스가 되었던 걸까. X와는 무슨 사이일까. X가 나를 조사단에 잠입시키는 걸 왜 보고만 있었을까. 나는 크리스에 대해 알고 있는 게 거의 없다는 걸 새삼 깨닫는다.

집무실 앞에 도착하자, 조금 열린 문틈으로 누군가의 웃음소리가 새어 나온다. 별이가 자기 일은 다 끝났다고 통보하고는 인사도 없이 가 버린다.

한나가 노크를 한다. 그러자 웃음소리가 뚝 끊긴다. 뒷모습만 봐도 긴장한 게 분명한 한나가 문을 활짝 열어젖힌다.

"어서 와요."

책상에 기대 서 있는 앤 소장이 시원스럽게 웃으며 말한다. 내 시선은 앤을 스쳐 지나 곧장 크리스를 향한다. 크리스가 나와 눈을 맞춘다. 너는 어떻게 무사한 거야? 여기서 뭘 하고 있는 거야? 묻고 싶은 말이 많지만, 일단 안도감에 온몸의 긴장이 풀린다.

유일한 답

앤 소장의 집무실은 인테리어에 대해 전혀 모르는 나도 한눈에 알아볼 수 있을 정도로 고급스럽다. 짙은 색 나무로 만들어진 가구들은 내가 태어나기도 전부터 이 자리에 뿌리내리고 있었던 듯하고, 빈틈없이 벽을 채우고 있는 액자들 속에는 수백 년 전에 살았을 법한 사람들이 오묘한 표정을 짓고 있다. 가장 눈에 띄는 건 가구 사이사이에 있는 박제된 동물들인데, 곰과 호랑이는 사냥감을 위협하다가 그대로 얼어 버린 모습이고, 사슴과 물소는 벽에 처박혀 머리만 내밀고 있다.

"들어와요."

앤 소장이 손짓하자 팔목에 걸려 있는 장신구들이 부딪히며 잘랑잘랑 소리를 낸다. 가까이에서 본 앤은 생각보다 나이가 더 들어 보인다. 우리 할머니 정도 됐을까. 이사벨 위원장은 어디 갔는지 보이지 않는다.

간단한 인사를 건네며 한나가 집무실 안으로 발을 내딛는다. 하지만 몇 걸음 만에 멈춰 서고, 한나 뒤를 따르던 파커와 나는 문간에 어정쩡하게 선다.

"우리를 왜 여기로 데려온 거죠?"

의심이 가득한 한나를 보며 앤이 픽 웃는다.

"여기 오려고 기를 쓴 건 여러분 아닌가요?"

"맞아요. 하지만 우리는 새를 쫓아온 것뿐이에요. 크리스가 걱정돼서요."

한나가 턱으로 크리스를 가리킨다. 크리스는 자신에게 쏟아지는 시선을 피하며 발끝을 내려다본다. 두 사람의 대화를 듣는 나는 마음이 조급해진다. 빨리빨리 좀 얘기하지. 답답하게.

책상에 비스듬히 기대 있던 앤이 몸을 일으켜 세우더니, 돌연 박수를 치며 웃음을 터뜨린다. 당황스럽다. 팔찌가 만들어 내는 날카로운 금속 마찰음과 앤의 웃음소리가 박수소리와 뒤섞여 집무실을 헤집는다.

"그건 드론이야, 드론! 새가 아니고."

드론? 그건 분명 새였는데.

"아니요. 그건 정말 새였는데요."

나도 모르게 생각이 입에서 튀어나온다.

"드론이라니까. 새처럼 만든 드론."

"혹시, 위장 드론인가요?"

파커가 묻는다.

"정찰용이야. 그런 것까지 여러분이 알 필요는 없지만."

앤이 어깨를 으쓱한다.

"알아야겠어요."

한나가 크리스에게 한 걸음 다가서며 말한다.

"크리스, 가만히 서 있지만 말고 말해 봐. 새가 아드리안을 잡아 갔다고 했었잖아! 그 새가 드론이라면…… 누군가 드론으로 아드리안을 죽였다는 말이 되잖아?"

앤이 누가 봐도 어색하게 놀란 척하며 손바닥을 들어 보인다.

"어머. 오해가 있나 본데, 나는 이유 없이 사람 죽이고 그런 사람 아니야."

그러고는 크리스의 등에 가볍게 손을 얹는다.

"그건 사고였어. 그놈이 갑자기 애를 공격하잖아. 그래서 떼어 놓을 수밖에 없었다고. 근데, 자기가 버둥거리다가 땅으로 뚝 떨어진 걸 어떡해?"

잠시 안타까운 표정을 지어 보인 앤이 돌연 파커에게 시선을 던진다.

"그리고 따지고 보면, 그건 애초에 일을 제대로 하지 않은 사람 잘못이지. 약속을 해 놓고 그냥 내빼면 어쩌자는 거야. 위원장님이 화가 많이 나셨다고."

"네? 아, 아뇨."

많이 당황했는지 파커가 말을 더듬는다.

"내빼려고 한 적 없습니다. 비행기가 오기 전에 크리스를 데리고 빠져나올 생각이었……."

앤이 품 웃고는, 손톱 끝으로 책상을 톡톡 두드리며 말한다.

"꽁꽁 묶여 가지고, 그게 가능해?"

파커가 아무 대꾸도 하지 못한다. 앤은 멈추지 않고 계속 책상을 톡톡 두드린다. 집무실의 분위기가 빠르게 가라앉는다. 누구도 선뜻 입을 열지 않는다.

나는 앤이 드론으로 내려다봤을 우리의 모습을 상상한다. 뜨거운 태양 아래 진드기처럼 버둥거리며 땀을 뻘뻘 흘리는 모습을. 드론에 납치되던 순간 공포에 휩싸였던 크리스의 얼굴도 떠오른다. 아마 크리스는 전혀 몰랐던 모양이다. 그런데 한강에서 봤던 그 새 떼는 뭐였지? 내 얼굴에 튀었던, 그 뜨뜻미지근한 피는 진짜였는데.

"그럼 그것도 보셨겠네요? 한강에서요, 우리는 새한테 공격을 당했어요. 살아 있는 진짜 새한테요."

앤이 책상을 두드리던 손가락을 멈추고 말한다.

"드론이 얼마나 비싼데, 그걸로 들이받을 수는 없지. 화학물질로 새 떼를 유인했던 거야. 겁을 주려고. 아이구, 많이 놀랐나?"

"겁을 주려고 했다고요? 죽이려고 한 게 아니고요?"

"무슨 말을 또 그렇게 잔인하게 해. 집에 돌아가라는 뜻이었어. 너무 열심히 쫓아오길래."

하도 기가 막혀서 나는 화도 내지 못하고 말문이 막힌다. 혼자 뭐가 그리 신났는지, 앤이 머리 위에 얹어 둔 선글라스를 집어 들고 한 손으로 빙빙 돌린다. 파커가 갑자기 주먹으로 문을 내려친다.

"돌아가자! 저 할망구 미쳤나 봐. 사람이 죽을 뻔했는데 뭐라는 거야?"

흥분한 파커가 계속 소리친다.

"당신! 고소할 거야! 내가 그냥 넘어갈 줄 알아?"

앤이 짧게 한숨을 내쉬고는 들고 있던 선글라스를 낀다. 크리스가 마치 가만히 있으라는 듯이 간절한 눈빛으로 파커를 바라보며 고개를 좌우로 흔든다. 하지만 파커의 거친 숨소리를 듣고 있자니 내 속에서도 슬슬 열이 오른다.

"대체 왜 그런 짓을 한 거예요? 우리는 그저 일을 하러 왔을 뿐인데."

앤 소장이 내 말을 제대로 듣는 것 같지 않아 한 걸음 다가가려는데, 한나가 다급히 내 팔목을 움켜쥔다. 그리고 무언가 결심한 듯 조심스레 입을 연다.

"저희는 이만 돌아가겠습니다. 크리스가 무사한 것도 확인했고…… . 죄송하지만 저희를 노 휴먼스 랜드 밖으로 데려다주실 수 있을까요?"

아무래도 문제를 크게 만들지 않고 여기서 빠져나갈 심산인 듯하다. 돌이켜 보면 한나는 참 일관적이다. 피해를 최소화하면서 상황을 최대한 매끄럽게 넘어가려는 방식. 한나와 원하는 것이 같을 때는 이보다 더 든든할 수가 없다. 하지만 지금은 아니다. 머리끝까지 화가 나 그냥 넘어갈 수가 없다.

그때, 멀리서 묵직한 구두 소리가 들려온다. 소리는 점점 가까워지고, 곧이어 나타난 건 이사벨 그레이 위원장이다. 이사벨은 나와 파커 사이를 지나 집무실 한가운데로 뚜벅뚜벅 걸어 들어간다.

앤이 이사벨에게 밝은 목소리로 말한다.

"급한 일은 어떻게, 잘 처리하셨어요?"

"애초에 잘 처리할 수 있는 일이었으면 나한테까지 연락이 오지도 않았겠죠."

소파에 털썩 앉으며 이사벨이 한숨을 내쉰다.

"조사 결과가 나왔는데, 저번 화재는 불법 거주민이 일으킨 것 같아요. 이걸 사실대로 말할 수도 없고, 뭐라고 보고해야 할지 골치가 아프네요."

앤과 이사벨의 대화를 잠자코 듣던 한나가 조심스럽게 끼어든다.

"안녕하세요, 이사벨 위원장님. UNCDE 환경부 NHL연구팀 한나 로이입니다."

이사벨이 피곤한 얼굴로 한나를 돌아본다.

"아, 그래요. 반가워요."

"저…… 돌아가기 전에 여쭤보고 싶은 게 있어서요."

이사벨이 돌연 미간을 찌푸리며 앤을 바라본다.

"소장님, 아직 얘기가 전달이 안 됐나 봐요?"

"아, 네. 지금 막 얘기하려던 참이었어요."

무슨 얘기를 하겠다는 거지? 전혀 감을 잡지 못하고 멍청히 서 있는 우리를 향해 앤이 선언하듯 말한다.

"잘 지내봅시다. 금방 적응할 수 있을 거예요."

파커가 무슨 뚱딴지같은 소리냐는 표정을 짓는다. 앤이 개의치 않고 말을 잇는다.

"이곳에 들어온 이상 나갈 수는 없어요. 보안이 중요한 시설이라서요. 많은 사람들의 목숨이 달린 일이니 협조해 주길 바랍니다."

앤의 말은 충격적이다. 마침내 폭발한 파커가 쿵쿵거리며 발걸음을 옮겨 앤의 코앞에 선다.

"당신이 뭔데 나한테 남으라 마라야? 헛소리하지 말고 나가는 길이나 안내해."

분노로 일그러진 파커의 얼굴이 앤의 선글라스에 비쳐 보인다. 앤은 무표정하게 파커를 바라본다. 긴장감에 숨이 막힌다. 파커가 분에 못 이겨 몇 번 더 악을 쓰다가 집무실을 나가려고 하자, 한나가 급히 붙잡는다.

"잠깐만. 집까지 어떻게 가려고? 걸어서 갈 수는 없잖아. 기다려 봐."

"아니. 갈 거야."

파커가 한나를 뿌리치고 집무실을 나가 버린다. 그러자 앤이 고개를 가로저으며 책상 위로 손을 뻗는다. 그곳에는 태블릿이 놓여 있다.

"저기 소파에 앉아 계신 분이 너희 어머니라며. 어떻게 말 좀 해 봐!"

나는 마치 박제된 동물처럼 우두커니 서 있는 크리스에게 다가가 다그친다. 그러자 들릴 듯 말 듯 크리스가 속삭인다.

"일단…… 소장님 말대로 해."

답답해서 크리스에게 한마디 더 하려는데, 밖에서 파커의 고함이 들린다. 급히 문밖으로 나가 보니 저 끝에서 낯선 이들에게 끌려가는 파커가 보인다. 그리고 이내 시야에서 사라진다. 도와 달라고 외치는 목소리도 멀어져 더 이상 들리지 않는다.

한나와 나는 겁에 질려 서로를 바라본다. 이게 무슨 상황이지? 이래도 되는 거야? 이제 어떻게 해야 하지? 아무것도 모르겠는데

한 가지는 확실히 알겠다. 선불리 행동하면 저렇게 된다는 걸.

절박해진 한나가 앤에게 다가가 애원하기 시작한다. 보안을 꼭 지키겠다고, 절대 이 연구소에 대해 말하지 않을 테니 제발 놓아 달라고.

"아이고. 안 그래도 머리 아픈데, 일을 힘들게 만들지 말아요."

앤은 탁 소리가 나게 태블릿을 내려놓는다. 그리고 안절부절못하는 한나를 무신경한 눈길로 흘겨보며 인심 쓰듯 말한다.

"갑작스러울 테니, 생각해 보고 내일 얘기해요, 그럼."

"뭘…… 생각하라는 거예요?"

떨리는 목소리로 한나가 묻는다.

"편히 지낼 수 있게 미리 준비해 뒀어요. 그래, 크리스가 안내해 주면 되겠네. 좀 씻고, 밥도 먹어요. 어깨에 그 총은 여기 두고 가고."

앤이 코를 살짝 찡긋하면서 한나의 어깨에 걸쳐진 마취총을 가리킨다. 그러고는 크리스를 향해 우리를 데리고 나가라는 듯 손짓한다. 한나의 두 눈이 어디에도 고정되지 못하고 흔들린다.

"잠, 잠시만요. 생각해 보라면서요……. 그럼 내일……."

소파에 앉아 눈을 감고 있는 이사벨이 말을 툭 던진다.

"진짜로 생각하라는 뜻이 아니잖아요?"

다가오는 일

"밖에 연락할 수단은 없나?"

한나가 빵을 입에 밀어 넣으며 묻는다.

"인터넷도 있고, 전화도 있어요. 그걸 쓸 수 있는 권한이 없을 뿐이죠."

"권한이 누구한테 있는데?"

"앤 소장님, 이사벨 위원장님, 그리고 연구원 몇 명 정도요."

크리스가 아무도 없는 식당 안을 괜히 둘러보면서 속삭인다. 이백 명은 거뜬히 들어올 수 있을 만큼 넓은 식당에는 우리 셋뿐이다. 저녁 시간이 지나서 아무도 없는 거라고 조금 전에 크리스가 말했다.

한나는 아까부터 파커를 찾아 이 연구소를 빠져나갈 궁리를 하고 있다. 하지만 이곳에 대해 들으면 들을수록 절망적이다. 크리스는 자신이 살면서 가 본 그 어떤 국가 기관이나 기업 건물보다 이곳의 출입 통제가 더 엄격하다고 말했다. 여기 살고 있는 사람들도 외출 허가를 받는 일이 쉽지 않아서, 밖으로 한 발자국도 나가 보지 못한 아이들이 많다고.

"그래서 파커는 어디로 간 거야? 넌 좀 아는 거 있어?"

"단장님은 수용소로 가셨을 거예요."

크리스가 침울한 표정으로 말한다.

"그리고 아마…… 다시 보기 어려울 거예요. 한번 수감되고 나면 끝이거든요. 제가 알기로는 다시 돌아온 사람이 지금까지 한 명도 없었어요."

한나가 식탁을 손바닥으로 쾅 내리친다. 이를 악문 턱이 미세하게 떨린다. 나는 속이 타들어 가는 것 같아 물을 들이켠다. 그런데 생각해 보니 이상하다.

"아까 그랬잖아요. 우리를 겁줘서 돌려보내려고 했다고. 한강에서 말이에요……. 그런데 왜 다시 우리를 여기로 데려온 걸까요? 굳이 그 꼬마 애까지 보내서?"

한나가 음, 하는 소리를 내며 의자에 등을 기댄다. 그런데 한나 옆에서 크리스가 이상한 표정을 짓는다. 뭔가 숨기고 있다.

"너, 뭐 아는 거지?"

크리스의 눈동자가 흔들린다.

"……내가 부탁했어."

"뭐라고?"

눈을 부릅뜬 한나가 크리스의 어깨를 움켜잡는다. 크리스가 깜짝 놀라 몸을 움츠린다.

"네가 그랬다고? 왜 그랬어!"

"걱정돼서 그랬어요. 돕고 싶어서요."

"이게 도운 거야? 누가 너더러 도와 달래? 그냥 놔뒀으면 알아서 잘 돌아갔을 텐데!"

그러자 크리스가 딱 잘라 말한다.

"아니요. 그랬다면 지금 살아 있지 못했을 거예요."

나는 크리스가 우리가 모르는 무언가를 알고 있다는 걸 직감한다. 그게 뭘까. 한나도 뭔가를 느꼈는지 서서히 손에서 힘을 뺀다. 나는 크리스의 눈을 가만히 들여다보며 말한다.

"정말 돕고 싶다면, 어떻게 된 일인지 우리한테 말해 줘. 부탁이야."

잠시 머뭇거리던 크리스는 이게 자신이 알고 있는 전부라며 이야기를 시작한다. 무려 십여 년 전부터의 이야기를.

2차 세계 재난이 일어난 이듬해, 당시 UNCDE 의장이었던 이사벨은 오클랜드 협약을 재빨리 마무리 짓고 그다음 전략인 인구 억제 정책에 집중했다. 처음에는 빠른 효과를 보기 위해 출산에 대한 징벌적 규제를 검토했는데, 그 소식만으로도 전 세계에 재생산권 보장을 요구하는 시위가 무서운 속도로 번져 나갔다. 결국 UNCDE는 임신 중단 수술과 다양한 피임 방법을 적극적으로 지원하는 동시에 출산의 개인적, 사회적 위험성을 알리는 간접적인 방식으로 비출산을 유도했다.

정확히 수치화할 수는 없지만, 이사벨은 출산율을 낮추는 데 막대한 기여를 했다. UNCDE의 수장인 자신이 직접 나서서 아이를 입양함으로써 인구 억제 정책의 진정성을 보여 준 것이다. 마침 메시지를 전달하기에 딱 알맞은 아기가 있었다. 대형 토네이도로 무너진 대피소에서 구조된 유일한 생존자. 희망과 기적의 아이콘. 바로 갓난아이 크리스였다.

이사벨은 어딜 가든 자신의 외동아들인 크리스를 끼고 다녔고, 크리스는 신분 상승과 행운의 아이콘으로 자라났다. 이사벨은 국제회의에 참석하기 위해 전 세계를 누빌 때도, 난민 캠프에 현장 답사를 나갈 때도 크리스를 데리고 다녔다.

그런데 언젠가부터 크리스의 귀에 이상한 얘기들이 들려왔다. 쟤는 자기가 이용당하는 것도 모른 채 끌려다닌다고. 멍청한 건지 모른 척하는 건지 모르겠지만 불쌍하다고. 쓸모가 없어지면 비참하게 버려질 거라고.

"너도 그렇게 생각했어?"

"아니, 전혀. 근데 사람 마음이 좀 그래. 주변에서 자꾸만 그러니까 확인하고 싶더라고……."

그러던 중에 모르는 사람에게서 편지가 왔다. 이런저런 연락은 평소에도 많이 왔지만, 그 편지는 조금 달랐다. 기부금을 보내 달라는 종교 단체도 아니었고, 기후 변화가 조작이라고 주장하는 음모론자도 아니었다. 그 편지에는 이사벨 위원장에 대한 이야기가 적혀 있었다.

"위원장님이 얼마나 악랄한 사람인지, 그동안 얼마나 많은 사람들을 살해했는지 알려 주겠다고 했어. 그래서…… 편지에 적혀 있는 장소로 나갔어. 그런 헛소문을 퍼뜨리는 사람이 누구인지 알아내서 혼내 주고 싶기도 했고…… 조금은 궁금했으니까."

크리스를 불러낸 건 플래그리스였다. 그들은 다짜고짜 크리스를 납치해 장물처럼 어딘가에 처박아 두었다. 공포에 사로잡힌 크리스는 곧 자신이 꼼짝없이 살해당할 거라 추측했다. 혹은 이사벨을 협박하기 위한 인질로 쓰인 뒤에 살해당하거나. 여러 명의 플래그리스가 번갈아 가며 크리스를 감시했다. 그중 한 명이 X였다.

"그게 누군데?"

한나가 마치 질문하는 학생처럼 손을 번쩍 들고 묻는다.

"지금 얘기하려던 참이에요. 들어 보세요."

어느 날 X는 다른 플래그리스들이 모르게 패닉 상태에 빠진 크리스에게 접근했다. 그러더니 무의미한 죽음은 원치 않는다며, 그곳에서 살아 나갈 수 있는 유일한 방법을 알려 주었다. 선택의 여지가 없었다. 크리스는 그렇게 플래그리스가 되었다. 살기 위해 납치범과 한편이 된 것이다.

막상 가까이에서 지켜보니 플래그리스는 소문만큼 끔찍한 집단은 아니었다. 환경 오염 물질을 불법으로 배출하는 기업에 불을 지르거나 두 차례의 세계 재난을 겪고도 여전히 화석 연료를 생산하는 기업에 폭탄을 설치했는데, 그건 실질적인 피해를 주기 위해서가 아니라 경고하기 위함이었다. 크리스는 조금씩 플래그리스의 일을 돕기 시작했다. 몇 달이 지나 크리스가 스스로를 정말로 플래그리스라고 여길 즈음, 그들은 다른 것을 요구하기 시작했다.

"UNCDE의 정보를 달라고 했어. 고위급 간부들의 정보. 그들의 하루 일과부터 주로 먹는 음식, 자주 만나는 지인, 가족에 대해서까지. 정보를 어디에 사용하는지는 알려 주지 않았어. 하지만 어렴풋이 짐작할 수는 있었지."

크리스는 X에게 더 이상 못하겠다고 말했다. 그러자 X는 유감이지만 플래그리스를 그만두려면 죽는 수밖에 없다고 했다. 그제야 크리스는 자신이 돌이킬 수 없는 위험한 짓을 저질렀다는 걸 깨달았다.

"그런데 X가 또 방법을 찾아 줬어. 두 번이나 나를 구해 준 거지. 내가 플래그리스를 그만뒀다는 게 알려지면 위험하니까 죽은 척하고 어디 숨어 지내라고 했어. 플래그리스가 없는, 예를 들면 노 휴먼스 랜드 같은 곳에."

크리스는 정보를 가져온다고 둘러대고 집으로 돌아갔다. 그리고 이사벨 위원장에게 사실을 털어놓았다. 화를 낼 줄 알았던 이사벨은 방법이 있으니 걱정하지 말라며 크리스를 안심시켰다. 그리고 서둘러 지시를 내렸다. 학생 인턴 자리 하나를 포함한 노 휴먼스 랜드 조사단을 꾸리라고. 목적지는 서울이었다.

"고작 너 하나 숨기려고 그 난리를 피웠단 말이야?"

한나가 소리를 빽 지르자, 크리스가 화들짝 놀라 목소리를 낮추라는 손짓을 한다. 그리고 미안한 표정으로 말을 잇는다.

"저도 일이 이렇게 될 줄 몰랐어요. 그냥 서울에 가면 누가 저를 데리러 올 거라고만 알고 있었어요. 여기 이런 연구소가 있는 줄도 몰랐어요. 죄송해요, 정말."

파견 일정이 잡히고 나서 크리스는 X를 찾아갔다. 생명의 은인에게 마지막 인사는 해야 할 것 같았기 때문이다. X는 크리스의 계획을 듣더니 걱정이 된다면서 자신도 따라가겠다고 했다.

"설마……."

한나가 두 손을 모아 입에 갖다 댄 채 숨을 크게 들이마신다.

"맞아요. X는 빅토리아예요. 그 우주 비행사요."

"빅토리아가 플래그리스라고? 세상에……. 그런데, 실제로 봐도 그렇게 예뻐? 어때?"

크리스가 한나의 물음에 대답하는 대신, 내 쪽으로 고개를 돌리고 이어 말한다.

"하지만 알다시피 같이 오지는 못했어. 빅토리아가 조사단에 합류한다고 금세 소문이 나 버렸거든. 갑자기 관심이 쏟아지는 바람에 계획에 차질이 생길까 봐, 빅토리아는 나를 대신 지켜볼 사람을 구했어."

"그게, 나야?"

"응, 맞아."

머리가 떵하다. 상상도 못 했다. 이제껏 크리스가 나를 감시하러 이곳에 온 줄 알았는데, 내가 크리스를 돕기 위해 온 것이었다니.

"아마 지금쯤 빅토리아가 우리를 많이 걱정하고 있을 거야. 아드리안한테 갑자기 공격받았다는 얘기를 전했을 때도 많이 놀랐었거든. 통신기를 용산공원에 두고 오게 된 바람에 그 뒤로는 연락을 못 했어. 지금쯤이면 비행기가 추락했다는 소식을 들었을 텐데……."

"뭐라고? 다시 말해 봐. 추락이라고 했어?"

"응."

크리스가 시선을 내리깔고 말한다.

"네가 그 비행기에 안 타서 정말 다행이야."

"왜? 비행기는 갑자기 왜 추락한 건데?"

한나가 또다시 목소리를 높인다. 크리스가 주위를 살피며 말한다.

"아마…… 앤 소장님이 하신 거겠죠. 세 사람이 드론을 봐 버렸잖아요. 지금 국제연합군이 비행기가 추락한 지점을 수색 중이긴 한데, 아마 원인을 알아내려면 시간이 많이 걸릴 거예요. 어쩌면 영영 못 알아낼 수도 있고요."

어이가 없어서 헛웃음만 나온다. 그렇게 쉽게 죽을 뻔했다니. 예정대로라면 비행기 안에는 세 사람과 시신 한 구가 있어야 했다. 그리고 시신 네 구로 바뀌었겠지.

추락하는 비행기에 탄 나를 상상한다. 땅으로 내리꽂혀 지면과 충돌한 뒤 멀리 튕겨 나가서 나무에 걸린 나를. 아니면 비행기와 함께 불길에 휩싸인 나를. 심장이 마구 뛰어 어지럽다.

"그래서 이사벨 위원장님한테 부탁드린 거예요. 세 사람을 연구소로 불러 달라고. 제가 아끼는 사람들이라고요."

아끼는 사람이라는 말을 한 뒤 크리스는 민망한지 목을 가다듬는다.

"운이 좋았다면 세 사람은 베이스캠프까지 다시 돌아갔을 거예요. 그리고 어떤 식으로든 구조 요청을 했겠죠. 하지만 그 전에 앤 소장님은 결국 일을 마무리 지었을 거예요. 제가 이사벨 위원장님한테 부탁을 안 했다면요."

한나의 얼굴이 분노로 달아오른다.

"그래서! 평생 여기 갇혀서라도 살게 해 줬으니 고마워하라는 거야?"

"아니요."

크리스가 침을 꿀꺽 삼키고 말한다.

"평생은 아닐 거예요. 듣기로는…… 조만간 연구소에서 뭔가 할 모양이에요. 그게 되게 중요한 것 같은데……. 그 일이 끝나면 이렇게 보안을 유지할 필요가 없어지나 봐요. 그러니까…… 그때 나갈 수 있을 거예요."

"그게 언젠데? 여기서 뭘 하는 건데? 확실히 나갈 수 있는 거 맞아?"

기어들어 가는 목소리로 크리스가 중얼거린다.

"잘 모르겠어요."

되찾아야 하는

할머니가 죽고 나서 처음으로 할머니 꿈을 꿨다. 눈을 뜨고 나서야 꿈이라는 걸 알았다. 뭐가 그리 서러웠는지 아직도 이유 없이 서럽다. 잠이 확 달아난 나는 몸을 일으킨다.

침대에 걸터앉아 뜨겁고 축축한 눈가를 옷소매로 대충 문질러 닦는다. 어둠에 잠긴 낯선 방을 무심히 둘러보다, 어제 잃어버린 할머니의 유골이 생각나 다시 눈가가 뜨거워진다. 나에게 할머니의 흔적이 단 하나도 남지 않았다는 사실이 새삼 당혹스럽다. 틴 케이스는 한강 바닥에 그대로 가라앉아 있을까? 바다로 떠내려갔을까?

할머니는 젊었을 때의 사진이 몇천 장, 몇만 장은 된다고 했다. 그러면서 엄마와 나의 사진을 남기지 못한 걸 안타까워했다. 하지만 그 몇만 장의 사진도 볼 수 없으니 없는 거나 다름없었다. 나는 이제 서서히 할머니의 얼굴을 잊을 것이다. 그럼 꿈에서도 흐릿해지겠지.

아니, 잠깐만⋯⋯. 나에게는 할머니를 기억할 물건이 하나 있다.

144

내가 그걸 어디다 뒀더라. 바지 주머니 안에 잘 넣어 뒀었는데…….
아무것도 아닌 그 플라스틱 조각이 갑자기 아주 중요한 무언가처
럼 느껴진다. 꿈 때문인가, 새벽이라 그런가. 생각이 막무가내다.
그냥 그게 없으면 안 될 것 같다.

조급한 마음에 급히 방을 나선다. 어두운 복도를 살금살금 걸어
샤워실로 향한다. 몇 시간밖에 안 지났으니 플라스틱 조각은 벗어
둔 옷과 함께 그대로 빨래 통에 남아 있을 것이다. 이곳을 나갈 방법
을 찾을 때까지 얌전히 있으라고 한나가 신신당부했지만, 아무도
모르게 다녀오면 없었던 일이 될 것이다.

연구소의 구조는 크리스가 대략적으로 설명해 주었다. 창문이
하나도 없는 데다 복도가 전부 비슷비슷하게 생겨서 자칫 잘못하
면 길을 잃기 쉬우니 조심하라며. 우리가 이곳에서 처음 마주했던
공간인 로비를 중심으로, 남쪽에는 실험동이 있고 지하에는 생활
동이 있다. 생활동에는 식당과 샤워실, 라운지 등이 있는데, 내가
머물고 있는 방은 생활동에서도 가장 바깥쪽이라 다행히 샤워실과
가까운 편이다.

혹시 잠겨 있을까 봐 걱정했는데 샤워실 손잡이를 밀자 문이 부
드럽게 열린다. 나는 손쉽게 내가 벗어 둔 옷을 찾아 플라스틱 조각
을 꺼낸다. 이터널 플랜트. 손끝으로 슬쩍 표면을 매만지자 웃음이
난다. 이게 뭐라고 여기까지 찾으러 왔을까. 허탈함에 한순간 긴장
이 풀린다. 그런데 그때, 나는 깜짝 놀라 그대로 얼어붙는다.

아주 가까운 곳에 누군가 있다. 귀신은 무섭지 않은데 사람인 것
같아 너무 두렵다. 내가 서 있는 벽 너머에서 뭘 찾는 듯하는 소리

를 내며 가까이 다가온다. 큰일이다. 나는 샤워실 안쪽에 들어와 있고, 밖으로 나가려면 저 사람을 지나쳐야 한다. 생각할 시간이 별로 없다. 나는 플라스틱 조각을 손에 꼭 쥐고, 뒤도 안 돌아보고 내달린다.

금세 다시 방에 돌아와 문을 닫고 주저앉는다. 다행히 그 누군가는 나를 쫓아오지 않았다. 아마 내 얼굴도 확인하지 못했을 것이다. 어둠 속에서 달려가는 뒷모습만 봤겠지. 운이 좋다면 내가 누군지 못 알아낼 것이다. 이미 벌어진 일이니 어쩔 수 없다. 최대한 좋은 쪽으로 믿는 수밖에. 확실하지는 않지만 그 사람은 이곳저곳을 두드리면서 누군가를 찾았던 것 같다. 엄마,라고 말했던 것 같기도 하다.

"내가 밤새 고민해 봤는데, 네가 이사벨 위원장의 전화를 훔쳐 오는 게 좋겠어."

이른 아침부터 한나의 방에 모인 우리는 어제 하던 얘기를 계속한다.

"못 해요. 게다가 훔쳐 와도 못 써요. 잠겨 있잖아요."

크리스가 작게 한숨을 쉬며 말한다.

두 사람이 이러쿵저러쿵 얘기하는 동안, 나는 혼자 어제 새벽에 있었던 일을 떠올린다. 누구였을까? 뭘 하고 있었을까? 한 소리 들을까 봐 두 사람에게는 말하지 않기로 한다.

"파커는 독방 같은 데 갇혀 있는 거야?"

"모르겠어요."

"네가 말했던 그 수용소는 어디 있는데?"

"그것도…… 모르겠어요."

"파커가 살아 있는 건 맞아?"

크리스가 또 모르겠다고 말하는 대신 길게 한숨을 내쉰다. 그 모습을 본 한나가 질문을 그만두고 혼자 중얼거리기 시작한다.

"확 다 부숴 버려? 구조 신호를 보낼 만한 폭죽 같은 거 없나? 아니면…… 얘를 인질로 잡고 비행기를 요구할까?"

크리스가 몸을 뒤로 빼며 한나에게서 슬쩍 멀어진다.

"통신기는 있어요."

나는 크리스를 향해 말한다.

"어제 네가 그랬잖아. 네 거는 용산공원에 두고 왔다고."

"아……."

"그게 정확히 어디 있는 거야?"

크리스가 머리를 긁적이자, 설마 하는 눈빛으로 한나가 묻는다.

"알려 주기 싫어? 엄마가 걱정돼서 그래?"

"아니에요, 그런 거."

"그럼 빨리 알려 줘. UNCDE에 알릴 거야. 이사벨 위원장이 비밀리에, 그것도 노 휴먼스 랜드에서 운영하는 연구소가 있다고. 너도 위원장이 무슨 일을 벌이는 건지 걱정된다고 했잖아."

"그치만…… 어차피 여기서 나갈 방법이 없잖아요."

"잔말 말고 일단 알려 주기나 해. 하나씩 하나씩 해결하면 되니까."

크리스가 한나의 성화에 못 이겨 통신기를 어디에 숨겨 놨는지 허공에 지도를 그려 가며 설명하고 있을 때, 누군가가 방문을 두 드린다. 우리는 곧바로 숨을 죽인다. 한나가 조심스레 누구냐고 외 친다.

"저예요. 별이요."

부루퉁한 얼굴로 나타난 별이는 대뜸 나를 찾는다. 우리는 불안 한 눈빛을 주고받는다.

"나를? 왜?"

"몰라요. 소장님이 그냥 데려오라고 했어요."

아, 역시 새벽에 혼자 돌아다니면 안 되는 거였나? 굳은 얼굴의 한나가 일어서려는 나를 붙잡는다. 어제 파커가 끌려가는 모습을 봤을 때와 비슷한 표정으로. 하지만 어쩔 수 없다. 나는 한나와 크 리스의 걱정을 한 몸에 받으며 별이를 따라나선다.

우리는 말없이 걷는다. 별이는 나를 싫어하는 게 분명하다. 딱히 그럴 만한 계기도 없었는데. 나를 이유 없이 싫어하는 사람을 이해 하려 애쓸 만큼의 여유는 없지만, 궁금한 건 있다.

"너는 왜 그렇게 소장님이 시키는 일을 열심히 하는 거야?"

별이는 나를 슬쩍 볼 뿐, 별말은 하지 않는다.

"돈을 받는 거야?"

"……."

"소장님이 좋아서?"

"높은 사람이 되려고요."

별이의 대답은 의외다.

"높은 사람이 돼서 뭐 하게?"

별이는 다시 앞만 보고 걷는다. 저 나이 때부터 벌써 권력을 탐하다니. 나는 저 때 아무 생각 없이 살았던 것 같은데. 여기 사는 사람들은 일찍부터 어른스러운가 보다.

집무실에 혼자 찾아갈 수 있다고 몇 번을 말해도 별이는 기어코 문 앞에 나를 데려다준다. 잠시 놓았던 걱정과 불안이 다시 온몸을 죄어 온다. 내가 그 정도로 잘못했나? 그건 아닌 것 같은데.

숨을 길게 뱉고 문을 열었을 때, 나는 심상치 않은 표정의 앤 소장을 마주한다. 화려하게 빛나는 모습은 그대로인데 분위기가 완전히 달라졌다.

"절, 찾으셨다고요?"

앤이 물끄러미 나를 바라본다. 다들 정말 이상하다. 오늘은 대답을 하지 않는 날인가.

한동안 그렇게 나를 세워 두던 앤이 기습적으로 묻는다.

"여긴 어떻게 왔어?"

"절 찾으셨다고……."

"아니, 여기 서울에 말이야. 어떻게 왔냐고."

"그건……."

뭘 묻는 거지? 비행기 타고 왔냐고 묻는 건 아닐 테고……. 노 휴먼스 랜드 조사단으로 왔다는 건 이미 알고 있을 텐데. 혹시, 내가 시은이 아니라는 걸 알았나? 그래서 조사단에 잠입한 경위를 묻는 걸까? 그게 앤하고 무슨 상관이지? 어차피 연구소에 갇혀 있는 건 똑같은데. 어디부터 어디까지 어떻게 설명해야 할지 몰라 나는 대답을 망설인다. 앤이 다시 묻는다.

"내가 여기에 있는 걸 알고 온 거야?"

이게 무슨 뚱딴지같은 소리지? 내가 알았을 리가 없잖아. 나는 노 휴먼스 랜드에 정말 아무도 없는 줄 알았다. 아무도. 수많은 불법 거주민으로도 모자라 이렇게 으리으리한 연구소가 있을 줄은 상상도 못 했다. 앤은 질문을 멈추지 않는다.

"김 대표님은 돌아가셨다며?"

어느새 대답을 하지 않는 사람은 내가 되었다. 하지 않는 게 아니라 할 수가 없다. 앤이 마치 나를 처음 보는 사람처럼 구석구석 뜯어보더니 말한다.

"어제는 왜 몰라봤을까……. 나, 모르니? 나 앤이야. 이터널 플랜트 김 대표님의 후배, 비서, 앤."

갑자기 머릿속 어딘가와 어딘가가 전선으로 연결된 듯 반짝하고 기억이 떠오른다.

"아, 알아요!"

나는 앤을 알고 있다. 그것도 아주 많이.

"말씀 많이 들었어요. 할머니한테."

앤이 얼굴을 구기며 웃는다. 나는 아까 앤이 나에게 그랬던 것처럼 앤을 구석구석 살펴본다. 그리고 내가 알고 있는 앤과 비교해 본다. 이러니 전혀 못 알아봤지.

할머니는 앤에 대해 아주 사소한 부분까지 나에게 말하곤 했다. 그때 우리 앤이 말이야. 그날 앤이 뭐라고 했는지 알아? 이런 건 앤이 잘하는데. 그 이야기들에 따르면 앤은 유쾌하고 감각적이며 일을 잘하고 똑똑하며 아름다운 사람이다. 이렇게 해괴한 할머니가 아니라.

앤과 나는 어색하게 서로를 마주 본다. 이렇게 만나게 된 것은 우연일까? 앤이 마치 내 생각에 응답하듯 말한다.

"재밌네. 운명인가 봐."

감춰진 이야기

"그런데…… 어떻게 아셨어요?"

"대표님한테 내 얘기 많이 들었다며. 그런 얘기는 못 들었어? 내가 일을 좀 철저하게 한다고?"

어제 보였던 웃음들은 전부 일부러 만들어 낸 것이었을까. 시니컬한 앤은 훨씬 자연스럽다. 하지만 마주하기 거북한 건 어제와 마찬가지다.

"UNCDE에서 자료를 받았어. 위원장님 부탁이라 거절하지는 못했지만, 내가 어떤 사람들을 이곳에 들인 건지 확인은 해야 하니까. 근데, 한 명이 이상하게 낯이 익더라고?"

나는 마른침을 꿀꺽 삼킨다.

"아, 넌 모를 수도 있겠다. 지금 너 말이야, 김 대표님 젊었을 때랑 똑같아. 긴장했을 때 짓는 그 뚱한 표정까지."

나는 괜히 양쪽으로 입술을 당긴다. 앤이 픽 웃고는 이어 말한다.

"너희 단장이 그러더라고. 너는 가짜 단원이라고. 그레이 시티에

서 온 애가 위장한 거라고. 어찌나 재밌었는지. 좀 의외야? 대표님
이라면 절대 하지 않을 짓인데……. 비난하는 건 아니야. 너도 살려
면 뭐든 해야 했겠지."

앤이 파커를 언급하자 심장이 쿵 떨어진다. 얘기를 했다는 걸 보
니 무사히 살아 있는 모양이다. 그런데, 파커가 앤한테 순순히 모든
걸 말했다고? 그럴 사람이 아닌데.

"단장님은 어디 있어요? 혹시 단장님한테……."

앤이 듣기 싫다는 듯 손을 휘휘 내젓는다. 손목 두께보다도 커 보
이는 손목시계가 번쩍거리며 시선을 끌어당긴다.

"걱정하지 마. 아주 잘 있으니까. 중요한 건 그게 아니야. 이리 와
서 좀 앉아 봐."

앤이 집무실 한가운데에 있는 소파로 걸어가 손짓한다. 나는 어
색하게 앤과 마주 앉는다. 침착하려고 노력할수록 심장이 더 두근
거린다.

"그 얘기부터 좀 해 봐! 대표님의 마지막이 어땠는지."

"네?"

"어떻게 돌아가셨냐고."

할머니가 죽어서 기쁜 건가? 삐딱하게 올라간 입술, 조롱하는 듯
한 눈빛, 한없이 가벼운 말투. 나는 앤의 불쾌한 태도에 입을 꾹 다
물고 소파 테이블만 노려본다.

"근데, 왜 굳이 힘들게 화장했어? 대표님이 시킨 거야? 유언이
었어?"

내 기분 따위는 상관없다는 듯 앤이 머리 위의 선글라스를 테이블

위에 탁 소리 나게 내려놓는다.

"어쩜, 사람은 정말 안 변하나 봐. 죽을 때까지 그대로였나 보네. 너도 알겠지만 대표님이 좀 구식이었잖아. 그게 매력이긴 했지만……."

걷잡을 수 없이 화가 솟구친다.

"화장한 건 어떻게 알았어요? 그것도 단장님한테 들었어요?"

"아니. 너한테 들었는데?"

앤이 재밌다는 듯 히죽히죽 웃는다.

"저는 말한 적 없는데요."

"넌 그렇게밖에 생각할 수 없겠지."

이건 또 무슨 소릴까. 내가 한 적도 없는 말을 어떻게 들었다는 걸까.

"근데 표준 장례법에 대해서는 어떻게 알았어?"

앤이 내 눈을 빤히 들여다본다. 내가 말없이 노려보기만 하자 앤이 이어 말한다.

"뭐야. 모르는 거야? 표준 장례법은 별거 없어. 그냥 분리수거의 범위를 확대했을 뿐이야. 생각해 봐. 이상하잖아. 쓸모없어진 신체를 각자 개별적으로 처리하는 게. 그걸 한데 모으면 효율적으로 활용할 수 있거든. 동물 사체랑 합쳐서 비료도 만들고, 바이오 에너지도 생산하고."

그래서 공동 장례소는 시신을 가져간 뒤 아무것도 돌려주지 않았구나. 그 안의 광경을 상상하니 헛구역질이 나온다. 일그러지는 내 얼굴을 보고 앤이 말한다.

"너는 대표님을 닮았구나, 촌스러운 게. 그래서 UNCDE가 공개

하지 못했던 거야. 앞으로 나아가지 못하는 사람들이 세상에 너무 많으니까. 모두를 설득하면서 갈 시간이 없거든."

나는 급속도로 팽창하는 감정을 억누른 채 앤을 바라본다. 그 상태로 몇 번 숨을 고르고 나서야 말을 할 수 있을 정도가 된다.

"할머니가 거짓말을 했던 것 같아요."

"뭐?"

"거짓말이 아니라면, 기억이 왜곡된 거였겠죠. 시간이 곧잘 그런 짓을 하잖아요."

"대표님이 뭐라고 했는데? 무슨 말을 했지?"

빨리 알고 싶은 마음을 숨기지 못하고 앤이 몸을 내 쪽으로 기울인다. 그 모습이 아니꼬워서 참을 수가 없다. 머리 꼭대기에서 피가 회오리치는 것 같은 느낌을 견디며, 나는 가까스로 단어들을 내뱉는다.

"앤은 좋은 사람이라고 했어요. 소울메이트 같았다고요. 말 안 해도 그렇게 손발이 잘 맞을 수가 없었다고요."

"그리고?"

"미안하다고 했어요."

"뭐가?"

"모르겠어요."

"그리고?"

"그립다고도 했던 것 같아요."

앤이 찻잔을 들어 입에 가져간다. 그리고 마시지는 않고 입을 댔다가 그냥 내려놓는다. 앤은 더 이상 할머니에 대해 묻지 않는다.

시간이 더디게 흐른다. 앤을 향해 솟구쳤던 분노가 졸아들며 서서히 증오로 바뀐다. 할머니는 저런 사람이 뭐가 좋다고 그렇게 오랜 시간 마음에 품고 있었던 걸까.

"아쉽다. 보여 주고 싶었는데. 조금만 더 오래 살지."

긴 침묵 뒤에 앤이 말한다.

"뭘 보여 주고 싶었는데요?"

"내가 맞고 대표님이 틀렸다는 걸. 이제 증명할 수 있게 됐거든."

앤이 스읍 하고 숨을 들이쉰 뒤, 일어나 책상으로 걸어간다. 그리고 태블릿을 향해 손을 뻗는다. 저번에 보았던 장면이다. 나도 수용소에 보내려는 걸까? 이상하게 겁이 나지 않는다. 화가 날 뿐이다.

그런데 앤이 태블릿을 가져와 나에게 내민다. 앤을 올려다보지만 무슨 의도인지 표정을 읽을 수가 없다. 앤이 내 눈앞에서 태블릿을 가볍게 흔든다. 나는 마지못해 손을 뻗어 받아 든다.

"너희 할머니는 거짓말을 한 게 아니야. 전부를 말하지 않았을 뿐이지."

나는 태블릿 화면에서 눈을 떼지 못한다. 할머니다. 한 번도 보지 못했던 모습이지만 한눈에 알아볼 수 있다. 눈매며 입매며, 모든 것이 할머니다. 그리고 앤의 말대로 나는 젊었을 때의 할머니를 아주 많이 닮았다.

"대표님 어깨에 기대고 있는 게 나야."

까만 머리의 할머니와 갈색 머리의 앤이 카메라를 향해 환하게 웃고 있다. 사진에 담겨 있는 시절이 너무 예뻐서 심란하다. 앞으로 일어날 일들을 몰라서 지을 수 있는 환한 웃음. 나는 할머니의 얼굴을 들여다보고 또 들여다본다. 목이 뜨거워진다.

앤은 잠시 나를 내려다보다가, 다시 나의 맞은편에 앉아 찻잔을 들고 목을 축인다.

"내가 대표님을 처음 만난 건 대학에서였어."

교환 학생으로 한국을 찾았던 앤이 아예 눌러앉은 건 할머니 때문이었다. 박사 과정을 끝내고 미국으로 돌아갈 생각이었던 앤에게 할머니가 일자리를 제안했다. 생긴 지 얼마 안 되었던 할머니의 스타트업은 말이 회사지 시스템도 없고 엉망이었다. 앤은 할머니만 보고 입사를 결정했다. 그 뒤로 앤은 할머니와 한 몸처럼 움직이며 시간을 갈아 넣어 회사를 키웠다.

"그 사진은 1차 세계 재난이 일어나기 얼마 전에 찍은 거야."

오랜 기다림 끝에 탄소 포집 벼가 재배 승인을 받았을 즈음이었다. 두 사람은 서로를 축하하며, 벼 다음으로 개발할 종자에 대해 이야기를 나눴다. 할머니는 옥수수나 콩 같은 작물을 얘기했지만, 앤의 생각은 달랐다. 앤은 개발의 방향을 완전히 바꾸어야 한다고 주장했는데, 할머니는 이를 받아들이지 않았다.

"대규모로 운영될 거라던 탄소 포집 공장은 끝끝내 제대로 지어지지도 않았어. 나는 인류에게 남은 시간이 일 년도 채 되지 않는다는 걸 알고 있었어. 그리고 내 판단이 맞았지. 대표님은 내 말을 들었어야 했어."

할머니는 1차 세계 재난 이후 피난을 떠났고, 앤은 재난 이후에도 서울에 쭉 머물렀다. 피난 가방을 챙긴 적도 있었지만 선뜻 발이 떨어지지 않았다. 미국에 살고 있는 유일한 가족인 부모님과는 오래전부터 사이가 좋지 않았고, 무엇보다도 남은 인생을 서울에서 보내기로 한 자신의 결정을 바꾸고 싶지 않았다. 집 안에 홀로 있노라면 세상에 닥친 불행과 격리된 것만 같았지만, 매일 아침 물이 내려가지 않는 변기 앞에서 탄식해야 했고, 해가 지면 어둠을 고스란히 견뎌야 했다. 도무지 적응이 되지 않았다.

앤은 무작정 사람을 구했다. 상황을 조금이라도 개선하기 위해서는, 할 줄 아는 게 다른 여러 사람들이 모여 살아야 한다고 판단했다. 다행히 앤은 사람을 좋아했고, 사람에게 관심이 많았고, 그래서인지 사람에게서 호감을 얻는 재능을 가지고 있었다.

사람들은 금세 모여들었다. 누군가는 안전하게 지낼 만한 공간을 찾아냈고, 누군가는 발전기를 가져왔으며, 누군가는 간이 정수 시설을 만들었다. 대충 모아 놓은 식자재들로 먹을 만한 음식을 만들어 내는 사람이 있는가 하면, 약을 지을 줄 아는 사람도 있었다.

그 무렵에 앤은 매일 긴장 속에 잠이 들었다. 앤의 공동체에 대한 소문이 퍼지면서 애써 일궈 놓은 것들을 홀랑 훔쳐 가려는 이들이 생겨났기 때문이었다. 하지만 앤에게는 덩치가 좋고 힘이 센 사람들도 있었다. 몇 번 위기가 있긴 했지만 앤은 침입자들의 공격을 막아 낼 수 있었다.

침입자 외에도 찾아오는 사람들이 많았다. 가족 단위로 또는 혼자서 또는 반려동물을 안고 다양한 사람들이 모여들었다. 당장 일을 할 수 있는 사람은 받아들여도 큰 부담이 없었지만, 밑 빠진 독처럼 다른 사람의 노동을 소모시키는 어린이나 노인은 고민스러웠다. 결정을 해야 했다. 앤은 자신의 사람들을 지키기 위해 그들을 돌려보냈다. 한동안은 그들이 길에서 죽어 가는 악몽에 시달렸지만, 해야 할 일이 너무 많아서 금방 잊을 수 있었다.

그렇게 몇 년이 지나자 앤의 공동체는 기본적인 의식주는 물론이고 소소한 문화생활까지 누릴 수 있는 시스템을 갖추게 되었다. 재난 이전을 떠올리면 아직 부족한 게 많았지만, 근방에 사는 다른 집단들과 비교하면 믿을 수 없을 정도로 풍요로웠다. 그런데 공들여 만든 안락한 일상은 2차 세계 재난이 일어나자 한순간에 연기처럼 사라졌다.

"그때 뼈저리게 느꼈어. 내가 기를 쓰고 애써 봐야 이 거지 같은 세상이 변하지 않는 한 아무 소용 없다는 걸."

또다시 겪게 된 상실을 앤은 감당할 수가 없었다. 한 번은 어떻게 일어섰지만, 두 번은 어려웠다. 다시 뭘 시작할 의지가 손톱만큼도 생기지 않았다.

앤의 공동체는 톱니바퀴가 빠진 듯 덜거덕거리다 멈춰 섰다. 앤이 무너지자 앤을 따르던 사람들도 하나둘 허무주의에 젖어 들었다. 그리고 때마침, 진짜 모든 게 끝났음을 확인시키듯 오클랜드 협약이 발효되었다.

서울은 노 휴먼스 랜드가 되었고, 사람들은 떠나기 시작했다. 앤도 떠나야 했다. 이번엔 정말 떠나려고 했다. 그런데 어딘가에서 낯선 외부인들이 나타나 이터널 플랜트 관련자를 찾았다. 앤은 그날 UNCDE의 의장 이사벨과 마주 앉았다.

"예전에 하던 연구를 이어서 할 수 있겠냐고 물었어. 기후 재난을 막을 완전히 새로운 방법이 필요하다면서. 나는 그때 이사벨 위원장님과 몇 마디 나눠 보고 바로 알았어. 이 사람, 나를 이해할 수 있겠구나.”

앤의 직감은 들어맞았다. 앤이 과거에 할머니에게 제안했던 연구 방향을 이사벨에게 설명하자, 이사벨은 마치 기다렸다는 듯이 전폭적인 지원을 약속했다. 서울에 새 연구소를 세울 만큼의 충분한 물적, 인적 자원을 제공받는 대신 결과물을 사용할 권리를 달라고 했지만, 그건 아무 상관 없었다. 어차피 연구는 실제로 사용되어야 가치가 있는 거니까. 앤은 자신의 꿈을 이뤄 줄 듯 말하는 이사벨을 보며 할머니를 떠올렸다. 함께하고 싶었다. 이사벨이 떠난 뒤, 앤은 할머니를 찾아 나섰다.

캐나다까지 가는 일은 쉽지 않았다. 목숨을 걸고 무법 지대를 건너 간신히 할머니를 만날 수 있었다. 그리고 앤은 절망했다. 할머니는 세월을 훌쩍 뛰어넘은 듯 폭삭 늙고 여위어 있었다. 앤의 기대감은 바닥에 쏟은 찬물처럼 가라앉았다. 그래도 앤은 희망을 놓지 않고 할머니를 설득했다. 하지만 할머니는 앤의 제안을 단칼에 거절했다.

“모든 것이 갖추어져 있었어. 그냥 나를 따라오기만 하면 되는 거였어. 근데 대표님은 또 나를 무시했어.”

“그럴 리가 없어요. 할머니가 얼마나 서울을 그리워했는데요. 회사는 또 어떻고요. 분명 바로 좋다고 했을 텐데…….”

앤이 선글라스를 획 집어 들어 쓴다.

“아니! 대표님은 자존심이 상했던 거야. 내가 맞고 자기가 틀렸다는 걸 인정하기 싫었던 거지. 그래서 절대 생각을 바꾸지 못했던 거라고."

나는 다소 흥분한 듯한 앤에게 섣불리 말을 하지 못한다.

"미아야. 대표님이 그리워한 게 그냥 서울이고, 그냥 회사였어?"

앤이 내 손에 들린 태블릿을 거칠게 낚아챈다.

"대표님이 그리워한 건 재난 이전의 서울이고, 그때의 회사야!
미래가 아니라 과거라고! 대표님은 자존심을 세우느라 세상이 바
뀌었다는 걸 받아들이지 못했어. 오로지 과거만, 과거만 곱씹고 있
었지. 미아야, 말해 봐. 너도 내가 틀렸다고 생각해?"

나는 대꾸할 말을 찾지 못해 괜히 입술을 깨문다. 도대체 뭐가 맞
고 틀렸다는 걸까?

"따라와. 보여 줄게."

앤이 소파에서 벌떡 일어난다. 나는 머뭇머뭇 일어나 앤을 따라
집무실을 나선다.

수수께끼

할머니가 틀렸으면 틀린 거지, 앤은 왜 저렇게까지 흥분해서 열을 내는 걸까. 벌써 수십 년 전의 일인데. 그리고 무슨 일인지는 모르겠지만, 정말 우리 할머니가 틀렸을까?

"어디로 가는 거예요?"

"가 보면 알아. 미리 알면 재미없잖아?"

앤은 집무실에서 나가 로비의 반대편으로 걷는다. 어느 지점에서 문을 열자 계단이 나타나고, 우리는 말없이 위로 향한다. 그리고 또다시 복도를 걷는다. 이마에 땀이 배어 나온다. 땀이 날 정도로 오래 걸은 건 아닌 듯해 의아해하다가 공기의 온도가 미묘하게 높아졌음을 깨닫는다.

"다 왔어."

아무도 없는 복도의 끝에서 앤이 투박하게 생긴 문 앞에 선다. 앤이 손잡이를 잡고 돌리자 두툼한 문이 요란한 소리를 내며 움직인다. 그리고 얼굴을 덮치는 따뜻한 공기.

삼 층 높이의 건물이 통째로 들어와도 넉넉할 것 같은 광활한 공간이다. 사방의 벽이 온통 두꺼운 금속 구조물로 뒤덮여 있다. 먼지한 톨 없는 깨끗한 공사 현장 같은 기이한 분위기를 풍긴다. 천장엔알 수 없는 기계 장치들이 들어차 있고, 바닥에는 두껍고 노란 선이이리저리 그어져 있다. 저 높은 곳에서 누군가가 우리를 발견하고부리나케 달려온다. 발걸음에 맞춰 금속 패널이 텅텅 울린다.

"소장님, 이 시간에 어쩐 일로……."

"나갔다 오게. 이 친구랑."

이곳의 관리자로 보이는 사람은 네,라는 대답과 함께 다시 부리나케 달려간다.

"어디 가요?"

"응, 내가 보여 준다고 했잖아."

바닥에서 심상치 않은 진동이 전해지자 신이 난 듯한 앤이 내 어깨에 손을 얹는다. 미리 알면 재미없을 거라더니, 지금 재밌어 보이는 사람은 앤뿐이다.

날카로운 사이렌 소리가 울리고 붉은 경광등이 사방에서 번쩍인다. 요란하게 번쩍이는 불빛을 따라 시선을 위로 옮겼을 때, 천장에있는 줄도 몰랐던 차고의 문이 열리며 하얀 새가 나타난다. 바로 그새다. 긴 날개와 유선형의 몸통, 크리스를 낚아챘던 다리까지. 정확히 용산공원에서 내 머리 위를 지났던 그 모습이다.

"저거예요! 그 새!"

앤이 피식 웃는다.

"미아야, 새가 아니라니까. 드론이야, 정찰 드론. 저 모델은 특별히 사람이 탈 수 있게 개발한 거야."

드론이 사뿐히 바닥에 닿자, 등 쪽에 매달려 있던 줄들이 분리되어 되감아지며 천장으로 사라진다. 그리고 천천히 새가 노란 선을 따라 우리 앞으로 굴러온다. 꼬리 부근에 적혀 있는 SD-03R이라는 글자를 보자, 이것이 새가 아니라 드론이라는 사실이 명확히 실감 난다.

관리자가 커다란 바퀴가 달린 사다리를 능숙하게 끌고 온다. 앤을 따라 사다리를 한 칸 한 칸 오른다. 문득 한강에서 탔던 오리배가 떠올라 실소가 나온다. 사람들은 왜 이렇게 동물 모양을 좋아하는 걸까? 오리배를 떠올리자 어김없이 파커가 생각나고, 나는 잠시 잊고 있었던 내 처지를 깨닫는다. 그 순간 몸이 굳어 발을 헛디딘다.

"조심하십시오!"

저 아래에 서 있는 관리자가 소리친다.

우리는 두 날개 사이로 들어간다. 내부는 생각보다 좁고, 좌석 두 개가 앞뒤로 붙어 있다. 앞에 앉은 앤이 들뜬 목소리로 외친다.

"안전벨트 매!"

어영부영 안전벨트를 매면서 나는 앤의 어깨 너머로 조종간을 살핀다. 그런데 조종 장치라고 할 만한 것이 보이지 않는다.

"조종…… 할 줄 아세요?"

"조종? 당연히 할 줄 알지. 이렇게."

앤이 앞에 있는 초록색 버튼을 누르고 외친다.

"늘 다니던 대로!"

그러자 천장에 있는 스피커를 통해 대답이 흘러나온다.

"네, 다녀오십시오."

진동과 소음이 최고조에 이르고 드론이 사뿐히 떠오른다. 좌우로 길게 나 있는 창문 밖으로 격납고의 풍경이 스쳐 지나가고, 이윽고 강한 햇빛이 한순간에 쏟아져 들어온다. 나는 눈을 질끈 감는다.

"저기 봐! 연구소야!"

눈이 부셔 아무것도 분별할 수 없는 몇 초가 지나고, 이내 짙은 초록의 숲이 내려다보인다. 앤이 나무가 우거진 커다란 언덕을 가리킨다.

"저기 가장 꼭대기에 있는 커다란 바위 굴이 우리가 방금 나온 격납고야. 그 아래가 실험동, 그 옆으로는 로비, 로비 아래에는 생활동. 대충 알고 있지?"

앤의 또렷한 목소리에서 연구소에 대한 자부심이 느껴진다. 자세히 보여 주려는 듯 한쪽으로 기울어진 드론이 연구소 부지를 한 바퀴 빙 돈다. 몸의 중심이 오른쪽 창문으로 쏠리고 시야는 숲으로 가득 찬다. 우리가 탄 드론의 그림자가 숲의 머리를 쓰다듬는다. 나는 앤의 설명을 곱씹으며 어디가 어디인지 다시 구별해 보려 하지만, 이미 방향 감각을 잃어 쉽지 않다.

드론은 점점 높이, 더 멀리 날아간다. 연구소가 멀어지고 서서히 도시의 경관이 적나라하게 드러난다. 역시나 처참한 광경이지만 나는 그리 놀라지 않는다. 이미 보았던 모습이니까. 그런데…… 이상하다. 서울에 도착했던 날 봤던 풍경과 분명하게 다른 점이 있다.

"저건……."

노란 곰팡이를 닮았다. 빛바랜 누리끼리한 곰팡이. 발밑에 있을 때는 노란 카펫 같다고 생각했는데, 하늘에서 보니 도시가 병든 것 같다. 빽빽한 빌딩 사이에, 옹기종기 모여 있는 건물의 옥상에, 아스팔트가 갈라진 틈에, 공원이었을 녹지에, 우리가 걸어온 길에 누르스름한 잡초가 점점이 퍼져 있다.

이상하게 많이 보인다고 생각하긴 했지만, 저렇게 넓은 면적을 차지하고 있을 줄은 몰랐다. 나는 막대 사탕을 닮은 꽃의 모습을 떠올리며 앤에게 묻는다.

"저거, 다 말라 죽은 거예요?"

"응. 한 철만 살다 죽게 만든 거니까."

"왜요?"

"테스트용이었거든."

멍하게 지상을 내려다보다가 한참 뒤에 앤의 말을 이해한 나는 다시 묻는다.

"저 잡초를 만들었다고요? 그리고 일부러 죽였다고요?"

드론은 유유히 한강을 건너 북쪽으로 향한다. 곧이어 시야에 들어온 풍경은 익숙하다. 하얗고 반짝거리는 빌딩 사이의 검은 아스팔트, 낮은 건물과 녹색 페인트가 칠해진 옥상, 야트막한 산과 듬성듬성 보이는 녹지. 어디에도 노란 잡초는 보이지 않는다. 강을 경계로 잡초가 있고, 없다.

"나는 사람들이 참 좋아."

너무 뜬금없어서, 나는 내가 잘못 들었나 생각한다.

"네?"

"사람들을 좋아한다고."

166

아니, 저 바싹 마른 풀때기가 뭐냐니까 왜 갑자기 딴소리지. 앤은 내 어처구니없는 표정을 보지 못한 채 혼잣말하듯 계속 말을 잇는다.

"그래서 나는 사람들이 행복하게 살면 좋겠어."

앤은 자기 하고 싶은 말만 하고 있다.

"그렇다면 단장님을 풀어 주셔야죠. 저희도 내보내 주시고요."

드론이 크게 반 바퀴를 돌며 방향을 바꾼다. 다시 연구소로 돌아가려는 모양이다. 강렬한 햇빛이 엉망진창으로 망가진 도시 구석구석을 비춘다. 용산공원 상공을 지날 때 나는 우리를 도와주었던 채윤과 청년들을 떠올린다. 혹시나 볼 수 있을까 해서 공원을 내려다보지만, 제대로 살펴보기도 전에 지나쳐 버린다.

"조금만 기다려. 거의 다 왔어. 곧 집에 돌려보내 줄게."

"단장님도요?"

"응."

정말인가? 이렇게 쉽게 보내 줄 줄은 몰랐는데. 나는 저 멀리를 내다보는 앤의 옆모습을 물끄러미 바라본다. 무슨 생각인 걸까? 어쩌면 짐작했던 것만큼 나쁜 사람은 아닐지도 모르겠는데.

드론은 다시 한강을 건넌다. 나는 눈을 크게 뜨고 아득한 강을 살핀다. 틴 케이스가 저기 어딘가에 있지 않을까.

"그런다고 강바닥이 보일 것 같아?"

앤이 뒤통수에 눈이 달려 있는 것처럼 묻는다.

"그런 환경에서 자라서 그런가⋯⋯. 너는 좀 뭐랄까, 추진력이 좋은 것 같아. 어떻게 여기까지 유골을 들고 올 생각을 했어? 대담

하다고 해야 하나, 경솔하다고 해야 하나."

"절 얼마나 아신다고요. 근데, 유골을 가져온 건 어떻게 알았어요?"

내가 정색하고 묻자 앤이 웃음을 터뜨린다.

"재밌네! 뻣뻣한 건 대표님을 닮긴 했는데……."

앤은 또 자기 하고 싶은 말만 한다. 도무지 대화가 안 되는 사람
이다.

"그래서 할머니가 틀렸다는 건 무슨 말이에요? 보여 준다더니,
뭘 보여 준다는 거예요?"

"넌 이미 봤어. 네가 잡초라고 부른 거. 그건 잡초가 아니야."

"그럼 뭔데요?"

"그게 바로 해답이야. 대표님이 무시했던, 진짜 문제를 해결할
방법."

저걸로 어떤 문제를 어떻게 해결한다는 거지? 앤이 조금 떨리는
목소리로 이어 말한다.

"개선되어야 하는 건 벼 같은 게 아니야. 사람들이야말로 더 좋
아질 수 있어. 자신에게도 타인에게도 환경에도 더 나은 사람이 되
는 거야. 아마 대표님은 마지막까지 내가 틀렸다고 생각했겠지. 그
게 너무…… 분해. 할 수만 있다면 대표님을 다시 살려 놓고 싶을
만큼. 그럼 누가 맞았는지 똑똑히 보여 줄 수 있을 텐데. 어쨌든, 너
라도 있으니 다행이야."

어딘지 소름 끼치는 앤의 목소리에 나는 도망가고 싶은 충동을
느낀다. 앤은 쉬지 않고 말한다.

"대표님은 진짜 문제는 놔두고, 그 문제가 일으키는 피해만 줄이

려고 했어. 문제를 보지 못하니 문제를 해결할 수가 없지. 아무리 오랜 시간이 주어졌어도 대표님은 실패했을 거야."

앤의 목소리가 몸속 어딘가를 살살 긁는 것만 같다.

드론이 서서히 고도를 낮춘다. 연구소가 있는 언덕에 가까워진다. 빨리 이 비좁은 공간에서 나가고 싶어 조급해진다.

잠시 후 드론이 격납고에 부드럽게 착륙하고, 대기하고 있던 관리자가 커다란 사다리를 끌고 온다. 밖으로 나온 나는 양발을 바닥에 붙이고 숨을 크게 들이쉰다. 이제 좀 살 것 같다. 언제 난 건지 알 수 없는 이마의 식은땀을 닦고 있을 때 앤이 내 어깨에 손을 얹는다. 나는 깜짝 놀라 제자리에서 튀어 오른다.

"뭐야, 왜 이렇게 놀라?"

앤이 엷게 미소 짓는다.

"가자. 네가 본 게 뭐였는지 알아야지."

수수께끼 같은 말만 늘어놓는 앤에게 휘둘리는 이 상황에서 어떻게든 벗어나야 한다. 그런데 한편으론 궁금하기도 하다. 나는 정신을 똑바로 차리려 애쓰며 앤의 뒤를 바짝 따른다. 일단 무슨 일이 일어나고 있는지는 알아야 하니까.

어떤 깨달음

나는 실망을 금치 못한다. 실험동은 지금껏 둘러본 다른 공간들에 비해 현저히 볼품없다. 고작 몇 개의 협소한 방으로 이루어져 있을 뿐이다. 화려한 로비, 고풍스러운 집무실, 압도적인 규모의 격납고를 떠올리면 실험동은 다른 건물처럼 느껴진다.

몇 안 되는 연구원들이 앤을 발견하고 가볍게 목례하는 동안, 나는 앤을 따라 가장 구석진 방으로 향한다. 앤이 익숙하게 벽을 더듬어 스위치를 켜자 초라한 방이 그대로 드러난다. 밋밋하고 허연 벽옆에는 광택을 잃은 조립식 선반 몇 개가 세워져 있고, 중앙에 놓인 스테인리스 작업대는 찍히고 긁힌 자국투성이다. 조잡해 보이는 기계들은 플라스틱 부분이 누렇게 변색되었고, 낡아 빠진 검은 가죽 의자는 솔기가 터져 스펀지가 빼꼼 삐져나와 있다. 이 모든 것을 천장 조명 몇 개가 비추고 있는데, 마치 햇빛에서 좋은 성분을 다 빼고 남은 광선처럼 파리하다. 이곳에서 대체 뭘 보여 주려는 걸까.

앤은 뭐가 그리 신났는지 콧노래까지 부르며 작업대 위의 노트북을 두드리기 시작한다. 나는 조심스레 방 안으로 한 발 한 발 내딛으며, 선반 위에 늘어선 잡다한 물건들을 훑어본다. 그러다 무언가를 발견하고 당황해서 나도 모르게 입으로 아, 소리를 낸다. 앤이 흘깃 돌아보더니, 별일 아니라는 듯이 다시 고개를 돌리며 말한다.

"맞아. 다 이터널 플랜트에서 가져왔어. 네 앞에 있는 것들 전부 대표님이랑 내가 하나하나 모은 거야."

나는 손을 뻗어 낡은 전자저울을 옆으로 돌린다. 저울 옆면에 가장자리가 닳은 라벨이 붙어 있다. 라벨 윗부분에는 관리 번호로 보이는 코드가 적혀 있고, 우측 하단에는 이터널 플랜트의 로고가 작게 인쇄되어 있다.

앤이 계속 노트북을 두드리며 말한다.

"얼마나 웃겼는지 몰라. 대표님이랑 둘이 정말 아무것도 없이 시작해서 하나부터 열까지 다 사야 했거든. 책상이랑 의자부터 클립이랑 포스트잇까지. 근데 나한테 제일 중요한 건 커피 머신이었어. 그래서 내가 비품 구매 목록에 넣었는데, 대표님이 자꾸 말도 없이 빼 버리는 거야. 그렇게 계속 각자 넣었다 뺐다를 반복하다가, 어느 날 너무 화가 나서 내가 소리를 질렀어. 이런 식이면 같이 일 못 한다고."

앤이 노트북에서 손을 떼고 초점 없는 눈으로 허공을 응시한다.

"그래서요?"

"너희 할머니가 토끼 눈을 뜨고 나한테 그러더라. 커피 머신은 이미 샀다고. 내가 같이 일하겠다고 결정한 날, 바로 주문했다고."

아주 짧은 겨울잠에서 깨어난 듯 앤은 다시 손가락을 움직이기 시작한다. 나는 선반 위의 다른 비품들로 시선을 옮긴다. 다는 아니지만 꽤 많은 물건에 라벨이 붙어 있거나 검은 매직으로 코드가 적혀 있다. 나는 간간이 눈에 띄는 할머니의 필체를 알아본다.

뱃멀미라도 하는 것처럼 갑자기 속이 울렁거린다. 나는 선반에서 뒤로 물러나 동그란 스툴에 걸터앉는다. 그럴 리가 없는데 코끝에 할머니의 냄새가 스친 것 같다. 태블릿에서 본 검은 머리의 할머니가 선반 앞에 서서 이리저리 손을 뻗는 뒷모습이 눈앞에 그려진다. 그 옆으로 갈색 머리의 앤이 다가와 할머니의 어깨에 손을 얹는다. 웃음소리가 들리는 것 같다. 두 사람이 보냈을 시간들. 그 속에는 재난도 없고, 그레이 시티도 없고, 나도 없다.

나는 경쾌하게 노트북을 두드리는 하얀 머리의 앤을 바라본다. 내가 절대 알 수 없는 할머니의 시간을 이 이상한 할머니는 기억하고 있겠지. 설명하기 어려운 복잡한 감정이 밀려온다. 마치, 내가 전부라고 믿었던 세상 뒤에 또 다른 세상이 존재해 왔다는 걸 알게 된 기분이다.

"문 닫고 불 좀 꺼 봐."

앤이 벽에 있는 스위치를 턱으로 대충 가리킨다. 내가 불을 끄고 더듬더듬 다시 스툴에 앉자, 천장에 달린 프로젝터가 선반 맞은편 벽에 화면을 띄운다. 새하얀 빛에 눈이 부시다. 그리고 잠시 후, 시야에 가득 찬 건 꽃이다. 파란 막대 사탕을 닮은 수백 개의 꽃.

"이건……."

"예쁘지?"

길고 뾰족한 초록 잎사귀가 화면을 가득 채우고, 그 위로 쭉 뻗은 꽃대에 달린 동그랗고 파란 꽃이 파도처럼 넘실거린다. 바삭하게 마른 잔해를 보고는 도저히 상상할 수 없었던 싱그러움. 나는 홀린 듯이 영상에서 뿜어져 나오는 생기를 음미한다.

"플론이야."

"플론요?"

"응. 피, 엘, 오, 엔, 이. 플론."

플론. 나는 나지막이 읊조린다. 앤은 그런 내 모습을 흡족하게 바라보고는 다시 영상으로 시선을 옮긴다. 흐드러지게 핀 파란 꽃 무리가 앤의 갈색 눈동자에서 은하수처럼 빛난다.

"플론은 그냥 잡초가 아니야. 내 인생을 바쳐 만들어 낸 모두의 미래야."

앤은 벅차오르는 마음을 감당하지 못하는 사람처럼 가슴에 한 손을 얹고 말한다. 그러고는 나를 돌아본다. 나는 앤의 시선이 부담스러워 플론에 집중하는 척한다. 느릿하고 온화한 목소리로 앤이 설명을 시작한다.

"플론은 특정 성분의 화학 물질을 방출하도록 만들어진 식물이야. 공 모양을 이루는 수백 개의 꽃 하나하나가 향을 내뿜지. 사람이 플론의 냄새를 맡으면 콧속의 신경 세포가 화학 물질을 감지해서 전기 신호로 바꾸어 뇌로 전달해. 그러면 뇌가 그 신호를 받아들여 사람의 생각과 행동에 영향을 주는 거야. 그렇게 플론에 중독되는 거지."

앤은 마치 자기가 할 이야기가 너무 재밌다고 생각한 나머지 먼저 웃어 버리는 사람처럼 입가를 씰룩거린다.

"플론에 중독되면…… 자아의 경계가 흐릿해져. 다시 말해 나의 내부와 외부가 서서히 하나가 되는 거야. 주위에 존재하는 것이 누구든, 혹은 무엇이든 아무 상관이 없어. 눈에 보이는 전부가 내가 되는 거야. 그렇게 나는 공간과 시간을 초월해서 결국 모든 것과 연결되는 거지. 세상을 새롭게 인식하게 되는 거야."

나는 앤이 잠꼬대를 하는 게 아닐까 생각한다. 이곳에 갇혀 살아서 이상해진 게 아닐까? 하지만 앤은 활기차게 설명을 이어 간다.

"그렇게 자아를 초월한 깨달음을 얻은 사람들은 문제를 일으키지 않아. 굳이 남에게서 무엇을 빼앗으려 하지 않지. 그건 나에게서 빼앗는 것과 마찬가지니까. 누구를 다치게 하지도, 무언가를 파괴하지도 않지. 그렇게 사람이 만들어 내는 모든 종류의 문제가 자연히 사라지는 거야. 폭력, 절도, 전쟁, 기후 문제까지. 플론은 사람들을 고통과 슬픔, 외로움과 두려움에서 영원히 해방시킬 거야."

앤과 나는 말없이 서로의 눈을 응시한다. 고요한 방 안에서 플론만 천진하게 춤을 춘다. 그러니까…… 사람들을 플론이라는 식물에 중독시켜서 세상과 내가 하나라는 깨달음을 얻게 하겠다는 건가? 솔직히 이 허무맹랑한 이야기를 어떻게 받아들여야 할지 모르겠다.

앤의 말을 이해하기 위해 조금씩 되짚고 있을 때, 다급한 노크 소리와 함께 벌컥 문이 열린다. 창백한 조명을 등지고 나타난 건 별이다.

"소장님! 이사벨 위원장님이 급히 찾으세요."

"왜?"

"무슨 문제가 생긴 것 같아요."

깍듯한 태도의 별이가 낯설어 나도 모르게 빤히 쳐다본다. 저렇게 열심히 하면 원하는 대로 금방 높은 자리로 가겠네,라고 생각하고 있는데, 별이가 마치 내 속마음을 들은 것처럼 나를 향해 고개를 돌린다. 괜히 뜨끔한 나는 얼른 시선을 피한다.

"서 팀장!"

앤이 문밖으로 소리치자, 아까 앤에게 인사했던 연구원 중 한 명이 서둘러 달려온다.

"서 팀장. 내가 급한 일이 생겨서, 잠깐 다녀올 동안 이 친구한테 플론 실험 결과를 좀 보여 줘요."

"이분…… 한테요?"

서 팀장이라는 사람은 잠시 당황하는가 싶더니 이내 밝게 알겠다고 대답한다. 그리고 나를 향해 자기가 잘 알려 줄 테니 걱정하지 말라는 듯한 표정을 지어 보인다.

문밖으로 사라지는 별이와 앤의 뒷모습을 보며, 나는 문득 한나와 크리스가 뭘 하고 있을지 궁금해진다. 내가 이렇게 오래 사라질 줄은 몰랐을 텐데. 나를 걱정하고 있지는 않을까? 혹시, 한나가 위험한 일을 꾸미고 있지는 않을까?

"마실 것 좀 줄까요?"

서 팀장이 한 손으로 무언가를 마시는 시늉을 하며 묻는다.

"아니요. 괜찮아요."

살며시 문을 닫은 서 팀장이 음, 소리를 내며 노트북 앞에 앉는다.

"한 번도 못 뵌 것 같은데……. 여기 처음 오셨어요?"

"네."

"플론에 대해 얼마나 알고 계세요?"

"그게……."

뭐라고 말할지 생각하고 있는데, 서 팀장이 알겠다는 듯이 고개를 끄덕이고 노트북에 손을 얹는다. 키보드를 몇 번 두드리자 작은 방을 푸른 빛으로 가득 채우던 꽃이 사라지고, 생소한 그래프와 표가 등장한다. 다양한 크기의 원과 막대, 네모 칸을 가득 채운 숫자들. 이게 다 뭘까.

"먼저 개괄적으로 설명드릴게요. 지금 보고 계신 건 두 집단을 비교한 데이터예요. 한 집단은 플론의 영향을 받았고, 한 집단은 플론의 영향을 받지 않았죠. 이쪽부터 볼까요?"

서 팀장이 마우스 커서를 좌측 상단에 두고 뱅글뱅글 돌린다. 그곳엔 여러 개의 막대가 수직으로 솟아 있다.

"이 데이터는 타인을 향한 공격성을 나타내요. 무언가를 빼앗거나, 상해를 입히거나, 살해한 횟수죠. 보시다시피 플론의 영향을 받은 집단에서는 공격적인 행동이 전혀 관찰되지 않았어요. 반면 같은 기간에 플론의 영향을 받지 않은 집단은……."

서 팀장이 내 표정을 살피다 말을 멈춘다.

"이해가 안 되시나요?"

"네. 잘 모르겠어요. 도대체 어떻게 된다는 건지……."

"음, 그럼 실제 실험 화면을 보여 드릴게요. 아무래도 데이터로 보면 와닿지 않으니까."

마우스가 딸깍이는 소리와 함께 화면이 꺼지고, 어둠 속에 서 팀장과 나의 숨소리만 간간이 이어진다. 잠시 후 다시 프로젝터가 빛을 쏘았을 때 벽에 나타난 건 서울의 풍경이다. 나는 십여 개로 분할된 화면에서 몇 개의 장소를 알아본다. 남산타워와 용산공원, 한강대로와 현충로. 여전히 반짝이는 물비늘과 강둑을 보자 뒤늦게 앤이 한 말이 이해가 된다. 유골을 가져왔다는 사실을 정말 나한테서 들었구나. 모든 걸 지켜보고 있었구나.

서 팀장이 어디 보자, 하고 중얼거리며 마우스를 이리저리 움직인다. 화면이 전환된다.

"여기, 보이시죠? 플론의 영향을 받지 않은 집단의 피실험자들이에요. 올해…… 3월이네요."

나는 배에 주먹을 맞은 사람처럼 숨을 들이쉰다. 화면에 등장한 사람들을 알아볼 수 있다. 용산공원에서 파커가 총을 들고 우리를 위협했을 때 도와주었던 채윤과 청년들이다. 왠지 잔뜩 긴장한 상태로 도끼와 칼을 들고 나무 뒤에 숨어 있다. 화면에 잡히지 않는 맞은편에 누군가 있는 모양이다. 그 순간, 채윤의 함성과 함께 모두가 무기를 움켜쥐고 우르르 달려 나간다. 그리고 정지된 화면.

"이때 사망자가 두 명, 부상자가 일곱 명 발생했어요. 두 무리 사이에 도끼 하나를 두었을 뿐인데 발생한 일이죠."

"도끼요?"

"네. 우리는 피실험자들에게 여러 가지 상황을 주고 그들이 어떻게 대응하는지 관찰했어요. 무기를 두거나, 덫을 놓거나, 느닷없이 동물들과 마주치게 했죠."

나는 아드리안을 발견했던 구덩이를 떠올린다. 그 구덩이에 대해 물었을 때 채윤 일행이 뭐라고 했더라.

"이건 동일한 상황이 주어졌을 때, 플론에 영향을 받은 피실험자들의 행동이에요."

화면이 바뀌자 방 안이 푸른빛으로 물든다. 플론이 얼마나 흐드러지게 폈는지 화면 밖으로 꽃향기가 새어 나올 것만 같다. 그리고 사람들은 평온하다. 한 명이 웃기 시작하면 다 같이 웃고, 한 명이 일어서면 다 같이 일어선다. 어디서…… 본 듯한 분위기다. 이건, 그 할아버지다.

"여기 오는 길에 봤어요. 딱 이런 사람."

"아마 아직 중독 상태일 거예요. 실험이 끝난 지 얼마 안 됐거든요. 플론에 중독되면 희미해진 자아 때문에 특정한 행동 패턴을 보여요. 다른 사람을 따라 하거나, 주변 사람들의 기분을 그대로 흡수하죠. 대체로 나른한 상태를 유지하고, 두려움을 느끼지 않아요. 자신의 죽음에도요."

그제야 나는 갑자기 뺨을 맞은 듯 플론이 어떤 식물인지 이해한다. 정신이 얼얼하다. 그렇다면 할아버지의 자아는 어디로 사라진 걸까? 플론에 중독되기 전의 할아버지는 어떤 사람이었을까?

나는 혼란스러운 마음을 꾹 누르고 가장 궁금한 질문을 던진다.

"그럼 저분들은…… 플론에 중독되면 어떻게 되는지 알고도…… 실험에 동의한 거예요?"

서 팀장은 노트북에 시선을 고정한 채 말한다.

"여기는 노 휴먼스 랜드예요."

그렇다. 여기는 노 휴먼스 랜드다. 아무도 존재하지 않는 곳.

그때 밖에서 인기척이 들리고, 별이가 문을 열고 들어와 나에게 말한다.

"소장님이 늦을 것 같다고 그냥 먼저 들어가래요. 일이 끝나면 부르시겠대요."

별이의 말이 끝나기가 무섭게 나는 스프링처럼 자리에서 튀어오른다. 그리고 인사를 건네는 서 팀장을 뒤로하고 도망치듯 그곳을 빠져나온다.

만약 앤의 말대로 할머니가 구식에 촌스럽고 앞으로 나아가지 못하는 사람이라면, 나도 그런 사람이다. 기꺼이 그런 사람이 되겠다고 생각한다.

둥지에 모여

예상치 못한 상황이 발생했을 때 우리 중에 가장 먼저 대처 방안을 떠올리고 행동하는 사람은 언제나 한나였다. 불법 거주민과 마주쳤던 날 한나는 각자의 비밀을 지켜 주자고 제안해 모두를 곤란한 상황에서 구해 주었고, 강에 빠져 생과 사를 오가는 순간에는 가라앉는 배에서 마취총을 건져 왔다. 연구소에서 못 나간다는 사실을 알고 파커가 길길이 날뛰었을 때도 같이 흥분하는 대신 앤을 설득하려 애썼다. 그 모든 결정에 완전히 동의하는 것은 아니었으나, 순간적으로 상황을 판단하고 방법을 찾아내는 한나가 대단하다고 생각해 왔다.

그런 한나가 지금은 내 얘기를 듣고 나무토막처럼 굳어 버렸다. 나는 우리가 연루된 일이 보통 심각한 일이 아니라는 사실을 한나의 반응을 보고 실감한다. 우리는 텅 빈 식당에서 밋밋한 맛의 빵을 우적우적 썹는다. 뭐라도 입에 집어넣어야 머리가 돌아간다고 한나가 말했다.

"그래서, 그걸 가지고 뭘 어떻게 할 거래?"

한나가 나를 향해 몸을 숙이고 들릴 듯 말 듯 속삭인다. 나는 모르겠어요,라고 입 모양만으로 대답한다. 그리고 또다시 우리는 빵을 씹는다.

"근데 여기 사람들은 시간을 참 잘 지켜. 밥 시간에 딱 밥 먹고, 잘 시간에 딱 자고. 어떻게 그래? 답답하지도 않나? 불만이 없나봐. 밖에 나가지도 못하는데."

한나가 손가락에 붙은 빵가루를 털며 말한다.

지난번에 크리스는 식사 시간에 맞춰 식당에 오면 따뜻한 음식을 먹을 수 있다고 알려 주었다. 우리는 사람들의 눈에 띄지 않기 위해서 일부러 그 시간을 피하고 있다. 그래서 마른 빵만 먹어야 하는 처지지만, 도망칠 계획을 세워야 하기 때문에 그 정도는 감수할수 있다. 사실 그레이 시티에 있을 때를 생각하면 빵도 감지덕지다.

나는 앤에 대해 생각한다. 그리고 앤과 할머니와 나에 대해 생각한다. 앤이 나에게 원하는 게 무엇인지 알 것 같다. 하지만 나는 절대, 할머니가 틀렸고 당신이 맞았다는 말을 하지 않을 것이다.

그때, 갑자기 한나가 팔을 번쩍 드는 바람에 나는 깜짝 놀란다. 뒤를 돌아보니 울상을 한 크리스가 다가오고 있다.

"진짜 네가 한 거 아니야?"

작은 목소리를 들을 수 있는 거리에 크리스가 오자마자 한나가 묻는다. 크리스가 정색하며 손을 휘휘 내젓는다. 표정을 보아 하니 진짜 아닌가 보다. 사실 나도 크리스를 의심하긴 했다.

서 팀장을 뒤로하고 실험동을 빠져나올 때, 내 뒤에서 걷던 별이가 대뜸 태블릿을 왜 훔쳤냐고 물었다. 이사벨 위원장이 앤을 급히 찾은 건 없어진 태블릿 때문이라고 했다. 나는 크리스가 외부에 연락하기 위해 태블릿을 훔친 줄 알고, 아무것도 모르는 척 연기를 하느라 애를 먹었다. 그런데 알고 보니 나는 정말 모르고 있었다.

"그럼 누구지?"

한나가 팔꿈치를 테이블 위에 올리고 턱을 괸다. 나는 아까 한나에게 그랬던 것처럼 크리스에게도 실험동에서 들은 내용을 설명한다. 더 많은 내용을 전달할수록 크리스의 눈이 점점 커진다. 이상한 할아버지와 그 할아버지를 닮은 사람들에 대해 말하기 시작했을 때, 식당 구석에서 난데없이 들려오는 목소리에 나는 그만 들고 있던 빵을 떨어뜨린다.

"여기서 떠들지 마세요."

별이다. 언제부터 여기에 있었을까. 혹시 내가 한 말을 들었을까?

플론에 대해 알려 주기 전에 앤은 누구에게도 정보를 공유해서는 안 된다고 당부했다. 한나와 크리스는 물론이고 연구소 사람들에게까지도. 그다지 강압적인 말투는 아니었으나, 그 지시를 따르지 않을 경우 나에게 무슨 일이 생길지 알고 있는 상황에서는 절대 거스를 수 없는 명령처럼 느껴졌다. 나는 이해가 되지 않아서 물었다. "그럼 나한테는 왜 알려 주는 거예요? 중대한 기밀이라면서." 앤이 말했다. "너는…… 경우가 다르지."

별이가 서서히 우리에게 다가온다.

"불만이 없는 게 아니에요. 답답해도 말을 하지 않을 뿐이죠."

이어진 별이의 말에 한나와 나는 당혹스러운 눈빛을 주고받는다. 젠장, 다 들었나 보다.

"태블릿이 없어지는 바람에 곤란해졌어요. 경비 인력도 늘어났고…… 곧 감시 카메라가 추가로 설치될 거예요. 물론 여기에도요."

별이가 걸어오며 천장을 가리킨다.

마침내 손을 뻗으면 닿을 거리에 온 별이는 크리스와 한나 사이에 선다. 그리고 두 사람을 번갈아 바라본다.

"근데 정말 안 훔쳤나 봐요? 태블릿."

나는 최대한 눈에 힘을 주고 별이를 노려본다. 하지만 속은 타들어 간다. 내가 플론에 대해 떠들었다고 앤 소장에게 쪼르르 달려가 이를까 봐 조마조마하다.

"이사벨 위원장이 그냥 잃어버린 거 아니야? 어디 잘 두고 까먹었을 수도 있잖아."

한나가 별이의 갑작스러운 등장에 놀라지 않은 척 덤덤히 말한다. 그런데 눈치 없이 크리스가 끼어든다.

"아니에요. 위원장님은 뭘 잃어버리고 그럴 분이 아니에요. 게다가 잃어버린 다음에 태블릿 전원이 바로 꺼졌다고 하던데요?"

별이가 내 말이 그 말이라는 듯 어깨를 으쓱인다. 정말 싫다. 별이는 왜 이렇게 얄밉게 구는 걸까?

그런데, 별이가 뜻밖의 말을 한다. 비밀스럽게.

"다른 데서 얘기 좀 해요. 도움이 필요해요."

한나의 방에 모인 우리는 둥글게 둘러앉는다. 그리고 별이의 이야기를 듣기 시작한다. 별이가 내뱉는 한 마디 한 마디에서 별이가 그동안 겪었을 감정들이 새어 나와 방 안을 조금씩 채우는 것만 같다. 별이가 다시 보이기 시작한다. 곧은 자세, 흔들림 없는 눈동자, 꾸밈없는 말투. 그동안 내가 오해한 것 같다. 별이는 얄밉게 군 것이 아니라 불필요하게 사근거리지 않았을 뿐이다.

"우리 엄마는 연구원이었어요. 연구원으로 길러졌죠."

별이의 어머니는 1차 세계 재난 이후 홀로 앤의 공동체에 들어왔다. 겨우 열다섯 살이었다. 처음에는 바뀐 환경에 적응하지 못해 매일 혼자 다녔다. 공동체 안에 작은 학교가 생긴 뒤로는 혼자 공부만 했다. 앤 소장은 남달리 영특한 별이 어머니를 눈여겨보았다가 연구원들에게 시켜 별도로 교육을 받게 했다. 그렇게 얼마간의 시간이 지나고, 별이 어머니는 연구원이 되어 플론 프로젝트에 참여하게 되었다. 별이 어머니에게 다른 연구원들은 가족이자 선생님, 동료, 그리고 친구였다.

별이 어머니는 자기 일에 각별한 애정과 주인 의식을 가지고 있었다. 십여 년을 매일 늦게까지 일하면서도 피곤한 줄을 몰랐다. 늦은 밤 별이가 깨어 있을 때면, 별이의 어머니는 슬그머니 다가와 식물이 얼마나 경이로운지, 과학 기술로 얼마나 멋진 일들을 할 수 있는지 귓가에 속삭이곤 했다. 별이는 엄마가 하는 어려운 말들을 전부 알아듣지는 못했지만, 그런 말을 하는 엄마가 멋있다고 생각했다.

그리고 마침내 플론 개발에 성공했을 때 별이의 어머니는 평생의 과업을 이룬 듯 기뻐했다. 별이는 엄마가 무엇을 해냈는지 알 수 없었지만 엄마가 기쁘다니 덩달아 기뻤다. 그런데, 어느 날 상황이 급격하게 반전되었다. 꿈결처럼 웃음을 멈추지 못하던 별이의 어머니는 가시처럼 말라가기 시작했다.

"엄마는 괴로워했어요. 밥을 못 넘길 정도로요. 일하러 가지도 않고 하루 종일 넋을 놓고 앉아만 있었어요. 얼마나 답답했는지 몰라요. 그런데, 그렇게 한동안 멍하게 지내던 엄마가 갑자기 멀쩡해졌어요. 그리고 말했어요. 미안하다고, 도저히 안 되겠다고요."

별이의 어머니는 별이를 의자에 앉혀 놓고 굳은 얼굴로 말했다. "별아, 엄마는 결정을 내렸어. 미안해. 우리는 예전처럼 살 수 없을 거야……. 하지만 그건 엄마가 너를 아끼지 않아서가 아니야. 그걸 꼭 기억해 주면 좋겠어." 그리고 별이의 어머니는 자신이 왜 그런 결정을 내렸는지 차분히 설명하기 시작했다. 그때 별이는 플론에 대해 알게 되었다. 엄마가 왜 기뻐했고, 왜 괴로워했는지도.

플론은 유전자 편집 식물로, 불안과 우울이 극심한 사람들을 안정시키는 새로운 향정신성 의약품을 개발하려는 목적으로 만들어졌다. 참 시의적절한 약용 작물이었다. 기후 재난이 지나간 자리엔 심리적 고통을 호소하는 사람들로 가득했다. 언뜻 괜찮아 보이는 사람들도 암울한 현실을 견디고 있을 뿐이지 멀쩡한 건 아니었다.

별이의 어머니는 기후 재난으로 인해 자신이 청소년기에 겪었던 정신적 충격을 떠올리며, 플론이 많은 사람들을 도울 수 있게 되길 바랐다. 플론이 의약품으로 상용화된다면 못 이룰 소망도 아니었다. 하지만 별이의 어머니는 도저히 받아들일 수 없는 문제를 맞닥뜨렸다.

"일이 아주 잘못되었다고 했어요. 약으로 쓰여야 하는 플론이 독약이 되었다고요."

앤 소장에게는 연구원들이 모르는 다른 계획이 있었다. 그 계획의 첫 단계는 불법 거주민들을 대상으로 한 임상 실험이었다. 플론을 의약품으로 적절히 가공해서 제공하는 것이 아니라, 종자 그대로 실험에 사용하겠다고 했다.

연구원들은 술렁였다. 플론은 사람 가까이 두어서는 안 되는 위험한 식물이었다. 별이 어머니를 포함해 몇몇이 나서서 앤의 지시를 거부하자고 했다. 하지만 연구소에서 앤 소장은 절대적인 존재였고, 일단 상황을 지켜보자는 쪽으로 분위기가 형성되자 별이 어머니는 더 이상 말을 꺼내기가 어려웠다.

"엄마가 사라진 건, 저한테 이 모든 이야기를 들려준 바로 그날이었어요. 며칠이 지나서야 어떤 연구원이 찾아와 말해 주더라고요. 엄마가 연구소의 규칙을 위반했기 때문에 수용소로 보내졌다고."

숨을 길게 들이쉰 한나가 별이의 말을 방해하지 않도록 최대한 조용히 숨을 내뱉는다.

"그때 처음으로 앤 소장님이 절 부르셨어요. 엄마한테서 뭔가 들은 게 있는지 확인하시더라고요. 근데, 그냥 느껴졌어요. 이미 다 알면서 불렀구나. 그래서 솔직하게 말했어요. 플론에 대해, 그리고 플론의 실험에 대해 알고 있다고요. 그랬더니 앤 소장님이 웃으시더라고요. 그러면서 엄마한테 보내 주겠다고 했어요. 그래서 이렇게 대답했죠."

별이는 마치 지금 눈앞에 앤 소장이 있는 것처럼 또랑또랑하게 말한다.

"소장님! 저는 엄마한테 가고 싶지 않아요. 연구원이 되고 싶어요. 저도 플론 프로젝트에 참여하게 해 주세요!"

한나가 아, 하고 탄식한다. 나는 가볍게 흘려들었던 별이의 말을 떠올린다. 왜 그렇게 열심히 일해? 높은 사람이 되려고요.

"그때는 연구소의 실험을 멈출 수 있는 사람이 되겠다고 결심했었어요. 그런데 지금은 상황이 달라졌죠."

별이는 쫓기는 사람처럼 빠르게 말을 잇는다.

"수용소가 어디 있는지 알아요."

"정말? 어디 있는데?"

한나가 엉덩이를 들썩인다. 별이가 발밑을 바라본다.

"여기요. 이 아래에 있어요."

우리는 바닥이 존재한다는 걸 몰랐던 사람들처럼 유심히 바닥을 관찰한다.

"가끔 소리가 새어 나와요. 식당에서, 샤워실에서. 분명히 엄마 목소리를 들었어요. 세탁물이 오가는 통로 근처에서요. 이 아래에 수용소가 있는 거예요."

"아!"

나도 모르게 소리를 지른다.

"새벽에 샤워실에 있던 사람이 그럼……."

별이가 고개를 끄덕인다. 한나와 크리스가 영문을 모르는 얼굴로 나를 미심쩍게 바라본다. 별이가 서둘러 원래 하던 얘기로 돌아와 본론을 꺼낸다.

"우리는 원하는 게 같아요. 수용소에 있는 사람을 꺼내서 이 연구소를 나가고 싶어 하죠. 그러니까 힘을 합치는 게 유리해요."

어떻게 해야 할지 몰라 눈빛을 주고받는 우리를 별이가 답답한 표정으로 바라본다.

"시간이 없어요."

"시간이 없다고?"

내가 묻는다.

"네. 길어야 일주일이에요."

"뭐가?"

별이가 한 박자 쉬고 말한다.

"곧 앤 소장님은 플론을 뿌릴 거예요. 엄청난 양의 플론이 준비되어 있어요. 웬만한 제초제에는 내성이 있는 데다, 성장 속도와 번식력이 어마어마해요. 한번 이 연구소 밖으로 나가면 영영 돌이킬 수 없을 거예요. 지구가 플론으로 뒤덮이겠죠. 시간문제예요."

별이의 말을 들으며 나는 상상한다. 파란 막대 사탕을 닮은 식물로 뒤덮인 땅을. 진한 꽃향기로 둘러싸인 지구를. 그리고 그 향에 중독된 사람들을.

"설마……."

한나가 무언가를 인정하고 싶지 않은 사람처럼 고개를 가로저으며 어색하게 미소 짓는다.

"에이, 그런 짓을 해서 앤 소장이 얻는 게 뭔데? 말이 안 되잖아."

별이가 한나를 무표정하게 응시한다. 한나의 얼굴이 창백해진다.

"크리스, 넌 뭐 들은 거 없어? 이사벨 위원장한테?"

"그냥 중요한 일이 있다는 것만……. 그게 뭔지는 안 알려 주셔서……."

크리스는 마치 잘못을 저지른 아이처럼 기어들어 가는 목소리로
말한다.

그때, 별이가 예언자처럼 선포한다.

"다음 주면 세상이 바뀔 거예요. 영원히요."

어쨌든 꽃은 필 거야

앤이 나를 다시 찾은 건 저녁 시간이 지나서였다. 그때까지 나는 한나와 크리스, 별이와 함께 우리가 마주한 문제에 대해 논의했다. 어떻게 하면 수용소에 있는 파커와 별이의 어머니를 구할 수 있을까? 어떻게 하면 연구소를 빠져나갈 수 있을까? 어떻게 하면 플론이 연구소 밖으로 퍼져 나가는 것을 막을 수 있을까? 우리는 격렬하게 토론했고, 각자 수심에 잠기기도 했으며, 이 모든 일들이 현실일 리 없다며 웃기도 했고, 플론에 중독될 우리의 모습을 상상하며 입술을 물어뜯기도 했다.

별이는 불법 거주민들을 대상으로 한 실험이 끝나고 연구소 밖으로 처음 나갔을 때의 감상을 말해 주었는데, 그 얘기를 듣는 것만으로도 간담이 서늘했다. "그런 거 있잖아요. 초현실적인 거. 말하는 토끼나 걸어 다니는 물고기를 떠올리면 느껴지는 위화감. 그냥 그 광경은…… 진짜가 아니었어요. 현실과 분명 닮았지만 절대 진짜는 아닌, 가상 현실 같았어요." 그리고 별이는 이상한 소리를 냈다. "스스스, 스스스. 말라 죽은 플론 사이로 바람이 불면 그런 소리가 났어요. 수천 개의 해골이 우는 듯한 소리. 머리통과 척추만 남아 땅에 박혀 있는 해골이요. 그리고 그 해골 사이를 지나다니는 사람들은…… 인형 같았어요. 제가 느끼기엔 그랬어요."

나는 서 팀장이 보여 준 영상 속의 플론과 별이가 묘사한 플론을 번갈아 떠올린다.

"무슨 생각을 그렇게 해?"

앤 소장이 못마땅한 얼굴로 묻는다. 내 태도가 영 마음에 안 드는 모양이다.

조금 전, 앤은 내가 얼마나 특별한 대우를 받고 있는지 알아야 한다는 듯 생색을 냈다. 이 연구소에서 플론에 대해 알고 있는 사람은 고작 십여 명뿐이고, 그중에서도 재배실에 출입할 수 있는 권한이 있는 사람은 손에 꼽는다면서.

"재배실이 어떤 모습일지 생각해 봤어요."

앤의 얼굴에 환한 미소가 번진다.

"기대해도 좋아! 가 보면 깜짝 놀랄 거야. 가장 신경 써서 만든 곳이거든."

우리는 실험동에서 한참 아래로 내려간다. 체감상 적어도 다섯 층 이상은 내려온 것 같은데, 계단이 쭉 이어져 층이 구분되어 있지 않았으므로 정확히 알 수는 없다. 계단의 끝까지 내려온 앤은 벽처럼 보이는 커다란 문 앞에 선다.

기계음이 들리고, 문이 안쪽으로 회전하며 열린다. 빛이 새어 나오는 문틈 사이로 재배실이 바닥부터 서서히 드러난다. 나는 가장 신경 써서 만들었다는 앤의 말을 실감한다. 경이로운 광경에 전율이 인다.

끝없는 유리 기둥의 숲이다. 투명한 유리 기둥마다 플론이 소중하게 담겨 있는데, 꽃이 있어야 할 자리에는 하얀 꽃봉오리가 맺혀 있다. 플론 하나하나를 세심하게 비추는 조명 빛이 유리에 이리저리 반사되어 신비로운 분위기를 자아낸다. 저주를 받아 얼음 속에 갇힌 식물들을 모아 놓은 것 같기도 하다. 앤과 나는 겨울 숲을 거닐 듯 재배실 안으로 들어간다.

"정말 긴 여정이었어."

앤이 아련한 눈으로 저 멀리를 바라본다. 대체 이곳에서 얼마나 많은 플론이 자라나고 있는 걸까.

"이걸 다 퍼뜨릴 생각이에요? 다음 주에?"

"별이가 그래?"

아, 실수했다. 뭐라고 둘러대야 할지 서둘러 변명을 찾아보지만 이미 머리가 하얘졌다. 앤이 아무렇지 않은 듯 말한다.

"내가 바보도 아니고, 당연히 알고 있어. 별이가 자기 엄마 때문에 나한테 붙어 있는 거."

"그럼 왜……."

"안쓰럽잖아."

앤이 얕은 한숨을 쉰다.

"그리고 기대를 좀 했었어. 플론에 대해 자세히 알게 되면, 진심으로 나를 이해하지 않을까 하고."

유리 기둥 앞에 멈춰 선 앤이 아직 어려 보이는 플론을 보며 손끝으로 가볍게 유리를 문지른다. 그러더니 나를 슬쩍 보고, 휙 뒤돌아 재배실 밖으로 향한다. 앤이 소리 내어 묻지 않았지만 왠지 나는 들은 기분이다. 미아야, 너는 나를 이해할 수 있지?

재배실 문은 다시 둔탁한 소리를 내며 닫힌다. 앤은 마치 아침 운동을 끝낸 사람처럼 상쾌하게 말한다.

"어쨌든 얘네는 나가서 꽃을 피울 거야. 그리고 영원히 살아남을 거야. 걱정하지 않아도 돼."

내가 걱정하는 게 바로 그것이다. 플론이 영원히 존재하는 것.

"네가 봐야 할 것이 또 있어."

우리는 다시 계단을 오른다. 앤은 지치지도 않는지 발걸음이 가볍기만 하다. 어떻게 하면 앤의 계획을 무마시킬 수 있을까? 어떻게 해야 이 사람의 마음을 돌릴 수 있을까? 나는 고심하다 조심스레 말을 꺼낸다.

"여기 오는 길에 플론에 중독된 할아버지를 봤어요. 정말…… 이상했어요. 소장님은 이상하다는 거 못 느끼세요? 대체 사람들을 그렇게 만들어서 소장님이 얻는 게 뭐예요?"

"미아야."

조금 더 완곡하게 표현할걸 그랬나. 나는 겁먹은 티를 내지 않으려 노력한다.

"원래 낯선 건 아무리 좋아도 이상하게 느껴지는 거야. 다들 그래. 하지만 시간이 지나면 너도 곧 익숙해질 거야. 그리고 이상하고 안 이상하고를 떠나서…… 플론은 꼭 필요해. 필요한 때가 됐어."

우리는 익숙한 곳에 도착한다. 앤의 집무실이다. 앤은 책상에서 태블릿을 집어 들고 소파를 지나 가장 안쪽으로 들어간다. 앤보다 덩치가 훨씬 더 큰 곰이 우리를 내려다본다. 가까이 가 보니 곰 뒤편으로 문이 하나 있다. 이 연구소는 땅굴같이 이리저리 이어져 있어 어디서 새로운 공간이 또 튀어나올지 도통 짐작할 수가 없다.

앤을 뒤따르던 나는 천장도 바닥도 벽도 전부 검은 방의 모습에 주춤한다. 천장이 집무실보다 적어도 두 배는 높은 듯하다. 앤이 성큼성큼 걸어 들어가 방 한가운데 놓인 기다란 테이블 앞에 선다. 나는 좌우로 긴 테이블을 바라보다가, 곧 터질 것처럼 부풀어 오른 맞은편 벽을 보고 깜짝 놀라 뒷걸음질 친다. 벽이 왜 저런지 물으려는 찰나, 벽이 부푼 것이 아니라 벽에 무언가가 붙어 있다는 것을 깨닫는다. 반구다. 새카만 반구가 벽에 꽉 들어차 있다. 그때 웅, 소리와 함께 반구의 표면에서 빛이 뿜어져 나오고, 한순간에 파란 바다와 하얀 구름이 시야에 가득 찬다.

"지구네요!"

"응. 실시간 위성 사진이야."

앤이 태블릿을 두드리자 지구가 조금 기울어진 축을 중심으로 회전하기 시작한다. 반구가 아니라 구였다.

"그런데 왜 절반이 벽에 묻혀 있는 거예요?"

앤이 쓸데없는 걸 묻는다는 듯이 나를 힐끔 흘겨본다.

"어차피 뒤쪽은 안 보이잖아. 자, 중요한 건 그게 아니야."

나는 벽에 박힌 채 회전하는 지구로 시선을 돌린다. 조금 더 빠르게 회전하기 시작한 지구 위에 빨간 점이 여기저기 생겨난다.

"뭔지 알아보겠어?"

가장 많은 점이 모여 새빨갛게 번뜩이는 지역에 시선이 멈춘다. 내가 살면서 가장 오랜 시간을 보낸 곳. 그레이 시티다.

"이건 전 세계 기후 난민 분포 현황이야. 지난 수십 년간 수십억 명이 원래 살던 곳을 떠나 새로운 곳으로 이동했지. 너도 잘 알겠지만, 대다수가 다시 고향으로 돌아가고 싶어 해."

앤이 태블릿 화면을 건드리자 빨간 점이 전부 사라지고, 이번엔 초록색으로 이곳저곳이 색칠된다. 앤과 내가 지금 서 있는 서울도 초록색이다. 설명을 듣지 않아도 알 것 같다.

"노 휴먼스 랜드네요?"

군데군데 초록색으로 칠해진 지구 위에 아까 사라졌던 빨간 점들이 다시 나타나더니, 바닥에 쏟은 구슬처럼 지구 표면을 따라 이곳저곳으로 흘러간다. 빨간 점의 이동 경로 곳곳에 검은 빗금이 쭉쭉 그어진다.

"UNCDE는 지구의 평균 기온 하락이 시작되면 노 휴먼스 랜드를 해제할 생각이야. 그럼 대규모 이주가 시작되겠지. 저기 까만 빗금으로 표시된 부분들은 그로 인한 분쟁이 예상되는 지역들이고."

앤의 말이 이어지는 사이에 빗금으로 표시된 면적은 계속 늘어난다.

"기후 재난으로 거주 가능한 땅이 줄어든 데다가 노 휴먼스 랜드의 면적이 넓어서 지난 수십 년간 사람들은 서로의 영역을 침범하면서 살아왔어. 침범이라는 표현보다 공유라는 표현이 낫겠네. 뭐어쨌든, 다들 각자의 사정이 있지만 모두 불만이 쌓일 대로 쌓인 상태야. 단순히 예전에 살던 모습으로 돌아가면 모든 문제가 해결될 것 같지만 그렇게 간단하지는 않아. 이미 많은 것들이 뒤엉켜 버렸으니까. 국가도 개인도 지난 수십 년간의 손익을 따지기 시작하겠지. 그 과정에서 크고 작은 싸움이 세계 곳곳에서 끊임없이 일어날 거야. 유례없는 전 지구적 규모의 갈등이 시작되는 거지."

앤은 또다시 태블릿을 두드린다. 이번에는 육지가 노란색과 오렌지색으로 칠해진다.

"심지어 문제는 그게 다가 아니야. 지금 보이는 건 전 지구적 분쟁이 발생했을 때의 세계 곡물 생산량 예측치야. 지금도 식량이 부족한데 여기서 더 부족해지면 얼마나 심각한 기근이 닥칠지 상상이 돼? 수십억 명이 굶주리게 될 거야."

앤이 한숨을 푹 쉬고 나를 바라본다.

"그래서 이사벨 위원장님은 노 휴먼스 랜드 해제를 반대했었어. 어떻게든 인명 피해를 줄여야 하니까."

"그럼 집에 돌아갈 날만 기다리고 있는 사람들은요?"

"그건 위원장님도 안타깝게 생각하는 부분이야. 하지만 조금만 더 시간이 지나면 고향에 대한 기억을 지닌 사람들은 세상에 남아 있지 않을 거야. 어차피 그럴 거라면 많은 사람들에게 이익이 되는 쪽으로……."

"그치만 약속했었잖아요!"

나도 모르게 목소리가 커진다.

"분명 UNCDE는 지구의 평균 기온이 내려가면 땅을 다시 돌려준다고 했어요. 환경 기여도에 따라 보상하겠다고도 했고요. 도시 재건도 지원하고, 그동안 과거도시에서 발전시킨 기술들도 이전해 주고요. 약속을 어긴다면 사람들이 가만히 있지 않을 거예요!"

"그래. 그래서 UNCDE는 노 휴먼스 랜드를 돌려줄 생각이야. 세상에 어떤 혼란이 발생할지 뻔히 알면서도 말이야."

앤이 혀를 끌끌 차고는 다짐하듯 말한다.

"그래서 이사벨 위원장님과 내가 문제를 해결하려는 거야."

"플론······ 으로요?"

"맞아."

앤이 기특하다는 듯 눈웃음을 짓는다.

"플론으로 단순히 노 휴먼스 랜드 해제로 인한 분쟁만 막겠다는 건 아니야. 사람이 만들어 내는 모든 종류의 문제를 근본적으로 해결하려는 거야. 플론은 전쟁과 기근, 폭력과 차별, 불평등과 기후재난 걱정 없이 천년만년 인류가 계속 지구에 존재할 수 있게 할 유일한 방법이거든. 나, 너, 그리고 이 방 밖에 있는 연구원들, 네가 살았던 그레이 시티의 거주민들, 앞으로 태어날 모든 사람들의 미래를 온갖 위험에서 지켜 줄 거야."

"하지만······ 자아가 없는데 그게 다 무슨 소용이에요? 그건 정상적인 사람이 아니잖아요."

앤이 조금 지친 목소리로 부드럽게 말한다.

"미아야, 원래 모든 생명체가 그런 식으로 자신을 바꿔 가면서 살아남는 거야. 사람이라고 특별할 것도 없어."

그때, 밖에서 앤을 찾는 이사벨 위원장의 목소리가 들린다. 앤이 나중에 다시 얘기하자며 밖으로 나간다. 나는 지구를 뒤덮은 빨간 점과 검은 빗금을 멍하게 바라본다.

열린 문틈으로 잔뜩 화가 난 이사벨 위원장의 목소리가 전해진다.

"이게 말이 됩니까? 대체 연구소를 어떻게 운영하고 있길래 이런 일이 생기죠?"

아무리 찾아도 태블릿이 보이지 않는다는 이사벨에게 앤이 대답한다.

"걱정하지 마세요. 모든 문에 보안 장치를 추가로 설치하기 시작했으니까요. 계획은 차질 없이 진행될 거예요."

해야만 하는 일

명치에 뜨거운 돌멩이가 얹힌 것만 같다. 차라리 플론에 대해 전혀 모르는 편이 나았을까? 그랬다면…… 어느 날 길가에서 낯선 식물을 발견하고, 이건 먹을 수 있는 걸까, 맛은 어떨까 정도나 고민했겠지. 그러고는 플론에 다가가서 냄새를 맡고 나는…… 으, 상상만 해도 몸서리가 쳐진다. 그런데 플론에 중독되면 어떤 기분일까? 모든 것이 나로 느껴지면 세상이 어떻게 보일까?

앤의 집무실에서 나와 끔찍한 생각에 괴로워하던 나는 급히 어딘가로 향하는 서 팀장을 발견한다. 이 늦은 시간에도 일을 하나? 뒤쫓으려던 건 아닌데 어느새 다리가 알아서 움직이고 있다.

서 팀장은 처음 보는 유니폼을 입은 두 사람을 만나 어딘가로 들어간다. 철컥, 문이 닫히는 소리가 들린다. 나는 살금살금 가까이 다가간다. 굳게 닫힌 문에는 '보안 관리실, 관리자 외 출입 금지'라고 쓰여 있다. 서 팀장이 뭘 하는지 궁금해진 나는 몸을 틀어 귀를 문에 딱 붙인다. 차가운 금속의 감촉에 순간적으로 어깨가 움츠러

든다. 윙윙대는 잡음 사이로 드문드문 사람 목소리가 들린다. 아니요, 소장님께서, 하하, 별말씀을요, 점검하면, 내일은, 그리고…… 발걸음 소리다.

당황한 나는 최대한 빠르게 문에서 멀리 뛰어간다. 그리고 멈춰서 숨을 고른다. 심장이 터질 것 같다. 이윽고 문이 열리고, 서 팀장이 나타난다. 나는 태연하게 서 팀장을 향해 걷는다.

"음? 미아 씨?"

서 팀장이 반갑게 인사하며 다가온다. 내가 몰래 뒤따라왔다는 사실을 눈치채지 못한 모양이다.

"팀장님, 여기서 뵙네요."

"아까 그렇게 가셔서 걱정했어요."

아, 맞다. 아까 인사도 안 하고 그냥 달려 나왔지. 나는 어색하게 미소짓는다.

"아, 제가 그랬네요……. 그나저나 여기서 마주쳐서 정말 다행이에요. 길을 잃었거든요. 여기가 어딘지 알 수가 없네요?"

나는 일부러 여러 번 두리번거린다. 서 팀장이 걱정스러운 눈으로 바라본다.

"아이고, 많이 놀라셨겠어요. 실험동까지 모셔다드릴게요. 저도 가는 길이니까요."

"와, 잘됐네요. 그런데 여기는 뭐가 있나요?"

나는 서 팀장의 어깨 너머를 둘러본다.

"아, 여기 기계실이 있어요. 오늘 일이 참 많네요."

내가 가만히 미소만 짓고 있자, 서 팀장이 이어 말한다.

"그…… 분실물 얘기 들으셨죠? 그래서 예정에 없던 보안 점검을 했는데, 뭔가 의심스러운 정황이 발견됐어요. 조심해요."

서 팀장이 목소리를 낮춘다.

"현재는 외부인의 침입 가능성까지 고려하고 있거든요."

"아……."

"근데 너무 걱정하실 필요는 없어요. 오늘 어지간한 출입 통로에는 전부 보안 장치를 추가로 설치했거든요. 그래서 여기 들른 거예요. 시스템 업데이트되는 걸 확인하느라."

"고생 많으셨네요."

"제가 뭐 고생하는 게 있나요. 보안 담당 직원들이 고생이죠. 업데이트가 끝날 때까지는 보안 기능이 작동하지 않아서 수동으로 감시해야 하거든요."

"수동요?"

"네, 수동."

서 팀장이 손가락으로 자신의 두 눈을 가리킨다. 그 순간, 나는 호흡이 가빠지는 걸 느낀다. 이거다! 나는 한나에게 달려가고 싶은 마음을 꾹꾹 누르면서 서 팀장과 실험동까지 걸어간다. 그리고 시야에서 서 팀장이 사라지자마자, 남들 눈에 이상해 보이지 않을 수준에서 가장 빠른 속도로 걷는다.

"드디어 탈출할 방법이 생겼어요!"

나는 한나와 크리스, 별이를 불러 모으고 흥분해서 떠든다. 별이가 시큰둥하게 대꾸한다.

"난 또 뭐라고……. 이미 알고 있어요. 아까 밖으로 통하는 출입

문은 전부 돌아봤다고요. 전부라고 해 봤자 몇 군데 안 되지만, 어쨌든 한 군데도 빠짐없이 보안 직원이 버티고 있어요. 밖으로 나갈 수가 없어요."

단호한 별이의 말에 맥이 빠진다. 아쉬운지 한나가 입맛을 다시며 말한다.

"근데 사람은 어쨌든 한 번씩 쉬어야 하잖아. 틈이 있겠지. 밑져야 본전이니까 한 번 더 둘러보는 게 어때?"

우리는 두 명씩 나뉘어 연구소를 돌아보기로 한다. 한나와 별이가 먼저 출발하고, 뒤이어 나는 크리스와 로비로 향한다. 용산공원에서 둘이 어색하게 있던 순간이 먼 옛날 일처럼 아득하게 떠오른다. 그때는 어떡하면 X에게 돈을 받을 수 있을까가 가장 큰 고민이었는데……. 나도 모르게 웃음이 피식 나온다.

"왜 웃어?"

"그냥."

"싱겁긴."

우리는 산책 나온 사람들처럼 로비를 한 바퀴 돈다. 출입문 앞에 딱 버티고 서 있는 직원들의 시선이 느껴진다. 역시 별이의 말이 맞았나. 나는 슬며시 속삭인다.

"저 사람들을 밀치고 달려 나가면, 그러니까 만약 그렇게 할 수 있다면 말이야, 얼마나 멀리 갈 수 있을까?"

크리스가 고민 없이 답한다.

"길어야 오십 미터 가면 잡히지 않을까? 직원들이 전속력으로 쫓아오겠지. 게다가 여기는 차도 있고, 드론도 있잖아."

그래, 드론도 있지. 왜 그 생각을 못 했을까.

나는 크리스를 데리고 기억을 더듬어 격납고로 향한다. 머릿속이 그 어느 때보다도 간결하고 또렷하다. 이 급작스러운 계획에서 느껴지는 확신은 어디서 오는 걸까. 주변에 아무도 없게 되자 크리스가 어디 가는 거냐고 설명을 재촉한다.

"용산공원에 날아갈 거야. 네가 두고 온 통신기 찾으러."

마침내 격납고 문 앞에 선 나는 손잡이를 붙잡고 심호흡을 한다. 손끝이 파르르 떨린다. 불안에 떠는 내 눈을 바라보며 크리스가 조용히 고개를 끄덕인다. 철컥. 손잡이가 돌아가고, 경고음 같은 건 울리지 않는다. 어둠에 잠긴 격납고에는 아무도 없다.

나는 지난번에 관리자가 올라갔던 곳으로 향한다. 발밑의 금속 패널이 텅텅 울릴 때마다 소리가 밖으로 새어 나갈까 봐 심장이 오그라든다. 유리 상자처럼 보이는 컨트롤 룸을 어렵지 않게 찾아낸다. 안에 들어가자 수많은 조종 장치가 있는 제어판 너머로 격납고가 한눈에 내려다보인다.

"이걸 어떻게 쓰지?"

뒤따라온 크리스가 제어판을 보고 숨을 들이쉰다.

"한나와 별이를 불러 줘."

아무래도 두 사람의 도움이 필요할 것 같다. 크리스는 금방 다녀오겠다며 달려 나간다.

나는 사탕처럼 알록달록한 수백 개의 버튼과 장난감처럼 반들반들한 레버를 훑어본다. 마구 눌러 버리고 싶은 충동이 들 만큼 귀엽고 아기자기하다. 버튼과 레버 사이사이에는 까만 글자가 가지런히 적혀 있는데, 나는 그중에서 아는 글자를 찾아낸다. SD-03R. 이 거다. 나는 망설임 없이 레버를 당긴다.

요란하게 사이렌이 울리기 시작하고 천장에서 드론이 모습을 드러낸다. 맞게 찾아냈다는 기쁨에 가슴이 벅차오르면서도 누가 이 소란을 듣고 찾아올까 봐 조마조마하다. 드론이 사뿐히 바닥에 닿는 순간, 아니나 다를까 관리자가 나타난다.

관리자는 얼떨떨한 얼굴로 출발 준비를 마친 드론을 바라본다. 나는 최대한 자연스럽게 인사를 건네며 관리자를 향해 내려간다. 손바닥에 땀이 배어 나온다. 아무리 머리를 굴려 봐도 그럴듯한 핑계는 떠오르지 않는다.

"이게 다 무슨 일입니까?"

일단 대충 아무 말이나 해 보려는데, 관리자가 슬금슬금 뒤로 걷기 시작한다. 큰일이다. 거의 다 왔는데. 이제 타고 나가기만 하면 되는데.

"잠시만요. 가지 마세요. 제 얘기 좀 들어 보세요."

관리자가 고개를 좌우로 젓고는 뒤돌아 달려 나간다.

"잠깐만요!"

절박한 내 외침과 동시에 관리자가 앞으로 고꾸라진다. 이게 무슨 일이지? 나는 고개를 들어 주변을 살핀다. 어둠 속에 나란히 서 있는 세 사람을 발견한다. 크리스와 별이, 한나다. 한나가 관리자를 겨눴던 마취총을 내리며 말한다.

"아우, 십년감수했네. 왠지 챙기고 싶더라니."

"그걸 어디서 찾았어요?"

"제가 찾았어요!"

별이가 손을 번쩍 든다.

"소장님이 평소에 이것저것 보관하는 창고가 있거든요. 거기 지키고 있는 사람이 아무도 없길래 한번 들어가 봤죠."

나는 별이에게 엄지손가락을 들어 보이며 묻는다.

"대단한데! 그럼 혹시 드론도 조종할 줄 알아?"

"뭐…… 하다 보면 되는 거 아니겠어요? 믿어 봐요. 드론은 조종해 본 적 없지만, 차는 많이 해 봤으니까."

별이는 장난스럽게 웃으며 컨트롤 룸으로 달려간다. 나는 서둘러 거대한 사다리를 끌고 온다. 한나가 옆에서 사다리를 같이 밀며 걱정하는 얼굴로 묻는다.

"할 수 있겠어?"

"네."

할 수 있을지 없을지는 고려 대상이 아니다. 해야만 하는 일이니까. 사다리를 오르기 시작한 나에게 한나가 말한다.

"잘 부탁해. 네가 드론을 타고 가서 도움을 요청할 동안 나는 여기서 파커를 찾고 있을게."

머리를 비우려 노력하지만, 사다리를 한 칸 한 칸 오를 때마다 겁이 난다. 해야만 하는 일이라고 해서 두렵지 않은 것은 아니다. 이대로 기절하고 싶을 만큼 무서워도 해야만 한다고 믿기 때문에 하는 것이다.

"나도 같이 가!"

깜짝 놀라 내려다보니 크리스가 사다리를 오르고 있다.

"혹시라도 앤 소장이 알게 되면, 내가 드론에 타고 있는 한 절대 추락은 못 시킬 거야. 위원장님이 나를 정말 아끼시거든."

크리스가 장난스럽게 우쭐한 표정을 지어 보인다.

우리는 드론에 앉아 안전벨트를 맨다. 나는 앤이 그랬던 것처럼 초록색 버튼을 누르고 말한다.

"준비됐어!"

"네! 출발합니다!"

컨트롤 룸에서 별이가 외친다.

"미아야! 꼭 성공해야 해!"

한나가 말한다.

굉음이 울리기 시작한다.

잠시 후, 드론은 까만 밤하늘로 날아간다. 못 본 사이에 더 커진 듯한 달이 우리를 따라온다. 나는 가만히 창밖을 응시한다. 드론이 용산공원에 도착할 때까지 내가 할 수 있는 일은 밤하늘을 감상하는 것뿐이다.

돌이킬 수 없는 일을 저질렀다는 사실이 조금씩 실감 나기 시작한다. 내가 앤의 계획을 막을 수 있을까? 파커와 별이 어머니를 구할 수 있을까? 만약…… 실패하면 어떡하지? 불안이 한순간에 나를 집어삼킨다.

"크리스, 네가 할 일이 있어."

"뭔데?"

"아마 앤 소장은 플론의 영향을 받지 않을 방법을 마련해 뒀을 거야. 그 방법이 무엇인지는 모르겠지만 찾아 줘. 계획이 성공하면 좋겠지만, 어떻게 될지 모르는 거니까."

크리스는 알았다고 대답하는 동시에, 내 쪽으로 손을 쭉 뻗는다.

"이거, 가져가."

백지장 같은 손바닥 위에 올려진 건 총이다. 파커가 나를 겨눴던 검은 권총.

"이걸 여태 가지고 있었어?"

나는 묵직한 총을 집어 들며 마음을 다잡는다. 할 수 있어. 해야만 해.

있어야 하는, 없어야 하는

서서히 땅에 가까워진다. 나는 창문에 이마를 붙이고 잘 보이지 않는 음산한 풍경을 살핀다. 드론에서 내린 뒤의 상황을 구체적으로 그려 볼수록 온갖 걱정이 엄습한다. 이 한밤중에 제대로 찾아갈 수 있을까. 들개나 너구리가 통신기를 다른 데로 물어 가지는 않았을까. 배터리는 남아 있을까. 그리고 어쩌면, 나는 이곳에서 통신기를 찾기는커녕 삶을 마감할지도 모른다.

"만약 나한테서 아무 소식이 없으면, 기다리지 마. 찾으려고 애쓰지도 말고."

총을 허리춤에 꽂으며 말한다.

"들었어?"

대답이 들리지 않아 뒤를 돌아본다. 크리스는 할 말이 있는 얼굴을 하고 있다.

"왜 말이 없어?"

"미안해서. 나 때문에 네가 이런 상황을 겪게 된 것 같아서."

바닥에서 가벼운 충격이 전해지며 드론이 멈춰 선다. 나는 안전벨트를 풀고 일어나 크리스를 향해 몸을 돌린다.

"아니. 전부 내가 선택한 거야. 조사단에 들어온 것도, 너를 찾아 연구소까지 간 것도, 드론을 훔쳐 나온 것도, 전부 내 선택이었어."

나는 문 앞에 서서 허리를 굽히고 저 아래를 살핀다. 뛰어내리려는 내 등 뒤에서 크리스의 목소리가 들린다.

"맞아. 그리고 나는 네 선택을 믿어."

밖으로 몸을 던진다. 발목이 시큰하다. 나는 무사히 용산공원에 두 발을 딛고 선다. 풀냄새가 짙게 밴 후끈한 열기가 오랜만이라고 인사하듯 밀려온다. 드론이 일으키는 흙먼지를 피하기 위해 가까운 나무 뒤에 숨는다. 잠시 후 바람이 잦아들고, 나는 밤하늘을 올려다본다. 달빛을 받아 하얗게 반짝이는 드론이 유유히 날아간다. 나는 저편에서 간절한 마음으로 드론을 조종하고 있을 별이와 한나를 떠올린다. 마음이 급해진다.

용산공원의 지리라면 자신 있다. 일단 현재 위치부터 정확히 알아야 한다. 어둠에 익숙해진 눈으로 주변을 재빨리 훑는다. 예상보다 일이 쉽게 풀릴지도 모른다는 생각에 힘이 차오른다. 저 앞의 조형물을 지나 쭉 걸어가다 보면 베이스캠프를 설치했던 곳이 나올 것이다. 거기서 조금만 더 가면 크리스가 설명한 지점이다.

들뜬 마음에 마구 내달린다. 피부를 스치는 바람에서 해방감이 느껴진다. 그러다 흠칫 놀라 멈춰 선다. 콕 집어 뭐라 설명할 수는 없지만, 방금 묘한 기운을 느낀 것 같다.

나는 마치 숨은그림찾기를 하듯 주변을 둘러본다. 아무것도 발견하고 싶지 않지만 아무것도 찾지 못해서 불안하다. 계속 달려야 하나 어디 잠시 숨어야 하나 망설이는 사이, 서 팀장의 말이 떠오른다. 도끼 하나를 두었을 뿐인데 그렇게 싸우더라고요. 아무래도 달리는 편이 낫겠다고 결심했을 때, 한껏 날이 선 목소리가 나를 멈춰 세운다.

"다신 안 오겠다면서."

곧 무너질 듯 지붕이 아슬아슬하게 기울어진 정자 뒤에서 한 무리의 사람들이 걸어 나온다. 채윤 일행이다. 채윤의 얼굴을 보자, 파커가 우리에게 총을 겨눴던 날 내가 했던 말이 떠오른다. 우리는 내일 떠날 거예요. 그리고 다시는 오지 않을 거예요.

"그게…… 상황이 바뀌었어요."

그럴 줄 알았다는 듯 실소하는 채윤의 뒤에서 한 청년이 인상을 팍 쓰고 나타난다. 그날 발사된 총에 맞은 청년이다. 청년이 팔을 흔들 때마다 붉은 총상이 살아 있는 것처럼 꿈틀거린다. 나는 주춤주춤 뒤로 물러선다. 서 팀장이 보여 주었던, 무기를 들고 악을 쓰며 달려 나가던 저들의 모습이 선명하게 기억 속에서 되살아난다.

"이번엔 왜 혼자지?"

채윤이 묻는다.

"두고 온 게 있어서요. 찾으러 왔어요."

"그게 뭐지?"

채윤이 다가온다.

"통신기예요."

"그걸로 뭘 할 생각이지?"

210

내가 지금 여기서 총을 꺼내면 어떻게 될까. 대답을 망설이는 사이 채윤이 또 묻는다.

"저건 새가 아니야. 그렇지?"

어둠 속에 떠 있는 눈동자들이 순간 번뜩인다. 결코 호의적이지 않은 눈빛.

"네. 저건 드론이에요."

마치 마법의 주문이라도 외운 듯 나를 향한 얼굴들이 싸늘하게 돌변한다. 나만큼이나 저들도 나를 두려워하고 있다는 것을 느낀다. 이상한 상황이다. 우리가 진짜 두려워해야 할 대상은 따로 있는데.

"나는 드론을 훔쳐 타고 도망 나왔어요. 한강 남쪽에 있는 연구소에서요."

이걸 그냥 이렇게 말해도 될까?

"여러분은 그 연구소에서 진행했던 실험의 피실험자였어요."

내가 던진 말은 곧바로 파장을 만들어 낸다. 알아들을 수 없는 웅성거림. 서로 분주히 주고받는 손짓.

"사실 이러고 있을 시간이 없어요. 너무 급한데…… 통신기를 찾으면서 이야기해도 될까요?"

다행히 채윤은 나의 제안을 받아들인다. 우리는 나란히 걷는다. 어떻게 설명해야 좋을까. 연구원들이 당신들을 지켜봤다고, 온갖 상황에 어떻게 대응하는지 분석했다고, 나는 연구실에 편하게 앉아 당신들이 목숨 걸고 싸우는 모습을 구경했다고…….

아무리 머리를 굴려 봐도 그런 이야기를 전할 좋은 방법 같은 건 떠오르지 않는다. 나는 내가 겪은 일들을 건조하게 나열하는 편을 택한다. 새를 쫓아가서 발견한 연구소, 그곳에서 개발한 식물인 플론의 특징과 증상, 불법 거주민들을 대상으로 진행한 실험, 플론을 살포하려는 앤의 계획, 그리고 앤의 계획을 막으려는 나의 계획. 이야기가 끝날 즈음에 내 목소리는 간신히 말을 전달할 수 있을 정도로 사정없이 요동친다. 뒤따라오며 듣고 있는 이들의 입에서 갖은 소리가 터져 나온다. 그런데 채윤은 이상할 정도로 차분하다.

"그래서 통신기를 찾으려는 거예요. 혹시 외부와 연결되는 수단, 갖고 있는 거 없어요?"

"그런 게 있을 리가 없지. 그런데 말이야……."

채윤이 뜸을 들인다. 무슨 말을 하려는 걸까.

"네 계획대로 연구소의 비밀이 세상에 알려지면, 우리는 어떻게 되는 거지?"

"네?"

"실험이 알려지면 말이야, 우리의 존재도 알려지게 되잖아. 체포된 불법 거주민이 어떻게 되는지는 알고 있는 거지?"

마치 꼬리처럼 우리 뒤로 이어지던 웅성거림이 일순간에 멎는다.

"그럼…… 조용히 다른 곳으로 옮기시면 안 돼요?"

"어디로?"

나는 머릿속에 지도를 떠올려 본다. 어디로 갈 수 있을까.

"갈 곳이 없는 건 둘째 치고, 난 서울을 떠날 생각이 없어."

단호한 채윤의 말에 나는 할 말을 잃는다. 사실 채윤의 입장은 생각해 본 적이 없었다. 채윤이 다시 묻는다.

"너는 어쩔 생각이야? 곤란한 건 너도 마찬가지 아니야?"

그것도 생각해 본 적이 없었다. 나는 어떻게 되는 거지? 통신기를 찾아 UNCDE에 연구소의 존재를 알리면, 어쩔 수 없이 내가 조사단에 잠입한 사실까지 드러나게 될 텐데. 하지만 만약 아무도 이곳에서 벌어지는 일을 모르게 된다면, 다 같이 플론에 중독되고 말겠지. 심란해진다. 어느 것 하나 마음에 드는 결말이 없다.

정신이 어수선한 상태로 목적지에 도착한다. 그런데 없다. 통신기 같은 건 보이지 않는다. 다급해진 나는 수풀을 헤집으며 가지를 마구 밟아 부러뜨린다. 그러자 누군가는 막대기로 땅을 찌르고 다니기 시작하고, 누군가는 근처 연못에 들어간다. 이렇게나 샅샅이 뒤지는데 왜 안 나오는 거야. 시간이 흐르고 하나둘 나를 힐끔거리기 시작한다.

"아무래도 없는 거 같은데요?"

마침내 누군가가 나에게 직접적으로 말했을 때, 나는 하늘에서 들려오는 소리에 놀라 대답을 하지 못한다. 드론이다. 드론이 다시 날아왔다.

우리는 인기척에 사라지는 벌레들처럼 순식간에 곳곳에 숨는다. 드론은 땅에 착륙하지 않고 지면에서 10미터 정도의 높이에 멈춰 선다. 거대한 유령처럼 기이하게 떠 있는 드론에서 잡음이 흘러나온다.

"미아야."

앤 소장이다.

"이리 나와."

간신히 화를 누르고 있는 듯한 목소리다. 나무 벤치 뒤에 한껏 웅크린 나는 채윤과 눈빛을 주고받는다. 어떡하지? 어떻게 하면 좋지? 그때, 나는 너무 놀라 벌떡 일어날 뻔한다.

"아아악!"

한나의 비명 소리다. 심장이 내려앉는다.

"나오라니까."

"아니야! 미아야! 돌아오지 마!"

나는 다급히 채윤에게 속삭인다.

"계속 찾아요. 어떻게든 세상에 알려요. 아니면 우리는 전부……."

채윤이 눈을 천천히 감았다 뜨며 고개를 끄덕인다. 나도 고개를 끄덕인다.

드론은 지면 위로 동그란 빛을 뿜고 있다. 나는 그 안으로 저벅저벅 걸어 들어간다. 드론이 내려와 새의 다리를 닮은 금속 구조물로 나를 옭아맨다. 어깨와 허리와 다리의 피부가 집히고, 이내 짓눌린다. 눈물이 찔끔 나게 아프다. 나는 크리스가 내 눈앞에서 사라졌던 것처럼 하늘로 끌려 올라간다.

앤 소장은 어떻게 알았을까? 사실 의심되는 건 차고 넘친다. 격납고에서 소음이 새어 나갔을 수도 있고, 관리자가 사라져서 티가 났을 수도 있고, 보안 시스템 업데이트가 끝났을 수도 있고, 우리의 수상한 움직임을 보안 직원이 눈치챘을 수도 있다.

머리카락이 바람에 세차게 휘날리며 얼굴을 때린다. 까마득한 높이에서 어둠에 잠긴 도시를 내려다본다. 흐름이 보이지 않는 검은 강은 마치 죽은 듯하다. 곧 나에게 닥칠 상황이 너무 두려운 나머지 드론에 매달려 날아가는 것쯤은 무섭지도 않다. 채윤은 통신기를 찾을 수 있을까? 앤의 계획을 막아 줄 수 있을까?

빠르게 날아온 드론은 거칠게 속도를 줄이며 하강하더니 언덕으로 돌진한다. 바위 굴을 통과해 도착한 격납고의 내부는 환하게 밝혀져 있다. 드론은 어중간한 높이에서 나를 내팽개친다. 딱딱한 바닥에 그대로 부딪힌 관절들이 찌르르 울린다.

고개를 들어 격납고 안의 상황을 파악한다. 굳은 표정의 앤 소장과 이사벨 위원장이 나를 지켜보고 있고, 두 사람 뒤로 무표정한 보안 직원 다섯 명이 줄을 맞춰 서 있다. 문 쪽에 쓰러져 있던 관리자는 누가 데려갔는지 보이지 않고, 한나와 크리스는 또 다른 보안 직원들에게 양팔이 붙들려 있다. 그런데, 별이가 없다. 별이는 어디 갔을까.

나는 덜덜 떨리는 손과 발을 움직여 몸을 일으켜 세운다. 지금 내가 선택할 수 있는 최선은 무엇일까? 슬쩍 내려다보니, 총은 옷 아래에 잘 숨겨져 있다.

아직 끝나지 않았어

"어떻게 됐어!"

한나가 소리친다.

나는 슬픈 얼굴로 고개만 가로젓는다. 하지만 너무 말하고 싶다. 걱정하지 마세요. 채윤에게 부탁해 놨어요. 우리가 여기 갇혀 있다는 걸 어떻게든 밖에 알려 줄 거예요. 플론에 대해서도요.

내 속을 전혀 모르는 한나는 낙심해서 고개를 떨군다. 마음이 아프지만 지금은 말할 수 없다. 듣고 있는 귀가 많으니까. 나는 앤 소장을 향해 무심코 고개를 돌렸다가 그대로 얼어붙는다. 앤이 금방이라도 나를 죽일 듯이 노려보고 있다.

"미안하게 됐습니다. 크리스는 제가 잘 간수했다가 일이 끝나자마자 데리고 가지요."

이사벨 위원장이 앤 소장에게 말한다. 하지만 앤은 대답은커녕 들은 척도 하지 않는다. 평소와 전혀 다른 앤의 반응에 이사벨 위원장은 당황한 기색을 감추지 못한다. 보안 직원에게 저항하던 한나와 크리스도 이상한 분위기를 감지하고 앤을 주시한다. 앤은 여전히 나를 죽일 듯이 쏘아보고 있다.

"피는 못 속이나 봐."

앤이 말한다.

"뒤통수치는 것도 유전인가? 다 알아들은 척하더니, 뒤에서 음흉하게 이런 일을 꾸미고 있었어?"

아무리 기억을 더듬어 봐도, 나는 앤을 오해하게 한 적이 없다.

"알아들은 척이라니요? 제가요?"

누가 멱살을 쥐고 흔드는 것처럼 내 목소리는 벌벌 떨린다.

"멍청한 짓거리를 하기 전에 나한테 좀 물어보지 그랬어."

앤이 서늘하게 웃는다.

"통신기 같은 건 진작에 치웠어. 넌 쓸데없는 짓을 한 거야."

실낱같은 희망이 툭 끊어진다. 아까 왜 눈치채지 못했을까. 앤이 채윤 무리를 내버려 둔 게 이상하다는 것을. 앤은 그들이 아무것도 하지 못하리라는 걸 알고 있었다.

손끝으로 힘이 스르륵 빠져나간다. 정말 최선을 다했는데…… 최선만으로는 모자란가 보다. 그럼 대체 뭘 어떻게 더 해야 하지?

앤이 다가온다. 나는 총을 꺼낸다. 보안 직원들의 동요가 느껴진다. 앤과 나는 격납고에 둘만 있는 것처럼 서로를 노려본다. 앤은 총을 보고도 놀라지 않는다.

"쏴! 미아야! 빨리!"

한나가 갈기갈기 찢어지는 목소리로 소리친다.

앤이 무표정하게 눈썹을 들었다 내린다. 무슨 의미인지 해석할 수가 없다. 앤은 걸음을 멈추지 않는다. 총구 너머의 앤이 천천히, 그리고 일정한 속도로 커진다. 파르르 떨리던 내 손은 어느새 덜덜 떨리고, 이제는 팔 전체가 부들거린다.

"미아야! 쏘라니까! 죽여 버려!"

한나가 다시 한번 소리 지른다.

나도 나에게 소리 지른다.

빨리 쏴! 미쳤어? 죽고 싶어서 환장했어? 정 못 하겠으면 다리 한쪽이라도 쏴. 발목이라도 쏘라고! 아니야, 잠깐만…… 그러다 내가 앤 소장을 진짜 죽여 버리면 어떡하지?

이제 앤과 총구 사이는 열 걸음도 채 안 남았다. 격납고 밖으로 끌려 나가는 한나와 크리스가 곁눈으로 보인다. 마구 터져 나오는 생각들에 정신이 혼미하다.

망설일 시간이 없어. 정말 마지막 기회야. 눈 딱 감고 쏘는 거야. 방아쇠를 당기면 수용소에 있는 사람들을 되찾을 수 있을 거야. 방아쇠만 당기면 플론을 안전하게 폐기할 수 있어.

앤은 충분히 가까워진다. 총알이 아무리 빗나가도 무조건 몸 어딘가에 맞을 정도로. 나는 실수로라도 방아쇠를 당기지 않기 위해 손끝에 온 신경을 집중한다.

멍청아. 정신 차려. 너 지금 안 쏘면 평생 후회할 거야. 플론에 중독될 수십억 명의 사람들을 생각해 봐. 플론이 퍼져 나가면 다 네 책임이야. 그 죄책감을 감당할 수 있겠어? 아니잖아. 빨리 쏴. 쏘라고!

"이게…… 어디서 배워 먹은 버르장머리야!"

앤이 멈춰 선다. 우리는 고작 두 걸음 정도를 사이에 두고 마주

본다.

"너 따위가, 내가 수십 년 동안 준비한 계획을 망치려고 해? 네가 무슨 짓을 하려고 했는지 알아? 너는! 사람들이 안전하게 살 기회를 빼앗으려 한 거야."

분노에 휩싸인 앤이 이를 악물고 말한다.

"아니요! 기회를 빼앗으려 하는 건 소장님이죠. 사람들은 지금까지 잘 살아왔고, 앞으로도 잘 살아갈 거예요. 플론 같은 걸로 바꾸지 않아도요. 소장님은 사람들이 스스로 나아질 기회를 빼앗으려 하는 거예요."

"너는 어디, 다른 데서 살다 왔니?"

앤이 코웃음 친다.

"미안아. 사람들은 잘 못 살아왔어. 기후 재난으로 얼마나 많은 사람들이 고통을 겪었는지 몰라? 내가 기회를 빼앗는다고? 아니! 기회는 수십 년, 수백 년 동안 있었어. 그래서 결과가 어땠는데? 그레이 시티에서 자란 네가 나보다 더 잘 알 거 아니야. 사람들은 그냥 내버려 두면 점점 나빠지기만 한다고. 변화가 필요해. 과거에만 매달리지 말고 새로운 미래를 봐. 플론이 존재하는 게 당연한 때가 오면, 지금이 얼마나 야만적이었는지 알 수 있을 테니까."

"과거에 매달리는 건 소장님이에요! 이제 그만 고집부리고 소장님이 틀렸다는 걸 인정하세요. 소장님도 확신이 없으니까 자꾸 다른 사람한테서 인정받으려고 하는 거 아니에요?"

나는 앤에게 다가서며 말한다.

"잘 들어요. 우리 할머니가 맞았고, 소장님이 틀렸어요. 소장님이 하려는 일은 문제를 해결하는 게 아니라 문제를 파괴하는 거예요. 문제를 파괴해 버리면 영영 해결할 기회는 없어져요. 그걸로 끝이라고요."

앤이 숨을 들이쉴 때마다 총부리에 앤의 하늘하늘한 옷깃이 스친다. 총을 마주한 앤보다 총을 들고 있는 내가 더 두려움에 떨고 있는 것 같다.

앤의 얼굴이 일그러진다. 그리고 다시 펴진다. 나는 앤의 눈동자에서 나를 향한 분노가 사라졌음을 느낀다. 앤에게서 느껴지는 감정은 분노도 두려움도 아니다. 실망이다.

"너는 정말…… 개선의 여지가 없구나."

앤이 마치 악수를 하듯 총을 쥐고 비스듬히 옆으로 돌린다. 그와 동시에 나는 뒤통수에 둔탁한 충격을 느낀다.

눈을 깜빡인다. 정신이 얼떨떨하다. 뺨에 차갑고 딱딱한 바닥이 느껴진다. 쪼그려 앉은 앤이 나에게 몸을 수그리고 속삭인다.

"거봐, 기회를 줘도 아무것도 못 하잖아."

죽음을 앞두면 지난 삶이 주마등처럼 스쳐 지나간다더니, 이십 년도 안 되는 내 인생은 너무 짧아서인지 이런저런 장면이 지나고 벌써 숨을 거둔 할머니를 발견한 순간까지 와 버렸다. 계속해서 과거가 순차적으로 재생된다. 등에 업은 할머니의 무게, X에게서 나던 좋은 냄새, 아드리안의 평온한 표정, 드론에서 내려다본 서울 풍경, 강물의 반짝임, 끝없이 늘어선 유리 기둥들 속의 플론, 총을 건네던 크리스의 창백한 손바닥, 분노에 휩싸인 앤의 눈빛, 빨리 쏘라고 외치던 한나의 목소리. 한나의 목소리. 한나의 목소리가 들린다.

"아, 이걸 어째……. 정신 차려. 미아야, 미아야?"

눈을 뜨자, 한나의 얼굴이 시야에 가득 찬다.

"너 진짜! 으이구, 내가 빨리 쏘라고 몇 번을 말했어!"

한나가 내 머리를 쓰다듬으며 버럭 화를 낸다.

"왜 그러고 가만히 서 있었던 거야? 도무지 이해를 할 수가 없네. 그냥 손가락만 까딱하면 되는 거였잖아. 다신 없을 기회였는데……."

나는 한나의 도움을 받아 바닥에 누워 있던 몸을 일으킨다. 그리고 의자 하나 없는 작은 방을 둘러본다.

"여긴 어디예요?"

급격히 낯빛이 어두워진 한나가 답한다.

"몰라. 잠깐 여기 있으래. 네가 깨어나길 기다리고 있었어. 곧 우리를 수용소로 데리고 갈 사람이 올 거야."

역시 그렇게 됐구나.

"크리스는요?"

"크리스는 이사벨 위원장이 데리고 갔어."

"별이는……."

내 말이 끝나기 전에 한나가 가까이 다가와 귀에 속삭인다.

"별이는 안 걸렸어. 나한테 드론 조종을 맡기고 나갔었거든. 보안 시스템이 업데이트될 때 수용소로 통하는 길을 빨리 찾아야 한다고."

별이가 얼마나 엄마를 되찾고 싶어 했는지가 떠올라 마음이 저릿하다. 전부 끝났구나. 내가 다 망쳤구나. 고개를 들 수가 없다. 한

나를 볼 면목이 없다.

"그나저나, 진짜 왜 그랬어. 너무 긴장해서 움직일 수가 없었던 거야?"

한나가 손바닥으로 내 등을 쓸면서 묻는다. 눈물이 차오른다. 입술 사이로 울음이 새어 나온다.

"모르겠어요. 앤에게 총을 쏴야만 우리한테 살길이 생긴다는 걸 알고는 있었어요. 플론을 막을 마지막 기회라는 것도요. 그런데…… 죄송해요. 저도 도무지 이해가 안 돼요. 이렇게 끝날 줄 알고 있었으면서, 대체 왜 바보같이……."

"에휴, 진짜 바보네. 사람 쏘는 일이 쉬운 줄 알았어?"

나는 고개를 들어 한나를 바라본다.

"이제 와 생각해 보니까…… 네가 총을 쏘지 않아서 다행이야. 정말 방아쇠를 당겼다면, 너는 감당할 수 없었을 거야."

한나가 두 손으로 내 어깨를 꾹꾹 주무르며 말한다.

"미아야, 정신 똑바로 차려. 아직 끝나지 않았어. 다시 방법을 찾아보자. 더 나은 방법을."

그때, 끼익 소리와 함께 문이 열린다. 나는 직원들이 끌고 온 빈 카트를 알아본다. 반짝거리는 새 물건들이 가득 담겨 있던 카트다. 우리는 카트 위에 앉혀진다. 그리고 느닷없이 뒤에서 나타난 커다란 손이 하얀 천으로 내 코와 입을 틀어막는다. 몸에서 힘이 쭉 빠져나간다. 나는 옆으로 고꾸라지는 한나를 보며 정신을 잃는다.

한나의 말이 귓가를 맴돈다. 아직 끝나지 않았어. 다시 방법을 찾아보자…….

*

얼마나 시간이 지났을까. 등에 느껴지는 딱딱한 바닥, 귓가에 들리는 사람들의 숨소리, 코를 자극하는 생경한 냄새. 나는 눈을 뜨기도 전에 낯선 곳에 왔음을 알아차린다. 무엇을 마주하게 될지 두렵지만 마냥 이렇게 누워 있을 수도 없으니, 마음을 단단히 먹고 슬며시 눈꺼풀을 들어 올린다. 그리고 얼어붙는다. 맙소사. 이게 무슨 상황이지.

수많은 낯선 얼굴들이 나를 내려다보고 있다. 조금도 예상하지 못했던 광경에 당황한 나는 급히 한나를 찾아 눈알을 굴린다. 한나는 바로 내 옆에 누워 있다. 의식이 없는 상태로.

3부

경계 너머

이상하다. 정신을 잃었던 사람이 눈을 뜨면, 일단 괜찮냐고 물어
봐야 하는 거 아닌가? 이 낯선 사람들은 나와 눈을 맞추지도 않는
다. 이럴 거면 왜 여기 모여 있는 거지? 의아함도 잠시, 나는 맥락
없이 이어지는 상황에 온몸의 신경을 날카롭게 곤두세운다.

가장 가까이 다가온 내 또래의 여자아이가 풀썩 주저앉더니, 돌
연 내 옆에 나란히 눕는다. 곧이어 그 옆으로 또 한 사람이 드러눕
는다. 그 순간, 나는 서 팀장이 보여 주었던 플론 중독자들의 모습
을 떠올리고 전율한다. 이들은 나를 모방하고 있다. 이들은 플론에
중독되어 있다.

몽롱한 정신을 쥐어짜 앤의 말을 떠올린다. 플론에 중독된 사람
들은 누구도 다치게 하지 않아. 하지만 그 사실을 안다고 해서 이
상황이 위협적으로 느껴지지 않는 것은 아니다. 나는 조심스레 손
을 뻗어 아직 정신을 차리지 못한 한나의 옷깃을 그러쥔다.

그때, 오른쪽 이마에 뜨끈하고 축축한 누군가의 살갗이 닿는다.

나는 소스라치게 놀라 비명을 지르며 몸을 일으킨다. 돌아보니, 별이보다도 어려 보이는 작은 아이가 나에게 뻗었던 손을 물끄러미 바라보고 있다. 그러더니 느닷없이 비명을 지른다.

뒤이어 벌어지는 상황은 형언할 수 없을 정도로 기괴해서, 나는 귀를 틀어막아야겠다는 생각을 하면서도 손끝 하나 움직이지 못한다. 각기 다른 목소리가 내지르는 비명이 잔잔한 수면에 퍼지는 물결처럼 나를 중심으로 원을 그리며 터져 나온다. 나는 깨닫는다. 이건 내가 만들어 낸 상황이다. 조금 전에 내가 지른 비명이 전염병처럼 이들을 훑고 지나간 것이다.

천둥 같은 소리에 놀란 한나가 벌떡 일어나 주위를 경계한다. 나는 한나의 손목을 낚아채 군중 밖으로 달려 나간다. 수십 명분의 발소리와 숨소리가 우리를 뒤쫓아온다.

본능적으로 가장 높고 외진 곳을 찾는다. 저기다. 미끄럼틀처럼 생긴 커다란 구조물이 수용소 한 귀퉁이에 있다. 한나가 어지러워 넘어질 것 같다고 소리치지만 나는 쉬지 않고 달린다. 가까이에서 보니 미끄럼틀처럼 보이던 것은 경사진 컨베이어 벨트인데, 낯익은 옷과 침구를 실어 나르고 있다. 세탁물이 오가는 통로에서 엄마 목소리를 들었다던 별이의 말이 기억난다. 그렇다면 정말 이 위에 연구소가 있는 걸까. 내 머리 위에 별이도, 크리스도, 앤 소장도 있는 걸까. 우리는 구조물 표면에 돌출된 부분을 잡고 어렵지 않게 꼭대기까지 오른다.

"미아야, 앉아!"

한나가 나를 끌어당겨 억지로 앉힌다. 그러자 잠시 후 마법처럼 우리를 뒤쫓아오던 사람들이 서서히 안정을 찾는다. 그렇다. 저들에게는 자아가 없다. 우리가 곧 저들이다. 내가 차분하면 저들도 차분해진다.

저 아래가 잠잠해진 것을 확인한 뒤에야 주변을 살핀다. 마치 망루에 올라선 것처럼 수용소 내부가 한눈에 들어온다. 차갑고 어둡고 쥐가 출몰하는 감옥을 상상했던 나는 괜히 혼자 무안해진다. 플론에 대해 설명할 때 꿈을 꾸는 듯했던 앤의 표정이 떠오른다. 어쩌면 우리는 지금 앤의 꿈속에 들어와 있는지도 모른다.

한나가 믿을 수 없다는 듯 손바닥으로 이마를 짚으며 중얼거린다.

"이게 다 뭐야?"

단정하고 평온한 작은 세계. 고급스럽거나 화려하진 않지만 잘 관리된 시설물과 군데군데 조성된 소박한 정원, 간결하고 실용적으로 보이는 작업 공간들.

"여기 무슨…… 거대한 세트장 같지 않아? 꼭 그럴듯하게 만든 마을 같잖아. 특히 저 기만적인 조명 좀 봐."

나는 그제야 왜 이곳이 실내인지 실외인지 모를 애매한 분위기를 풍기는지 깨닫는다. 빛이 바뀌고 있다. 조금 전까지만 해도 동트기 직전처럼 푸르스름했던 조명은 어느새 색을 바꾸어 오렌지빛으로 수용소 내부를 물들이고 있다. 어디선가 바람도 불어오는 것 같다. 우리는 마치 일출을 구경하는 관광객처럼 나란히 앉아 수용소를 조망한다. 오렌지빛은 노란빛을 지나 서서히 흰빛에 가까워진다.

"어? 저 사람들, 어디 가는데요?"

여기저기 늘어져 있던 수감자들이 하나둘 일어나더니, 바람에 구르는 낙엽처럼 슬렁슬렁 어딘가로 향한다. 나는 그중에서 우리 할머니와 비슷한 나이로 보이는 수감자를 눈으로 따라간다. 할머니는 여러 작업장 중에서 우리의 대각선 방향에 있는 곳으로 향한다. 그리고 마치 물방울이 합쳐지듯 자연스럽게 작업자 무리에 합류한다. 뭘 하는 거지? 나는 사람들이 움직일 때마다 생겨나는 틈 사이로 작업장을 유심히 관찰한다. 하얀 가루, 하얀 덩어리. 저건 밀가루 반죽이다.

"저기 봐요! 빵 만드는 거 맞죠?"

나는 지난 며칠 동안 먹었던 빵을 떠올리며 한나의 무릎을 두드린다. 한나는 내가 가리키는 작업장을 유심히 바라보더니, 더 세게 내 무릎을 두드린다.

"뭐야! 파커잖아!"

황급히 일어난 한나가 부랴부랴 아래로 내려간다. 나도 파커를 찾고 싶어서 작업장을 살펴보다 이내 포기하고 한나를 쫓아간다. 우리는 조그만 연못과 나무 벤치와 동그랗게 모여 있는 사람들을 지나 밀가루 냄새를 풍기는 작업장에 도착한다. 서른 명 정도의 수감자들이 작업대를 둘러싸고 빵을 만들고 있다.

한나는 반죽을 치대는 누군가의 뒤로 곧장 다가서서 나를 향해 손짓한다. 나는 고개를 갸웃한다. 사뭇 달라진 파커의 모습에 두 번 세 번 더 얼굴을 확인한다. 한나는 크게 한숨을 쉬고는 파커 옆에 바짝 붙어 기웃거린다. 파커는 한나를 알아봤는지 못 알아봤는지, 하염없이 반죽만 하고 있다. 답답해진 나는 성큼성큼 걸어가 파커의 팔을 힘주어 잡는다.

"단장님, 저 모르겠어요? 미아예요."

그러자 또 기괴한 상황이 벌어진다. 내 말은 여러 목소리로 메아리친다.

"미아예요."

"미아예요."

"미아예요."

으스스 소름이 돋아서 나도 모르게 몸을 부르르 떤다. 그러자 작업대 너머의 몇몇이 흥미롭다는 듯 나를 바라보며 몸을 부르르 떤다. 한나가 어이없다는 표정으로 공허한 웃음을 터뜨린다. 그러자 파커도 웃음을 터뜨린다.

주체할 수 없이 울컥 화가 치민다. 파커의 손에서 반죽을 빼앗아 집어 던지고 왜 나를 못 알아보는 거냐고 소리 지르고 싶다. 하지만 소용없는 일이다. 나는 파커를 가만히 지켜본다. 눈물이 날 것 같아 이를 악문다. 강물 속에서 나를 건져 올렸던 파커는 어디로 갔을까. 파커가 보고 싶어서 마음이 따끔거린다.

한나가 눈짓으로 조용히 나를 불러낸다. 우리는 작업 공간을 빠져나와 정처 없이 수용소를 거닌다.

"빌어먹을…… 여기서 인형 놀이라도 하고 있었던 거야?"

한나의 목소리가 파르르 떨린다.

"죽여 버릴 거야. 다 죽여 버릴 거라고. 앤 소장도, 이사벨 위원장도, 연구원 놈들도 전부 가만두지 않을 거야. 내가 되갚아 줄 거야. 아주 잔인하게."

이를 바득바득 가는 한나에게 대꾸할 말이 없어 나는 묵묵히 걷는다. 머릿속이 복잡하다. 다 내 탓인 것만 같다. 만약 그 순간에 내가 앤을 총으로 쏘았다면 어떻게 됐을까? 아마 파커를 되찾고, 여기 있는 사람들을 구할 수 있었겠지? 정말 그럴 수 있었을까? 그걸로…… 모든 일을 정리할 수 있었을까?

한나에게서 터져 나오는 분노를 한쪽 귀로 들으면서, 원한 같은 건 가질 수도 없는 사람들을 바라본다. 반대편 귀에서 앤이 속삭이는 것만 같다. 미아야, 플론은 사람들을 고통과 슬픔, 외로움과 두려움에서 영원히 해방시킬 거야.

"다시 저기로 올라가자. 여기서 나가는 문을 찾아야겠어."

한나가 컨베이어 벨트의 꼭대기를 가리키며 나를 잡아끈다. 내가 끌려가지 않자 한나가 더 세게 잡아당기며 윽박지른다.

"지금 뭐 하는 거야? 빨리 따라와! 너는 파커가 저 꼴인 걸 보고도 화도 안 나?"

나는 울컥한다.

"화가 나요! 화가 난다고요! 그런데……."

화를 내고, 분노하고, 누군가를 죽여 버리겠다는 생각을 하면, 왠지 앤 소장에게 지는 것 같다고요. 나는 차마 이 말은 하지 못한다.

"저기 말고, 여기 처음 도착했던 곳으로 가요. 출입문이 있다면 그 근처에 있겠죠. 수감자들이 우리를 옮겼을 리가 없잖아요."

한나와 나는 우리가 누워 있던 곳으로 다시 돌아간다. 주변을 유심히 살펴보지만 문 같은 건 보이지 않는다. 솔직히 쉽게 찾을 수 있을 거라 기대하지도 않았다. 그런데 문 대신에 이상한 것이 있다.

"거울이 여기 왜 있어?"

한나가 거울에 비친 자신과 손바닥을 맞대며 말한다. 우리 앞에 있는 건 가로, 세로, 높이가 2미터쯤 되어 보이는 정육면체 형태의 거울이다. 무신경하게 지나치면 존재를 못 알아챌 정도로, 거울은 주변을 그대로 비추며 풍경 속에 녹아 있다.

우리는 거울을 한 바퀴 빙 돌며, 어딘가에 틈은 없는지, 어떤 장치가 숨겨져 있는 건 아닌지 확인한다. 그리고 곧 알아차린다. 이런 정육면체가 수용소 곳곳에 퍼져 있다는 것을. 어림잡아 열 개가 좀 안 되는 것 같다.

"그건 그렇고…… 우리 참 많이 변했다."

한나가 거울에 비친 우리의 모습을 보며 처량한 허수아비 같다고 농담하고 있을 때, 순간 거울이 유리로 변하면서 거울에 비친 한나와 내가 앤 소장과 서 팀장으로 변한다. 얼마나 놀랐는지 나는 다리에 힘이 풀려 뒤로 넘어진다. 한나는 고함을 지르며 달려들어 유리를 주먹으로 내리친다.

"이리 나와! 이리 나오라고!"

당연하게도 앤 소장과 서 팀장은 유리 밖으로 나올 생각이 조금도 없어 보인다. 그들은 한나를 무시한 채 각자의 손에 들린 태블릿만 지켜본다.

갑자기 수용소 여기저기서 삐그덕거리는 소리가 들린다. 수감자들이 하던 일을 멈추고 제자리에 앉거나 눕는다. 코끝에 차가운 바람이 스쳐 위를 올려다보니, 격자 형태로 천장에 설치된 파이프에서 쉭, 하는 소리가 난다. 나는 직감한다. 플론이다.

처음 맡아 보는 쿰쿰한 냄새가 콧속으로 들어온다. 한나가 급히 코를 틀어막고 우왕좌왕한다. 하지만 냄새로부터 숨을 곳은 없을 것이다. 살아 있으려면 숨은 쉬어야 하니까.

나는 유리 너머의 앤에게 다가간다. 앤이 나를 내려다본다. 거봐, 아무것도 못 하잖아. 네, 피할 수가 없네요. 우리는 물끄러미 서로를 응시한다. 마지막으로 내가 말한다.

"똑똑히 보세요. 당신이 무슨 짓을 하고 있는지. 나는 이 자리에서 파괴될 거예요. 그리고 당신은 아무것도 해결하지 못할 거예요."

쿰쿰한 냄새는 아몬드 냄새가 되었다가, 시나몬 향으로 변했다가, 상큼한 오렌지 향으로 바뀐다. 훈련 기간에 먹었던 달콤한 오렌지의 맛이 혀끝에 느껴진다. 말도 안 돼. 입 안에 침이 고인다. 그리고 심장이 뛰기 시작한다. 쿵쿵, 쿵쿵. 심장이 평소의 두 배, 세 배의 속도로 질주한다. 심장이 울릴 때마다 나는 반으로 쪼개진다. 나는 두 개가 되고, 네 개가 되고, 여덟 개가 되고, 열여섯 개가 되고, 순식간에 수천 개의 조각으로 나뉜다. 마치 물을 조금 섞어 대충 뭉쳐놓은 모래 덩어리처럼 변한 뒤에는 파아, 하고 폭발하듯 흩어진다. 나는 눈에 보이지 않는 미세한 입자가 되어 이리저리 부유하다가 빛의 입자를 타고 다니며 모든 것을 감각한다. 수감자가 입은 옷에 붙은 실밥, 밀가루 반죽에서 새어 나오는 이스트 냄새, 바닥에 떨어진 누군가의 머리카락. 나는 저 아래 매혹적인 초콜릿 냄새를 풍기는 흙 속으로 들어가 근처에 있는 뿌리를 타고 쭉쭉 올라간다. 정교하게 이어진 잎맥에 들어서고는 기공을 통해 다시 허공으로 경쾌하게 떠오른다. 나는 과거의 나로 보이는 사람에게 날아간다. 이마에 있는 파란 멍에서 바다 냄새가 난다. 바다에 풍덩 들어가 혈관을 타고 다니다가 안구로 가서 유리 벽 안에 있는 또 다른 나를 바라본다. 그리고 눈물이 되어 떨어진다.

　나는 모든 것이면서 아무것도 아니다. 나는 모든 것을 느낄 수 있지만 아무것도 느낄 수 없다. 살면서 이렇게 마음이 편안한 적이 있었던가. 나는 수많은 나 사이를 흘러 다닌다. 무심하고 자연스럽게.

남아 있는 시간

나는 할머니다. 할머니가 되어 미아를 바라본다.

미아는 알 수 없는 이유로 끙끙 앓고 있다. 하지만 해 줄 수 있는 게 아무것도 없다. 나는 미아에게 푸념을 늘어놓는다. 이럴 줄 알았으면 사업 같은 거 한다고 시간 낭비하지 말고, 돈을 박박 긁어모아서 진작에 도망갈걸 그랬어. 운 좋게 세계 재난을 피한 지역 중에서 제일 싼 곳에 집을 사서 말이야, 너희 엄마랑 너랑 같이 살걸 그랬어. 그랬다면 네가 안 아팠을까. 그랬다면 너는 지금 다른 곳에서 다른 모습으로 잘 살고 있을까.

미아는 계속 끙끙 앓는다. 머리가 얼마나 아픈지 머리카락을 막 쥐어뜯는다. 신음 소리가 절로 새어 나온다. 뇌를 꺼내서 찬물에 벅벅 헹구고 싶다. 하는 김에 내장도 같이 박박 씻으면 좋겠다. 나는 헛구역질이 나서 몸을 웅크리고 바닥을 구른다. 그러다 화들짝 놀라 눈을 뜬다. 그리고 깨닫는다. 나는 미아다. 나는 수용소에 갇혀 있다. 어떻게 된 일일까.

마지막 기억을 떠올린다. 천장에 있는 파이프, 쿰쿰한 냄새. 주변에 보이는 수감자들은 여전히 플론에 중독된 모습이다. 나만 플론의 영향에서 벗어난 걸까? 한나도 정신을 차렸을까?

한나를 찾기 위해 몸을 일으킨다. 머리는 뿌옇고 속은 배배 꼬인다. 휘청이는 다리를 움직여 몇 걸음 걸어 보지만 무릎이 꺾여 다시 주저앉는다. 머리가 금방이라도 땅에 처박힐 듯 어지럽다. 걷는 건 포기하고 저 멀리 보이는 정육면체 거울 주변을 살핀다. 한나는 보이지 않는다. 앤 소장과 서 팀장도.

나는 눈을 질끈 감고 몸을 둥글게 말아 웅크린다. 고통을 잠재우려 숨을 천천히 들이쉬고 내쉰다. 플론에 중독되어 가던 나를 바라보던 앤이 떠오른다. 웃었던가, 울었던가. 아니면 신경도 쓰지 않았던가. 사실 그건 중요하지 않다. 왜 내가 제정신인지 알아내는 일이 우선이다. 짐작건대 앤이 아량을 베풀어 나를 구해 주지는 않았을 것이다.

바닥을 짚고 일어서려다, 내가 주먹을 꼭 쥐고 있다는 사실을 알아챈다. 얼마나 오래 이러고 있었는지 손목이 다 얼얼하다. 손아귀의 힘을 풀자 손바닥에 선명한 손톱자국이 보이고, 이어 하얀 종이가 나타난다. 잔뜩 구겨지고 땀에 젖은 낯선 종이. 나는 이 종이가 지금 내가 처한 상황을 설명해 줄 단서임을 직감한다.

불현듯 앤 소장과 연구원들이 지금 나를 관찰하고 있을지도 모른다는 생각이 든다. 그러자 눈을 깜빡이는 일마저 부자연스러워진다. 나는 마른침을 삼키며 주변을 경계한다. 절대 들켜서는 안 돼. 내가 플론에 중독되지 않았다는 사실을.

나는 부드럽게 주먹을 쥐고 천천히 일어나 걸음을 옮긴다. 금방이라도 토할 것 같지만 평온한 표정을 유지한다. 곳곳에 자리한 정육면체 거울의 위치를 파악하고 사각지대를 찾아 헤맨다. 아주 느긋하게. 영원히 걷기만 할 사람처럼.

네다섯 그루의 큰 나무와 무릎 높이의 관목으로 조성된 작은 정원을 발견한다. 세 명의 수감자가 앉아 머리 위에서 쏟아지는 기이한 붉은 노을빛을 받고 있다. 저녁 여섯 시쯤 된 건가. 나는 나무와 수감자 사이, 절묘한 곳에 자리를 잡고 앉는다.

행여 날아갈까, 조심스럽게 종이를 편다. 빼곡하게 휘갈겨 쓴 글자들에 숨이 멎는다.

언니가 이 편지를 보고 있다면, 내가 결국 해낸 거네요.

별이다.

수용소로 통하는 길을 찾았어요.
나는 세탁물 통로로 내려갈 거예요.

별이가 수용소로 왔다고? 부드럽게 고개를 한 바퀴 돌리며 수용소를 훑어본다. 별이는 보이지 않는다.

왜냐하면…… 오늘이에요.
오늘 밤부터 드론으로 플론 모종을 뿌릴 거래요.

연구원들은 플론 내성약을 배급받았어요. 당연히 나는 못 받았고요.
그래서 엄마를 만나러 가려고요.
이럴 거면 진작 엄마 옆에 있을걸 그랬나 봐요.

나는 손이 떨려 읽는 것을 멈추고 잠시 눈을 감는다. 눈을 감은 채 조금 전에 읽었던 내용을 곱씹는다. 오늘 밤이라고? 그럼 몇 시간 안 남았잖아? 간신히 가라앉힌 속이 다시 뒤집어지는 것 같다.

수용소로 간다니까 크리스가 부탁을 하더라고요.
언니한테 내성약을 전해 달래요. 그리고 걱정하지 말래요.
자기는 플론에 중독돼도 위원장님이 다시 약을 챙겨 줄 거라고요.
주사기는 처음 만져 보지만, 최대한 제대로 놔 볼게요.

아, 그래서 내가 제정신인 거였어. 가장 의아했던 점이 해소된다. 그럼 앤과 연구원들은 내가 플론에 내성이 생겼다는 사실을 모르겠구나.
그런데…… 이상하다. 크리스는 왜 굳이 나한테 약을 양보한 걸까. 한나도 있고, 파커도 있고, 별이도 있는데. 나를 생각해 준 건 고맙지만…… 솔직히 말하면 싫다. 너무 싫다. 크리스는 그새 잊은 걸까? 나는 지난번에 크리스가 만들어 준 기회도 홀랑 날려 버렸다. 손가락만 움직이면 됐었는데. 그 총으로 뭐라도 해 볼 수 있었는데. 그 생각을 하니 짜증이 밀려온다. 왜 나한테 약을 준 거야? 내가 언제 달라 그랬어? 가장 믿음직한 한나, 돌봐야 할 아기가 있는 파

커나, 가장 어린 별이에게 줬어도 됐었잖아. 왜 나야. 나는 그 답을
찾기 위해 조금 남은 편지의 뒷부분을 마저 읽는다.

혼자 외롭겠지만 조금만 버텨요.
플론을 퍼뜨리고 나면 수용소에 있는 사람들을 풀어 준다고 했어요.
그때 밖으로 나가요. 언니도 엄마 만나러 가려고 했다면서요.
잘 가요. 만나서 반가웠어요.

뭐야. 이게 다야? 혹시나 놓친 내용이 있을까 봐 처음부터 끝까
지 몇 번이고 다시 읽는다. 조금만 버티라고? 여기서 혼자 제정신
으로 나가라고? 싫어! 왜 너희 맘대로 정하는 건데? 몸에 불이 붙
은 것처럼 확 열이 오른다. 숨이 가빠진다.

오로지 별이를 찾아야겠다는 생각뿐이다. 나는 별이의 동선을
추측하며 걸음을 옮긴다. 세탁물 통로를 타고 와서, 나에게 주사를
놓은 다음, 엄마를 찾아…… 어디로 갔을까? 막막함과 조급함에 머
리가 아득해진다. 마음 같아서는 막 소리 지르고 뛰어다니면서 찾
고 싶은데…….

그때, 삐그덕 하는 소리가 들린다. 쉭, 하는 소리와 함께 맡아 본
적 있는 쿰쿰한 냄새가 밀려온다. 플론이다. 수감자들이 하나둘 주
저앉기 시작한다. 나도 눈치를 살피며 최대한 비슷한 동작으로 바
닥에 앉는다. 밀려드는 역한 냄새에 얼굴을 찌푸리지 않으려 애쓰
던 중에, 억지로 달콤한 냄새를 상상하던 중에, 저 멀리서 꼿꼿하게
서 있는 한 사람을 발견한다.

별이는 일부러 그러는지 내 쪽으로 절대 시선을 보내지 않는다. 계속 쳐다보면 위험하다는 걸 알면서도 나는 시선을 거두지 못한다. 얼마 못 가, 별이는 힘없이 쓰러진다.

플론의 냄새가 쏟아지는 몇 분 동안, 또 그 뒤로 사방이 적막한 몇 분 동안, 나는 몸을 굽히고 이름도 모르는 신에게 간절히 기도를 한다. 나도 염치가 있어요. 모두를 구해 달라고는 안 할게요. 그냥, 제발, 내가 어떻게 해야 하는지만 알려 주세요. 이렇게 손 놓고 모두를 지켜보는 건 너무 끔찍하잖아요.

기도는 효과가 없었다. 나는 어둑어둑해진 수용소 안을 배회한다. 조금 전에 한나도 지나쳤고, 파커도 보았다. 이제 별이와 별이 어머니를 만날 차례다. 두 사람이 나란히 앉아 있는 벤치 앞을 느릿느릿 지나간다.

"안녕."

내가 말한다.

"안녕."

별이가 대답한다. 대답이라고 믿기로 한다. 아까 한나와 파커와도 이렇게 인사를 나누었다. 거짓이라는 걸 아는데도 묘하게 마음이 진정되는 효과가 있다.

별이와 별이 어머니는 벤치에서 일어나 수용소 귀퉁이에 있는 간소한 목조 건물로 향한다. 뭐지? 돌아보니 대부분의 수감자가 저 건물로 향하고 있다. 아마도 밤에는 저기에 모여서 잠을 자나 보다. 나는 최대한 마지막으로 들어가고 싶어서 외벽을 따라 한 바퀴 돌기로 한다.

건물 뒤쪽은 인적이 드물고 더 캄캄하다. 곧 새까만 하늘을 가로지르며 플론 모종을 흩뿌릴 드론의 모습이 상상된다. 온 세상에 쿰쿰한 냄새가 진동할 것이다. 앤과 연구원들은 플론의 냄새를 맡아 본 적이 없어서 얼마나 역한지 모르는 건가. 맡아 봤다면 냄새부터 개선했을 텐데.

잠깐. 저게 뭐지?

나는 어둠 속에서 이상한 움직임을 포착하고 우뚝 멈춰 선다. 동물 같은 움직임. 하나가 아니고 여럿이다. 미지의 움직임이 잠시 멎었을 때 나는 건물 벽에 등을 딱 붙이고 선다. 그리고 숨을 죽이고 기다린다.

"더 필요해?"

"여기."

동물이 말을 할 줄 아는 게 아니라면, 어둠 속에서 움직이고 있는 것은 사람이다. 바람에 흔들리는 나뭇잎이 내는 소리처럼 은은하게 속닥속닥 말소리가 이어진다.

"잘 좀 해 봐."

"시끄러. 할 줄 알면 네가 하든가."

다른 건 모르겠지만 한 가지는 확실하다. 저들은 앤 소장의 사람들이 아니다. 만약 앤의 지시로 내려온 거라면 저렇게 몰래 숨어서 움직이지는 않을 테니까. 아마 앤과 적대 관계에 있는 사람들일 것이다. 그래, 외부인인지도 모른다. 서 팀장이 분명 그렇게 말했다. 외부인의 침입 가능성까지 고려하고 있다고. 하지만 외부인이 곧 내 편이라는 뜻은 아니므로, 나는 계속 숨을 죽이고 귀를 귀울인다.

"나 먼저 나간다?"

"왜. 무섭냐?"

"거기 너네. 그 입들 좀 다물어."

아마 대여섯 명 정도 되는 것 같다. 그리고 정확히는 모르겠지만, 국제경찰이나 UNCDE에서 나온 사람들은 아닌 듯하다. 잘 훈련받은 느낌이 아니다.

대화가 오가는 곳에서, 마치 흐린 날의 별처럼 무언가가 한 번씩 반짝하고 사라진다. 나는 모든 신경을 간헐적으로 반짝이는 것에 집중한다. 그런데 어느 순간, 사람들이 썰물처럼 빠져나가더니 다시 돌아오지 않는다. 반짝임도 보이지 않는다.

다들 어디로 간 거지? 나는 살금살금 다가간다. 곧 세상이 바뀔 시점에, 대체 어떤 사람들이, 여기 수용소까지 와서, 무슨 일을 꾸몄을까? 뭘 하고 간 걸까?

아무것도 없나 싶었는데, 까만 허공에서 무언가가 다시 반짝였다 사라졌다를 반복한다. 가슴을 졸이며 한 걸음 한 걸음 나아간다. 아주 서서히 무언가의 형체가 드러난다. 커다란 배낭 크기의 금속물이다. 소리가 난다. 째깍째깍.

폭탄이다.

나는 반사적으로 뒤로 물러난다. 그때, 내 등을 누가 손바닥으로 막아선다.

"오랜만이야."

나는 참지 못하고 비명을 지른다. 비명을 지르는 내 입을 양손으로 틀어막으며 뒤를 돌아본다. 그리고 알아본다. 폭탄과 함께 나타난 사람을. 한나가 그토록 만나고 싶어 했던 예쁜 우주 비행사, 크리스를 두 번이나 도와주었던 플래그리스, 나에게 노 휴먼스 랜드 조사단 잠입을 제안했던 미지의 인물. 내 앞에 등장한 사람은, X다.

마지막 선택

"여긴 어떻게……."

X가 턱을 치켜들고 나를 내려다본다. 모든 일이 시작되었던 그 날처럼. 나에게 노 휴먼스 랜드 조사단에 대해 설명하던 그때처럼.

"너야말로, 왜 여기까지 온 거야?"

내 어깨를 툭 치고 지나가며 X가 묻는다. 정말 궁금해서 묻는 것이 아니라 왜 쓸데없이 여기까지 왔냐는 핀잔으로 들린다.

"저거…… 뭐예요?"

잔뜩 긴장한 내 목소리가 무색하게도, X는 대충 내려놓은 짐 가방을 대하듯 폭탄 옆에 털썩 앉는다. 다행이다. 보아하니 당장 폭발을 걱정해야 할 상황은 아닌 것 같다. 하지만 방심하지는 말라는 듯 미약한 초침 소리가 고막을 살살 긁는다. 째깍, 째깍.

"알 거 없어."

"뭐라고요?"

X는 나를 대놓고 무시한다. 아주 느린 동작으로 신발 끈을 풀고

천천히 다시 조여 맨다. 왼쪽, 그리고 오른쪽. 하지만 이미 폭탄을 봐 버린 이상, 나는 무시할 수가 없다.

"저걸로 뭘 어쩌려는 거예요?"

용기를 내서 폭탄을 향해 한 걸음 내딛자, X가 나를 쏘아본다.

"멈춰."

나는 보란 듯이 몇 걸음 더 내딛고 말한다.

"나는 당신 지시를 들을 이유가 없어요. 거래는 이미 오래전에 끝났으니까."

X가 이마의 잔머리를 쓸어 넘기며 한숨을 쉰다.

"뭐야, 그동안 여기서 고생 좀 했나 봐? 입이 트였네? 근데 말이야, 이 일은 모르는 게 나아. 여기서 알짱거리지 말고 수감자답게 어서 들어가. 연구원들이 알아채기 전에."

"연구원들이 알아챌까 봐 겁나요?"

나는 대화를 계속 이어 가기 위해 X를 자극한다. X가 터무니없는 소리를 들은 듯 파, 하고 숨을 뱉는다.

"널 생각해서 하는 말이야."

"말 같지도 않은 소리 하지 마세요. 그거, 여기서 터뜨리려는 거예요?"

"아니 그럼, 내가 이걸 장식용으로 가져왔겠니?"

X가 짜증을 낸다. 거의 다 왔다.

"알려 주지 않으니 알 수가 없죠. 이런 식이면 나도 방법이 있어요?"

나는 심술궂은 얼굴로 금방이라도 뒤로 달려갈 듯한 포즈를 취한다. X가 한쪽 입꼬리를 올려 피식 웃는다. 나는 그 모습을 보고, 예쁜 걸로 유명한 우주 비행사라던 한나의 말을 떠올린다.

"방법? 뭐? 앤 소장한테 고자질이라도 하려는 거야?"

"못 할 것도 없죠."

천연덕스럽게 어깨를 으쓱해 보이지만, 앤에게 고자질할 생각은 조금도 없다.

"그 구린 냄새가 너무 좋아서 평생 맡고 싶은 게 아니라면, 그만 둬."

"플론 말하는 거예요?"

"그래."

X가 앉은 자세를 바꾸고 이어 말한다.

"나는 그 미친 할머니가 곧 저지를 끔찍한 범죄를 막으려는 거야."

"폭탄으로요?"

얌전히 앉아 있는 폭탄이 대답하듯 조금 더 크게 재깍댄다.

"그래. 여기서 이게 터지면, 순식간에 저 위의 격납고까지 층층이 무너질 거야. 쿵, 쿵, 쿵. 그럼 연구소가 존재하던 언덕은 사라지고, 이 자리에는 새로운 평지가 생기겠지. 플론 같은 건 존재한 적 없었던 것처럼 말이야."

X가 한쪽 손을 다른 손 위로 올리고, 쿵, 쿵, 쿵, 소리에 맞춰 위의 손을 밑으로 내린다. 두 손이 맞닿자 가벼운 박수 소리가 난다.

나는 새롭게 알게 된 사실을 소화하느라 아무 반응도 하지 못한다. 조금 전까지만 해도 세상에서 가장 시급하고 위험한 문제가 플론인 줄 알았는데, 여기 더 급한 문제가 있었다.

마침내 나는 바싹 마른 입술에 침을 바르고 입을 연다.

"그럼 일단 사람들을 대피시켜야죠."

"그럴 시간이 어딨어?"

X가 미간을 찌푸린다.

"게다가, 괜히 그러다 일을 망치면 어쩌려고? 얻는 것에 비해 위험 부담이 너무 크잖아?"

나는 X가 말한 얻는 것과 위험 부담이 무엇을 의미하는지 생각한다.

"그럼…… 여기서 나도, 당신도 죽는 거예요? 수감자들이랑, 연구원들이랑, 앤 소장이랑, 다 같이?"

"그럴 수도 있고. 아닐 수도 있고."

X가 알쏭달쏭한 말을 하며 기지개를 쭉 편다. 그리고 어둠 속에서 눈을 빛낸다.

"너랑 나는 살 수도 있지."

"그게 무슨 말이에요?"

"폭탄이 터지기 직전에 우리는 나가면 돼. 밖에 우리 사람들이 있어. 나가서 소개해 줄게."

나는 어디서 들어 본 이야기라고 느낀다.

"나도 플래그리스가 되라고요? 크리스처럼요?"

"다 들었구나?"

"네. 두 번이나 크리스를 구해 줬다면서요."

"걔가 그렇게 말했어?"

X가 입을 크게 벌리고 활짝 웃는다. 어딘가 찜찜한 웃음이다.

"아니…… 에요?"

"맞기도 하고, 아니기도 하고."

또 알쏭달쏭한 대답을 한 X는 들어 봐, 라고 말하며, 크리스와는 다른 관점의 이야기를 시작한다.

"나는 여기에 수상한 시설이 있다는 걸 누구보다도 먼저 눈치챘어. 그래서 플래그리스 몇 명을 보내서 지켜봤었지."

X가 처음 수상한 시설에 대해 보고받은 정보는, 세계 재난 이전에 유전자 편집 작물을 개발하던 기업인 이터널 플랜트와 밀접한 관련이 있다는 것이었다. 당연한 수순으로 X는 이터널 플랜트의 대표였던 사람을 찾았다.

"우리 할머니를요?"

"그래. 내가 직접 너희 할머니를 만났어. 너는 기억 못 하겠지만, 그때 나는 너도 봤어."

"나를 봤다고요?"

"어. 십 년쯤 됐나……. 네가 너희 할머니랑 알래스카로 막 이주했을 때쯤이야. 근데 자꾸 열받게 너희 할머니가 아는 게 하나도 없다고 딱 시치미를 떼는 거야. 짐작 가는 게 뭐라도 있을 법한데."

나는 표정을 들키지 않으려 괜히 주변을 한번 살피는 척을 한다. X의 추측대로 할머니는 알고 있었다. 앤이 서울에 돌아가 혼자서라도 계획을 실행했으리라는 것을. 할머니는 앤의 계획에 동의하지도 않았으면서, 왜 X에게 아무 말도 하지 않았던 걸까.

"그래서 사람을 붙여서 오랫동안 쭉 지켜봐 왔어. 서울에 있는 수상한 시설도, 너희 할머니도. 그런데 결정적인 기회는 전혀 예상치 못했던 곳에서 나왔지."

그 당시 플래그리스는 전 세계의 대통령이나 장관, 기업가들을 타깃으로 테러를 벌이고 있었다. UNCDE의 고위급 간부들도 공격 대상이었다. 이를 위해 X는 이사벨 위원장의 아들 크리스를 포섭한 상태였다.

"타이밍이 참 절묘했어. 이사벨 위원장이 서울에 몰래 드나든다는 사실을 포착했을 때, 크리스가 플래그리스를 그만두겠다고 했거든. 잘됐다 싶었어. 어차피 크리스, 걔는 정보도 잘 못 가져오고 딱히 쓸모가 없었으니까. 다르게 활용하기로 했지."

X는 크리스에게 잔뜩 겁을 주고, 노 휴먼스 랜드 같은 곳에 숨어 지내라고 했다. 그리고 며칠 지나지 않아, 크리스를 끔찍하게 아끼던 이사벨 위원장은 X가 놓은 미끼를 덥석 물었다.

"이사벨 위원장이 UNCDE에서 그렇게 힘 있는 인물일 줄은 몰랐는데 말이야. 노 휴먼스 랜드 조사단 하나가 뚝딱 만들어졌어. 순진한 크리스가 와서 전부 말해 주더라고. 서울에 이사벨 위원장이 은신처를 마련해 두었으니, 파견 중에 사망한 걸로 위장하고 숨어 있겠다고. 그래서 나도 따라가서 정보를 얻으려고 했지."

"빅토리아. 맞죠?"

"그래. 내가 그 빅토리아야."

X는 자기 이름을 말하면서 지긋지긋하다는 듯 한숨을 쉰다.

"대체 내가 조사단에 참가한다는 정보가 어디서 새어 나갔는지 모르겠지만, 어느 날 갑자기 기자들에게서 연락이 오기 시작했어. 이러다 일을 다 망치겠다 싶었지. 행여 이사벨 위원장이 사람들에게 주목받는 걸 피하기 위해 계획을 바꿔 버리면 안 되니까, 어쩔 수 없이 내가 빠지기로 한 거야."

차분히 말을 이어 가던 X가 인상을 팍 쓴다.

"하지만 다시 생각해도 최악의 선택이었어. 그 깐죽거리는 아드리안을 내 자리에 대신 집어넣다니. 걔는 충동을 조절하는 데 문제가 있었어. 결국 사고를 쳤지. 아드리안이 크리스를 공격하는 바람에 일이 지저분하게 돌아갔어. 이사벨 위원장이 조사단 멤버를 다시 살펴보는 바람에, 단장이 너를 또 다른 플래그리스로 의심하게 된 거야. 그래서 너한테 도망치라고 메시지를 보냈는데……."

나는 아드리안이 죽은 날, 남몰래 확인했던 X의 메시지를 떠올린다. 어둠 속에서 나에게 총을 겨누던 파커의 모습도.

"너는 내가 심어 둔 또 다른 카드였거든. 연구소가 이터널 플랜트와 밀접한 관련이 있다면, 언젠가 너도 쓸모가 있을 거라 생각했어. 결국 넌 아무 쓸모도 없었지만 말이야. 아, 하지만 그 드론을 이용한 탈출은 인상적이었어."

X가 나를 칭찬하는 듯한 말에 비위가 확 상한다.

"나는 아드리안이 죽었다는 소식을 듣자마자, 다른 일은 다 제쳐 두고 이리로 달려왔어. 생각보다 더 큰 스케일의 일이 벌어지고 있다는 것을 직감했거든."

아무것도 없는 줄 알았던 바닥에서 X가 판판한 무언가를 집어 든다. 태블릿이다.

"확인해 봤더니…… 정말 가관이더라고. 그래서 플래그리스에 지원을 요청하고 폭탄을 급히 구했지. 우리는 이런 연구가 존재했다는 것조차 기록에 남지 않게 흔적도 없이 날려 버릴 거야. 지금 밖에서 다들 대기하고 있어."

X가 과시하듯 말한다.

"근데 왜 혼자 여기 있는 거예요?"

"아, 내성약을 하나밖에 못 빼돌렸어. 뭔가 눈치를 챘는지 갑자기 보안 시스템을 바꿨더라고."

혀를 끌끌 차던 X가 어조를 확 바꾸어 친근하게 말한다.

"같이 나가자. 원한다면 과거도시에 너희 엄마랑 자리 잡게 해줄게. 내가 그 정도 능력은 되거든."

"과거도시요? 그럼…… 여기서 어떻게 나가는데요?"

"저쪽에 좀 삐딱하게 자란 나무 보여? 그 뒤에 우리가 파 놓은 굴이 있어. 구조용 로프를 연결해 놨으니까 저리로 나가면 돼."

X는 내가 어떤 대답을 할지 이미 알고 있다는 듯 지루한 얼굴로 발을 까딱인다. 나는 그 움직임을 애써 외면하며, 내가 선택할 수 있는 일들을 하나씩 떠올린다. 만약 폭탄이 터지는 걸 막기 위해 연구원들에게 알리면, 플론은 계획대로 세상에 뿌려질 것이다. 불가능한 일이겠지만 내가 X를 제압하고 폭탄을 어떻게 해체한다 해도 결과는 마찬가지다. 플론을 막을 수가 없다. 그렇다고 폭탄이 터지게 하면, 한나와 파커, 별이와 크리스는 플론과 함께 세상에서 사라질 것이다.

"빨리 결정해. 어차피 폭탄은 여기서 터질 거고, 네가 같이 죽든 안 죽든 달라지는 건 없어."

X의 말은 잔인하지만 사실이다. X가 손목시계를 들여다보더니

천장을 가리키며 말한다.

"곧 플론 기체가 또 나올 시간이야. 그 고약한 냄새 맡기 전에 나가자."

나는 결정한다.

"그래요. 같이 나가요. 그 대신 부탁이 하나 있어요."

숨이 막힐 정도로

최선을 다하는 것으로는 문제가 해결되지 않는다. 목숨을 걸고 죽을 듯이 노력해도 안 되는 일은 안 된다. 노력이 가상해서, 불쌍해서, 혹은 간절히 기도를 해서 이루어지는 일은 없다. 십여 년 살아 보니 그렇다. 하지만 그럼에도 다시 시도해야 한다. 어떤 일이 되게 하려면, 결국 다시 해 보는 것밖에 방법이 없으니까. 나는 또다시 새로운 계획을 떠올린다.

"부탁?"

X가 예쁘고 날카로운 미소를 짓는다.

"보기보다 욕심이 많네? 살려 주는 걸로도 모자라 엄마랑 같이 과거도시에서 살게 해 준다는데, 뭐가 더 필요해?"

나는 한 발 뒤로 빼며 말한다.

"혼자서는 도저히 못 나가겠어요. 사람들을 데려올 수 있게 해 줘요. 안 들키게 조심히 데려올게요."

X가 인상을 구기며 시계를 확인한다.

"한가한 소리 하고 있네. 지금 이 위에서 무슨 일이 벌어지고 있는지 몰라? 한창 드론에 플론을 옮겨 싣고 있다고. 늦어도 한 시간 안에 끝날 거야. 이게 얼마나 중요한 일인지, 플론에 중독되면 어떻게 되는지 너도 잘 알고 있잖아."

물론 잘 알고 있다. 중요하다는 표현이 하찮게 느껴질 만큼 중대하고 심각한 일이라는 걸. 하지만 상황이 어떻든, X가 내 부탁을 거절할 수 없으리라는 것도 알고 있다. 막다른 골목에 서 있는 건 나뿐만이 아니니까. 나는 X를 압박하기 위해 말없이 뒤로 한 발 더 물러선다.

"한 명."

"뭐라고요?"

"딱 한 명만 데려와. 올라가는 통로가 좁아. 한 번에 겨우 한두 사람이 간신히 빠져나갈 수 있을 정도야. 네가 나갈 때 한 명을 데리고 같이 가. 그다음에 내가 올라갈 테니까. 협상은 이걸로 끝이야. 더는 안 돼."

X가 입을 굳게 다문다. 역시…… 예상했던 대로다.

"알았어요."

내가 순순히 받아들이자 X가 눈을 가늘게 뜨고 나를 응시한다.

"데리고 올게요. 여기서 기다리세요. 혹시나 나를 뒤에서 공격할 생각은 하지 않는 게 좋을 거예요. 그럼 플론이야 어떻게 되든 말든, 무슨 수를 써서라도 당신 계획을 연구소에 알릴 테니까."

"그렇게 치졸한 짓은 안 해."

X가 천장을 흘깃 올려다보며 이어 말한다.

"십 분 안에 데려와. 십 분 뒤에 플론 기체가 방출될 거야. 못 데려오겠다 싶으면 그냥 혼자서라도 돌아와. 무슨 말인지 알지?"

나는 X의 말이 끝나기도 전에 서둘러 걸음을 옮긴다. 건물 외벽을 따라 입구로 향하는 나의 등 뒤에서 X가 호기심 어린 목소리로 묻는다.

"근데, 누굴 데려올지는 벌써 정한 거야?"

그건 처음부터 정해져 있었어. 나는 속으로 대답한다.

나무 판재로 가볍게 지어진 목조 건물의 내부는 죽은 듯이 고요하다. 건물 안에는 사람 눈알만 한 유도등이 듬성듬성 설치되어 있는데, 벽에 부딪히지 않을 만큼의 빛만 발하고 있다. 나는 어둠에 잠긴 실내를 서둘러 파악한다.

건물은 작고 구조가 단순하다. 입구에서 이어지는 복도 좌우로 각각 두 개의 문이 있다. 문이 달려 있지 않으므로 그냥 출입구나 통로, 혹은 벽에 난 구멍이라고 불러야 할지도 모르겠다. 나는 문마다 고개를 밀어 넣고 재빨리 안을 훑어본다.

네 개의 어둡고 서늘한 공간은 똑같은 모양을 하고 있다. 거의 다 먹어 바닥을 드러낸 콩 상자 네 개를 붙여 놓은 것 같다. 사람들은 상자 바닥을 굴러다니는 콩 껍질처럼 불규칙적으로 널브러져 잠들어 있다. 나는 아무 방이나 골라, 옅은 안개처럼 바닥에 깔린 숨소리를 헤치며 안으로 들어선다.

손이나 발 혹은 머리를 밟지 않도록 조심하면서 천장에 설치된 파이프 중에 가장 두꺼운 것을 따라간다. 파이프는 천장의 끝에서 90도로 꺾여 벽을 타고 내려오다 어느 지점에서 벽 속으로 들어가는데, 나는 그 지점에 달린 밸브를 발견한다. 밸브를 향해 급히 걷다 누군가의 정강이에 발이 걸려 넘어질 뻔한다. 자다가 정강이를 차인 수감자가 움찔하며 신음 소리를 낸다. 내려다보니 아는 얼굴이다. 처음 이곳에 들어왔을 때 내 옆에 드러누웠던 아이. 어두워서 잘못 본 걸까. 눈을 슬쩍 뜬 것 같기도, 나와 눈이 마주친 것 같기도 하다.

동그란 형태의 밸브 손잡이를 있는 힘껏 돌린다. 손바닥에 난 땀 때문에 자꾸만 미끄러져서, 옷에 손바닥을 문질러 닦고 다시 돌리기를 반복한다. 마침내 밸브를 끝까지 잠그고, 나는 다른 방으로 서둘러 이동한다. 문을 통과하려는 찰나, 삐그덕거리는 소리에 이어 쉭, 하는 소리가 들린다. 플론이다. 늦었다. 다른 방들은 포기해야 할 것 같다.

나는 뒤로 물러나 주변을 두리번거린다. 구석에 있는 담요 하나를 펼쳐 들고 문을 막는다. 하지만 이런 걸로 기체를 막을 수 있을 리가 없다. 커다란 틈새로 익숙한 냄새가 들어와 코를 파고든다. 그리고 다리에 힘이 풀린다.

나는 속이 메슥거리는 것을 느끼며 앤 소장에게 저주를 퍼붓는다. 내성약 하나 제대로 개발하지 못했으면서 플론을 퍼뜨리려고 하다니. 내성약은 자아를 잃는 것은 막아 주지만, 플론이 일으키는 울렁거리고 어지러운 증상은 어떻게 하지 못하나 보다. 나는 앞으로 구부러지려는 허리를 억지로 세우고 팔을 쭉 뻗어 최대한 플론의 유입을 막아 본다.

한 시간 같은 몇 분이 지나고 쉭 소리가 사그라들었지만, 나는 한

동안 더 문을 막고 선다. 플론을 들이마시면 일정 시간 동안 움직일 수 없기 때문에, 계획을 빨리 실행하려면 이 방에 있는 수감자들이 최대한 플론을 마시지 못하게 해야 한다.

냄새가 많이 희미해졌을 무렵, 가까운 곳에서 인기척을 느낀 나는 겁에 질려 뒤를 돌아본다. 아까 나에게 정강이를 걸어차인 아이가 귀신처럼 서 있다.

"깜짝 놀랐네. 멀뚱하게 서 있지 말고 나 좀 도와줘, 친구."

나는 긴장을 풀기 위해 어차피 전달되지도 않을 말을 한다. 친구는 담요를 꼭 쥔 내 손을 유심히 바라본다. 이제 때가 된 것 같다.

"시작하자."

나는 담요를 집어 던지고 친구의 손을 잡는다. 방 안을 헤집고 다니면서, 자고 있는 수감자들의 귀에 대고 소리를 지른다. 박수를 치고 발을 구르며 뛰어다닌다. 서너 명을 깨우자, 그 뒤로는 일이 수월해진다. 어느새 이십여 명의 수감자들이 일어나 방 안을 걸어 다니기 시작한다. 문 쪽에 있는 사람들은 플론을 많이 마셨는지 일어서지 못한다.

"뛰어!"

나는 친구와 함께 방을 빙글빙글 돈다. 수감자들이 뒤따라 뛰기 시작한다. 나는 한나와 파커, 별이를 찾는다. 세 사람은 다른 방에 있는지 보이지 않는다.

이 정도면 됐다고 생각한 나는 문을 나선다. 내 뒤로 사람들의 행렬이 이어진다. 마치 피리 부는 사나이가 된 기분이다.

"가자!"

"가자!"

"가자!"

X는 화가 많이 났을까. 혹시 내가 거짓 부탁을 했다는 사실을 알아차렸을까.

우리는 소란스럽게 씩씩거리며 건물 밖으로 나간다. 수용소는 여전히 고요하고, X는 폭탄 옆에서 코를 틀어막고 앉아 있다.

"왜 이제 와! 내가 십 분이라고 분명……."

짜증이 가득한 얼굴로 버럭 소리치던 X는 내 뒤에 있는 스무 명가량의 수감자들을 보고 말을 잇지 못한다.

당황한 X가 일어서고, 나는 전속력으로 달려간다. 그리고 X를 꼭 끌어안는다.

"이게 뭐 하는 짓이야! 놔! 놓으라고!"

X가 손바닥으로 밀치지만, 나는 숨이 막힐 정도로 강하게 X를 옭아매고 놓지 않는다. X에게서는 조사단 잠입을 제안받았던 날 맡았던 좋은 냄새가 난다. 마치 그날부터 지금까지의 모든 일들이 전부 꿈인 것 같다. 아까 마신 플론 때문에 어지럽고 몽롱하다.

곧이어 수감자들의 발소리, 숨소리, 따뜻한 숨결이 차례로 느껴진다. 등으로 전해지는 압력을 느끼며, 나는 스르륵 주저앉아 수감자들의 다리 사이로 슬쩍 빠져나온다.

"야!"

"야!"

"야!"

X는 사람들로 만들어진 동심원의 구심점이 되어 밖에서는 머리

카락조차 보이지 않는다. 나는 수감자들의 발에 차여 쓰러지기 직전의 폭탄을 옆으로 빼내 들어 올린다. 직접 안아 보니 폭탄은 예상했던 것보다 훨씬 더 크고 무겁다. 그래도 어쩔 수 없다. 무슨 일이 있어도 이 폭탄은 나와 함께 밖으로 나갈 것이다.

그때, 수용소의 조명이 환하게 밝혀진다. 갑자기 밀려드는 밝은 빛에 눈이 찌푸려진다. 고막을 찢을 듯 요란한 경고음이 울린다. 연구원들이 수감자들의 이상 행동을 알아챈 모양이다.

나는 X가 알려 준 통로를 향해 내달린다. 폭탄은 내 품에서 째깍째깍 쉬지 않고 재잘거린다. 폭탄을 힐끔 내려다보니, 네모난 타이머 안의 숫자가 거침없이 줄어들고 있다. 시간이 없다.

좁은 굴 안으로 간신히 들어간 내가 마주한 건 로프에 매달린 하네스다. 그 순간, 구덩이에서 끌려 올라가던 아드리안의 얼굴이 생각나 잠시 멍해진다. 아드리안의 시신이 어떻게 됐다고 했더라. 비행기가 추락한 현장에서 수색대가 발견했을까, 못 했을까. 잔혹한 상상에 빠져들던 나는 멀리서 들리는 X의 고함에 정신을 차린다.

"돌아와! 죽여 버릴 거야!"

"죽여 버릴 거야!"

"죽여 버릴 거야!"

나는 폭탄을 잠시 내려놓고 하네스를 허리와 두 다리에 단단히 고정한다. 그리고 폭탄을 끌어안는다. 이제 어떻게 해야 하지?

"다 됐어요?"

기다렸다는 듯이 위에서 누군가 소리친다.

"네!"

로프가 휘청하고 크게 흔들리고는, 조금씩 올라가기 시작한다. 드르륵, 드르륵. 위를 올려다보니, 동그랗고 까만 하늘 가운데에 도르래로 추정되는 금속 물체가 언뜻언뜻 반짝인다. 그렇게 수십 번을 드르륵거리자, 플래그리스들의 목소리와 촉촉한 흙냄새, 상쾌한 밤공기가 밖에 거의 다다랐음을 알려 준다.

할 수 있을까? 해야만 한다. 나는 폭탄을 더 세게 끌어안는다.

달이 빛나는 밤

"뭐야!"

나를 내려다보는 누군가가 말한다.

"저게 왜 다시 올라오는 거야?"

다른 목소리가 말한다. 내가 안고 있는 폭탄을 보고 한 말인 듯하다.

끊임없이 이어지던 드르륵 소리가 끊어지고, 나는 폭탄과 함께 굴속에 멈춰 선다. 지상까지는 2미터 정도 남았으려나.

"거기! 누구야!"

딸깍이는 소리가 들리더니, 동그란 불빛이 내 주위를 분주히 오간다. 불빛을 따라 시선을 옮기던 나는 무심결에 발아래를 내려다보고 현기증을 느낀다. 여기서 그대로 추락하면 어디든 부러져도 이상하지 않을 높이다.

"연구원들에게 발각됐어요!"

위기 상황을 직시하면 없던 능력도 생기나 보다. 나는 대본이라도 있는 것처럼 태연하게 지상의 사람들에게 소리친다. 하지만 사실은 나도 마치 다른 사람의 말을 듣는 것처럼, 내 말을 귀로 듣고서야 무슨 말을 했는지 인지한다.

"빅토리아는 어딨지? 너는 누구야!"

누군가가 묻는다.

"빅토리아는 곧 올라올 거예요. 나는 미아예요. 플래그리스죠."

웅성대는 소리가 굴을 타고 스멀스멀 내려온다. 나는 용기를 내서 고개를 쳐들고 거침없이 말한다.

"빅토리아가 폭탄을 들고 빨리 올라가라고 했어요! 연구원들에게 뺏기기 전에요."

믿을까? 제발 믿어 줘. 전부 거짓말이지만.

조금 더 크게 웅성거리는 소리가 들리고, 몇 문장은 또렷하게 내 귓속을 파고든다. 일단 올려 봐. 시간이 얼마나 남았지? 저거 속임수야. 그럼 저렇게 계속 매달아 둬?

피 말리는 몇 분이 지나고, 드르륵드르륵 소리와 함께 나는 다시 올라가기 시작한다. 아주 잠시 안도감이 스치고, 뒤이어 심장이 오그라든다. 이제…… 어떡하지?

지상으로 머리가 나오자마자, 나는 서둘러 현재 위치를 파악하려 애쓴다. 달이 밝아 멀리까지 내다보인다. 저 멀리 바위 굴, 그러니까 격납고의 입구가 보인다. 젠장. 여기는 언덕의 아래쪽이다.

"그거 이리 내."

내 몸이 완전히 밖으로 나오기도 전에 턱수염이 북실북실한 남자가 다가온다.

"아니요. 내가 가지고 있을게요."

나는 폭탄을 힘주어 끌어안는다.

"그걸 내려놔야 장비를 풀지."

삼각대에 매달린 도르래 손잡이를 돌리며 안경을 쓴 중년 여자가 말한다. 나는 이제 굴 밖으로 거의 다 나왔다.

"잠깐만. 나는 얘 처음 보는데."

키가 유난히 큰 남자가 가까이 다가오며 말한다. 심장이 쿵 떨어진다. 열댓 명의 플래그리스가 내 얼굴을 유심히 들여다본다.

"야, 일단 저거 뺏어 봐."

키 큰 남자가 턱수염에게 말한다. 턱수염이 폭탄을 향해 손을 뻗는다. 나는 한 손으로 폭탄을 안으면서, 다른 손으로 총을 꺼낸다.

"움직이지 마!"

잠시 당황하는 듯했던 턱수염이 피식 웃는다.

"여기 사람이 몇인데, 고작 그거 하나로 되겠어?"

턱수염 뒤에 있는 플래그리스들이 손을 슬금슬금 허리춤으로 가져간다. 망했다. 이들도 총을 가지고 있는 모양이다.

"다들 손 들어! 허튼짓하면 바로 죽는 거야!"

나는 황급히 눈알을 굴리며 총구를 이리저리 옮긴다. 플래그리스들이 서로 눈치를 보며 손을 어정쩡하게 들어 올린다. 턱수염이 고개를 삐딱하게 하고 나를 내려다본다.

"뭐 이런 웃기는 애가 다 있어. 언제까지 그러고 있을 건데? 거기 대롱대롱 매달려서 폭탄에 터져 죽을 생각이야?"

턱수염의 말에 여기저기서 웃음이 터져 나온다. 분해서 눈물이 차오른다. 그렇지만 턱수염의 말이 맞다. 언제까지 이러고 있을 수는 없다. 폭탄은 또 왜 이렇게 무거운 건지, 벌써부터 팔에 힘이 빠지려고 한다. 이 와중에도 초침은 키득키득 나를 비웃듯이 돌아간다.

그때 언덕 아래서 비명 소리가 들린다. 나는 깜짝 놀라 뒤를 돌아본다. 그 순간, 팔목에 느껴지는 충격에 총을 놓친다. 굴속으로 떨어진 총이 저 아래 바닥에 부딪혀 툭 소리를 낸다. 턱수염이 씩 웃는다.

"아가야. 정신 차리고 있어야지."

나는 벙쪄서 총이 떨어진 곳을 내려다본다. 그런데 절망할 틈도 없이 상황이 급변하기 시작한다.

"공격이다! 칼에 맞았다!"

저 아래서 누군가가 소리친다. 그러자 모두 깜짝 놀라 언덕 아래를 노려보기 시작한다.

"누구야!"

키 큰 남자가 고함을 지른다. 돌아오는 대답은 없고, 몇 개의 불빛만 반딧불이처럼 깜빡이며 떠다닌다.

"잡아!"

플래그리스들이 살벌한 눈을 하고 총을 꺼내며 불빛을 향해 나아간다. 나의 존재는 잊힌 모양이다. 턱수염은 내 몸에 달려 있는 구조용 로프를 흘깃 보고, 내가 혼자 못 풀 거라 판단했는지 그냥 지나간다. 전쟁터 한복판에 덩그러니 남겨진 기분이다. 이게 대체 무슨 상황일까.

불빛이 있는 곳 근처에서 동시다발적으로 비명이 터져 나온다.

플래그리스들이 팔을 흔들며 허우적거리는데, 얼핏 보면 춤을 추는 것 같다.

"이게 뭐야! 어떻게 된 거야!"

눈을 찡그리고 자세히 보니, 그물망이다. 연구소에서 설치한 덫인가? 운 좋게 덫을 피한 몇 명은 조심스레 더 아래로 내려가고, 그물망에서 빠져나오기를 포기한 플래그리스들은 그물에 엉킨 채 총을 들고 자세를 잡는다.

그리고 별안간 총성이 울린다. 누가 쏜 건지 알 수가 없다. 곧이어 폭죽놀이라도 하듯 여기저기서 총소리가 터져 나온다. 비명과 신음 소리가 난무한다. 어둠 속에서 쓰러지고 뒹구는 사람들을 꼼짝없이 바라보다, 사람의 수가 늘어났음을 알아차린다. 어디선가 나타난 사람들이 플래그리스들 사이에 끼어들었다.

이러고 있을 때가 아니다. 나는 폭탄을 땅 위에 내려놓기 위해 팔을 쭉 뻗어 본다. 하지만 자칫 잘못하다가는 폭탄을 굴 아래로 떨어뜨릴 것 같아 선뜻 시도하지는 못한다. 에라 모르겠다 하며 그냥 폭탄을 던져 볼까 생각한 찰나, 갑자기 로프가 당겨지는 느낌에 깜짝 놀라 뒤를 돌아본다.

채윤이다. 채윤은 나를 땅으로 끌어당겨 발을 디딜 수 있게 도와준다.

"어떻게 된 거예요?"

나는 폭탄을 내려놓고 장비를 풀며 묻는다.

"그건 내가 묻고 싶은 말이야! 저 사람들은 뭐야? 네가 말한 연구소 직원들이야?"

끊임없이 비명과 고함 소리가 오가는 언덕 아래를 가리키며 채윤이 묻는다.

"아니요. 플래그리스예요."

"뭐? 이게 다 무슨 일이야. 아무리 찾아도 통신기는 없었어. 그래서 다 같이 널 찾으러 왔더니……."

고마운 마음에 가슴이 뭉클하다. 본의 아니게 채윤을 만날 때마다 큰 빚을 지고 있다. 나는 자유로워진 몸으로 폭탄을 들고 채윤을 바라본다.

"일단 가요. 가면서 설명할게요."

"또?"

나는 채윤과 폭탄을 마주 잡고 언덕을 오르기 시작한다. 폭탄이 무거운 데다 언덕이 가팔라 영 속도가 나지 않는다. 바위 굴을 올려다보고 대충 시간을 계산해 본다. 큰일이다. 시간 안에 도착하지 못할 수도 있다.

지금 어디로 가는 거냐고 헐떡이는 숨 사이로 채윤이 묻는 순간, 뒤에서 누군가가 소리친다.

"거기 서!"

안경을 쓴 플래그리스가 나타나 칼을 꺼내 들고 위협한다.

"당장 폭탄 내려놔!"

당황한 채윤이 어떻게 해야 하냐고 묻는다. 어떡하면 좋지? 시간도 없는데. 나는 결정한다.

"못 내려놔요. 이거 곧 터질 거예요. 아까 봤는데 폭발까지 몇 분 안 남았어요."

채윤이 입을 떡 벌리고 자신의 두 손 위에 얹어진 금속 물체를 바라본다. 안경이 칼을 쥔 손에 힘을 주며 움찔한다.

"뭐?"

"저 위에 바위 굴 보여요? 저기가 드론이 드나드는 출입구예요. 나는 저 바위 굴을 폭파할 생각이에요. 플론 유출을 막아야 하니까요."

안경이 인상을 쓴다.

"그래서 폭탄을 저기에 가져가겠다고? 몇 분이나 남았는데?"

안경의 물음에 나는 폭탄에 달린 타이머를 확인한다.

"일 분 남았네요."

"……미친."

안경이 폭탄과 바위 굴을 번갈아 바라보고는 뒤돌아 달려가기 시작한다. 채윤이 떨리는 목소리로 묻는다.

"일 분이라고?"

나는 씨익 웃어 보인다.

"거짓말이었어요. 오 분 남았어요. 얼른 달려요!"

오 분도 간당간당하다. 채윤과 나는 바위 굴을 향해 이 악물고 달린다. 째깍거리는 소리와 거친 숨소리가 박자를 맞추며 이어진다. 팔이 끊어질 것 같다. 하지만 팔이 끊어져도 괜찮다. 시간 안에 저 위에 도착할 수만 있다면.

그때, 언덕 아래가 대낮처럼 환하게 밝혀진다. 연구소에서 나온 보안 직원들이다. 직원들은 아직도 격렬하게 싸우고 있는 플래그리스들과 불법 거주민들을 하나씩 제압하기 시작한다. 채윤이 잠시 멈춰 서고 걱정스러운 눈으로 아래를 내려다본다. 나는 폭탄을 들여다본다.

"일 분 남았어요!"

우리는 다시 달린다. 나는 속으로 60초를 거꾸로 세기 시작한다. 59, 58, 57. 보안 직원 몇 명이 우리를 발견하고 뭐라 소리 지른다. 그리고 쫓아오기 시작한다. 그러든가 말든가 우리는 계속 달린다. 33, 32, 31. 총성이 울린다. 직원들이 우리를 향해 총을 쏘기 시작한다. 아직은 안 돼. 14, 13, 12. 됐다! 우리는 드디어 바위 굴 앞에 다다른다.

"하나, 둘, 셋, 하면 던지는 거예요!"

나는 거칠게 숨을 토해 내며 외친다. 숨이 넘어갈 듯한 채윤이 고개를 끄덕인다.

"하나!"

우리는 반동을 주어 폭탄을 아래위로 흔든다.

내가 둘을 외치려는 순간, 바위 굴 안쪽에서 문이 열리는 소리와 함께 환한 빛이 새어 나온다. 굴 안에서 빛을 뿜으며 나타난 건 거대한 하얀 새의 무리다.

"맙소사."

채윤이 중얼거린다.

새의 몸통 양옆에는 커다랗고 하얀 플라스틱 박스가 매달려 있다. 나는 새들 사이에서 놀란 표정으로 우리를 바라보는 앤 소장을 발견한다.

"다시요! 하나!"

채윤과 나는 폭탄을 다시 흔든다.

"둘!"

앤이 나를 향해 달려온다.

"셋!"

온 힘을 다해 던진다.

폭탄이 바닥에 부딪히며 쿵 소리가 나고, 이어 빛을 향해 굴러 들어간다. 묵직하게 굴러가는 소리가 점점 느려지고 멀어진다. 나는 앤에게 소리친다.

"폭탄이에요!"

앤이 멈춰 선다.

채윤이 나를 잡아끈다.

뜨거운 바람이 온몸을 훑는다.

나는 붕 날아간다.

세상이 쪼개지는 소리가 들린다.

달이 환하게 빛난다.

폭발, 그 이후

폭탄에 부서진 듯 기억도 조각나 있었다. 눈을 떴을 때 나는 이어지지 않는 몇 개의 순간들을 떠올렸다. 헬기가 일으키는 바람과 소음, 움직이지 않는 다리, 새하얀 조명과 그 아래로 나타나는 얼굴들, 지금 몇 시예요,라고 절박하게 묻던 내 목소리. 나중에 알았는데, 그건 수술이 끝나고 회복실에서 마취 기운에 내가 했던 헛소리였다.

정신을 차리고 누군가와 대화를 할 수 있게 된 건 수술이 끝난 다음 날부터였다. 그때 내 옆에는 간호사가 있었고, 나는 대뜸 물었다. "플론은요?" 간호사는 고개를 갸웃하며 플론이 사람 이름이냐고 되물었다. "아니요. 플론이요! 그러니까…… 드론은 날아갔어요?" 간호사는 잠시 생각하는 듯하더니, 침대맡에 다가와 간결하게 말했다. "환자분은 노 휴먼스 랜드에서 발생한 폭발 사고로 이곳에 이송되었어요. 사고 조사원들이 병실 밖에서 환자분이 정신을 차리기만을 기다리고 있고요. 이제 들어오실 거예요."

간호사가 나간 뒤 두 명의 조사원이 병실에 들어왔다. 그들은 간단히 자기소개를 하고 본격적으로 질문을 시작했다. 하지만 궁금한 건 나도 많았다. 나는 딱 한 가지만 알려 주면 성실히 답변하겠다고 그들에게 말했다. 그러자 알고 싶은 게 뭐냐고 나이가 많아 보이는 조사원이 물었다. "플론이요. 플론은 어떻게 됐어요?" 조사원은 물끄러미 나를 잠시 응시하다 입을 열었다. "거의 다 수거했습니다. 잔해에 깔린 건 아직 조금 남았지만요." 그 말을 듣자 내내 긴장했던 마음이 스르륵 녹아내렸다. 내가 그다음으로 궁금한 걸 묻기 위해 입을 열자, 이번에는 젊은 조사원이 내 말을 끊었다. "이제 저희 차례입니다."

이어지는 조사원들의 질문은 어이가 없었다. 그들은 나에게 폭탄 테러를 언제부터 계획했는지, 폭탄은 어디서 어떻게 만들었는지 물었다. 그러고는 같이 폭탄을 옮긴 사람에 대해서도 물었다. "그 사람이 불법 거주민이라는 걸 알고 있었습니까?" 나는 울컥 화가 나서 소리쳤다.

"알고 있었어요! 그분, 불법 거주민 맞아요. 그리고 좋은 사람이에요! 거기서 플래그리스들과 싸웠던 사람들도 다 불법 거주민이에요! 그래서, 뭐요!"

두 사람은 잔뜩 흥분한 나를 멀거니 바라봤다. 그 모습에 더 화가 난 나는 계속해서 소리쳤다.

"수용소에 있는 사람들은 어떻게 됐어요? 전부 밖으로 나왔어요? 연구원들은 조사했어요? 플래그리스들은 모두 체포했고요? 정말 답답들 하시네요! 중요한 걸 물어보셔야죠!"

며칠에 걸친 조사에서 나는 주로 소리를 질렀고, 그들은 그런 나를 건조하게 대했다. 나는 그들에게서 원하는 정보를 모두 얻을 수는 없었지만, 그래도 몇 가지 중요한 사실들을 전해 들을 수 있었다. 수용소에 있는 사람들이 모두 안전한 곳으로 옮겨졌다는 것, 다수의 연구원과 플래그리스, 불법 거주민이 체포되었다는 것. 하지만 이름은 한 명도 확인해 주지 않았다.

얼추 물어보고 싶은 건 다 물었는지 어제오늘은 조사원들이 내 병실을 찾아오지 않았다. 나는 멍하니 누워 천장만 바라본다. 외출이 허락되지 않았기에, 그간 나는 겨울잠을 자는 동물처럼 고요한 병실에서 잠만 자며 시간을 보냈다. 잠깐씩 깨어날 때면 순간적으로 내가 어디에 있는지 몰라 불안에 떨기도 했는데, 그럴 때면 깁스한 다리가 도움이 됐다. 다리를 보면 내가 병원에 있다는 사실을 깨달았기 때문이다.

갑자기 밖이 소란스러워 나는 몸을 일으킨다. 노크도 없이 문이 벌컥 열리고 어떤 사람이 들어온다. 한나다. 나는 너무 놀란 나머지 아무 소리도 내지 못한다. 한나는 지친 듯하지만 건강해 보인다.

"아니! 너를 꼭 봐야겠다는데, 자꾸 못 만나게 하잖아!"

한나는 내 얼굴을 보자마자 열을 낸다. 감시하듯 따라 들어온 젊은 조사원이 머쓱한 표정을 지어 보인다. 한나는 나에게 다가와 손을 꼭 잡고 머리를 귀 뒤로 넘겨 주고 나서, 한참을 더 씩씩거리다 입을 연다.

"혼자 그런 일을 겪게 해서 미안해."

무겁게 떨리는 목소리다.

"그리고 고마워. 포기하지 않아 줘서."

나는 이게 꿈인지 현실인지 확인하기 위해 한나의 손을 꼭 잡는다. 한나가 내 손을 힘주어 마주 잡는다. 속에서 울컥 무언가가 튀어나오려고 하면서 눈물이 차오른다.

"아무 소식도 못 들은 거지?"

나는 고개를 마구 끄덕인다. 한나가 재빨리 내가 알고 싶어 하는 것들을 말해 준다.

"파커는 무사해. 나랑 같은 병원에 있었어. 별이도 무사해. 별이는 우리 중에 가장 먼저 회복했는데…… 별이 어머니가 아직 의식이 없으셔서 계속 병원에 남아 있어. 자세히는 모르겠지만, 플론에 오래 중독되었던 사람들에게는 후유증이 있는 모양이야. 크리스도 무사해. 크리스는…… 조사가 좀 길어질 것 같지만."

침대에 걸터앉은 한나는 주머니에서 꺼낸 핸드폰으로 사진을 보여 준다. 나는 한눈에 연구소를 알아본다. 거대한 언덕의 한쪽 귀퉁이가 무너져 있다. 그 사진을 본 순간, 거센 바람에 날아갈 때의 느낌과 세상이 무너지는 듯했던 소리가 기억 속에서 생생하게 되살아난다. 나는 사진을 오래 들여다보지 못하고 시선을 먼 곳으로 돌린다. 한나가 그런 나를 보고는 얼른 다른 사진을 보여 준다. 국제 연합군이 사람들을 헬기에 실어 이송하는 모습이다.

"아직 공식 발표는 나지 않았지만 꽤 많은 사실들이 알려졌어. 나도 정신을 차린 이후에 하나씩 찾아보면서 알게 됐지."

한나가 헛기침을 해서 목을 가다듬고 말을 잇는다.

"폭탄이 터지자마자 여러 기관에서 바로 폭발을 감지했대. 그래

274

서 근처에 있던 국제연합군이 바로 현장에 도착한 거고. 기억나? 우리가 타고 돌아가려고 했던 UNCDE의 비행기. 그 비행기의 추락 현장이 연구소와 가까워서, 거기서 사고 조사를 하던 연합군이 바로 도착할 수 있었던 거래."

현장에 도착한 국제연합군은 정신을 잃은 나와 채윤, 연구소의 보안 직원들, 그 직원들이 잡아 둔 플래그리스들과 불법 거주민들을 발견했다. 그리고 목격자가 있었다. 자신을 목격자라 주장한 사람은 국제연합군에게 태블릿 하나를 건네며, 치명적인 식물이 유출되기 직전이니 당장 수습해야 한다는 정보를 주었다. 목격자는 사건 현장이 혼란한 틈에 사라졌는데, 공통된 증언에 의하면 세계적으로 유명한 사람을 닮은, 삼십 대로 추정되는 여성이었다.

나는 누군가를 떠올린다.

"혹시⋯⋯."

"응, 빅토리아야. 조사관들이 빅토리아를 찾기 시작했는데 행방이 묘연해. 현재는 플래그리스 테러 용의자로 최고 등급의 수배령이 내려진 상태야."

빅토리아는 어디로 갔을까. 나는 사람들의 눈을 피해 힘겹게 도주하는 빅토리아의 모습을 상상한다. 빅토리아로서의 삶을 영영 잃어버린 수배자의 모습을. 언제까지 도망칠 수 있을까? 머지않아 체포되지 않을까?

"재밌는 건 말이야."

한나가 다른 기사를 보여 준다. 노 휴먼스 랜드 폭탄 테러 사건으로 오히려 플래그리스가 증가했다는 내용의 제목이 눈에 띈다.

"빅토리아가 연구소를 날려 버리려 했다는 사실이 알려지자, 사람들이 플래그리스의 행동을 옹호하기 시작했어. 그렇게라도 플론을 막았어야 했다고, 옳은 행동이라고 말이야. 플래그리스가 UNCDE보다 낫다고."

"하지만…… 우리가 죽을 뻔했는데요? 거기 있던 사람들 모두 죽을 뻔했는데요?"

한나가 어깨를 으쓱인다. 그리고 또 다른 기사를 보여 준다.

"사람들은 죽을 뻔했던 이들에게는 큰 관심을 주지 않아. 어쨌든 죽지 않았으니까. 관심은 플론에 쏠렸어. 플론과 관련 있는 사람들을 파헤치기 시작했지."

한나가 화면을 넘기자 앤 소장, 이사벨 위원장의 얼굴이 등장한다.

"두 사람은 어떻게 됐어요?"

"수감됐어. 조사를 받고 있지. 전문가들이 나와서 하는 얘기를 들어 보니까…… 아마 재판을 받으면 살아 있는 동안에는 밖에 나오지 못할 것 같아."

나는 폭발 직전에 거대한 새의 무리 사이에 있었던 앤 소장을 떠올린다.

"다치지는…… 않았고요?"

"누가? 앤 소장이? 아니. 그런 말은 없던데."

나는 아주 천천히 고개를 끄덕인다. 그리고 화면에 나타난 다음 사진에 깜짝 놀란다.

"너희 할머니에 대한 얘기도 많이 오가고 있어. 아무래도 플론을 만든 앤 소장이 이터널 플랜트의……."

나는 다급히 말한다.

"이 사진들 말이에요, 우리 할머니 사진…… 전부 갖고 싶어요."

한나가 어처구니없다는 듯이 웃는다.

"너는……. 죽다 살아나서 원하는 게 고작 사진이야? 얼마든지 모아 줄게. 내 생명의 은인인데, 뭔들 못 해 주겠어."

한나는 내가 할머니 사진을 오래 바라볼 수 있도록 기다려 준다. 한참 뒤에 내가 고개를 들자, 한나는 조용히 말한다.

"미아야. 이 병실에 있느라 몰랐겠지만, 지금 세상은 어마어마하게 시끄러워. 세계 곳곳에서 사람들이 목소리를 내고 있어. 처음에는 플론을 만든 앤 소장과 이사벨 위원장, 연구원들에 대한 분노가 들끓었는데, 그들이 전부 수감되고 난 지금은 UNCDE를 향한 시위가 주를 이루고 있어. 연구원들이 끔찍한 연구를 오랜 세월 계속할 수 있었던 것도, 불법 거주민을 대상으로 비윤리적인 실험을 진행한 것도, 그 모든 일들이 세상에 알려지지 못했던 것도, 전부 UNCDE가 그동안 노 휴먼스 랜드와 관련된 문제를 방관하고 은폐했기 때문이라는 거지."

한나는 나에게서 핸드폰을 받아 들고, 어떤 영상을 찾아 재생 버튼을 누른다. 그 순간, 마치 병실 안에 수십 수백 명의 사람이 들어찬 것처럼 겹겹이 쌓인 목소리가 울려 퍼진다.

"UNCDE는 책임져라! 땅을 돌려줘라!"

깜짝 놀란 나는 화면을 들여다본다. 갖은 색으로 칠해진 피켓들이 사람들과 함께 물결친다. 인권 없는 노 휴먼스 랜드 폐지하라! 고향에 갈 자유를! 우리는 불법 거주민이 아니다!

그리고 화면이 바뀐다. 누군가가 단상에 서서 카메라를 바라보고 있다. 화면 아래쪽에 자막이 나타난다. 'LIVE. 노 휴먼스 랜드 폭발 사건 관련 UNCDE 공식 발표.' 단상에 선 사람이 간략히 자기소개를 한 뒤 폭발 사건에 대한 발표를 시작한다.

"UNCDE는 세계 시민 여러분들의 우려와 분노에 깊이 공감하며, 다양한 의견을 수렴하고 협의를 거친 결과를 발표합니다."

한나가 침대 위로 올라와 내 옆에 나란히 앉는다. 우리는 말없이 영상을 바라본다.

"······사실상 노 휴먼스 랜드는 본래 취지에 맞게 운영되지 못했고, 앞으로도 유지가 어려울 것으로 보입니다. 그리하여 오늘부로 노 휴먼스 랜드 제도는 폐지됩니다. 노 휴먼스 랜드 불법 침입으로 구금되어 있는 분들을 석방하고, 피해 회복을 적극 지원하겠습니다. 당초 협약보다 제도가 일찍 폐지되었지만, UNCDE가 제시했던 보상안이 효과적으로 이행되도록 노력하겠습니다."

나는 할머니를 생각한다. 할머니, 들었어? 이제 집에 갈 수 있대.

별아! 내가 편지랑 같이 보낸 사진을 봤다면, 바로 눈치챘겠지? 맞아. 나는 서울이야! 우리는 잘 도착했어. 여기는 정말 크리스가 말한 대로야. 고작 삼 년이 지났다는 게 믿기지 않을 정도로 그때의 모습은 온데간데없어. 수북이 쌓여 있던 잔해들이 사라진 자리에는 낯선 형태의 건물들이 들어섰고, 노랗게 말라 죽어 있던 플론은 흔적조차 남아 있지 않아.

계절이 달라서 더 새롭게 느껴지는 걸까? 이곳에 도착한 이후로 매일 엄마와 동네를 산책하고 있는데, 깨끗하게 포장된 길을 걷다 보면 코끝이 시리고 새하얀 입김이 나와. 뜨겁고 찐득했던 날들은 한 번도 없었던 것처럼.

다행히 엄마가 좋아해. 서울에 돌아가는 걸 썩 내키지 않아 하더니, 막상 도착하니까 어릴 때 살던 집부터 찾더라고. 하지만 안타깝게도 그 근방은 지금 공사 중이라 출입이 제한되어 있어. 줄곧 할머니에게 들었던 집이라 나도 가 보고 싶었는데, 이미 다 부서졌을 것 같아. 어쩔 수 없지, 뭐.

지난주에는 크리스를 만났어. 우리가 도착할 때 마중 나오고 싶었는데 시간이 안 맞아서 못 나갔다며 미안해하더라고. 크리스는 많이 변했어. 우연히 마주쳤다면 못 알아봤을 거야. 어깨가 두 배는 넓어진 것 같아. 솔직히 재작년에 크리스가 도시 재건 봉사 활동에 자원했다는 소식을 들었을 때 좀 버겁지 않을까 생각했었거든. 괜한 걱정이었나 봐.

사실 나는 서울에 오기 전부터 크리스를 만나면 꼭 물어보고 싶은 게 있었어. 그때 왜 하필 나한테 약을 준 거냐고. 기억하지? 네가 나에게 놓아 준 그 내성약 말이야. 잔뜩 긴장해서 물었는데, 크리스가 그러더라. 네가 찾으라고 했잖아. 허무해서 웃음이 나왔어. 어떤 답을 기대한 건 아니었지만, 그런 답을 들을 줄은 몰랐거든.

그건 내가 종종 들었던 질문이기도 했어. 너도 알다시피 그동안 내가 이곳저곳 불려 다니면서 많은 사람들에게 그날의 이야기를 들려줬잖아. 그런데 아무리 노력해도, 왜 내가 약을 맞게 됐는지를 포함해서 그 모든 사건의 인과 관계를 명확히 설명할 수가 없었어. 그곳에서 겪은 일들이 잘 만들어진 이야기처럼 앞뒤가 꼭 들어맞지는 않았으니까.

그보다 정말 이상한 건 말이야, 같은 얘기를 반복하다 보니까…… 언제부터인가 그 사건이 내가 겪은 일이 아니라 어디선가 들은, 다른 사람의 이야기처럼 느껴진다는 거야. 내 입으로 되풀이하면 할수록 점점 간결하게 몇 개의 문장들로 정리되더라고. 알아듣기 좋게. 깔끔하게. 웃기지? 진짜 이상해. 왜냐면 나는 아직도 머리 위로 그림자가 드리워질 때면 심장이 내려앉거든. 엄마한테는 말한 적 없지만, 가끔 주저앉아 울 때도 있어. 아무 이유도 없이.

별아, 저번에 네가 물었지? 왜 갑자기 서울에 가려고 하냐고. 복구가 끝나려면 멀었는데 왜 그렇게 서두르냐고. 그 이유는 입 밖에 한 번도 꺼낸 적이 없어서, 나 스스로도 정리를 하지 못했어. 그래서 횡설수설할지도 모르겠지만 생각나는 대로 말해 볼게.

사실 서울에 꼭 와야만 하는 이유 같은 건 없었어. 서울은 할머니가 그리워한 도시고 엄마의 고향이지, 나에게는 끔찍한 기억만 있는 곳이니까. 그래서 다시 만난 엄마가 굳이 귀국할 생각이 없다고 했을 때 안도했었어. 평생 그 땅에 돌아가지 않아도 되는구나, 외면해도 되겠구나 싶어서.

캐나다에서의 생활은 안정적이었어. 그런데 세 달 전쯤이었나. 누가 나를 찾아왔어. 무서웠어. 옷차림도 어딘가 이상한 데다 귀신이라도 본 것처럼 넋이 나가 보였거든. 그 사람이 나에게 서울에 가라고 한 건 아니야. 오히려 그 반대였지.

그 사람은 절망적인 얼굴로, 노 휴먼스 랜드가 꼭 필요하다고 중얼거렸어. 그러면서 이렇게 예전처럼 살다가는 머지않아 3차 세계 재난이 일어날 거라고 했어. 많은 사람들이 또 죽을 거라고 했어. 그 생각에 불안하고 초조해서 잠을 이룰 수 없다고 했어. 두려움에 목이 졸려 고통스러운 나머지 그냥 빨리 죽어버리고 싶다고도 했어.

별이 네가 어떻게 생각할지는 모르겠지만, 나는 그 사람이 하는 말에 속으로 끄덕이고 있었어. 언젠가는 그렇게 될 거예요. 3차 세계 재난이든 뭐든 일어나 결국 모두가 죽고, 인류도 언젠가 사라질 거예요. 그게 당연하잖아요. 그래서 이렇게 말하고 싶었어. 준비를 하세요. 언제 또 재난이 닥칠지 모르니까요. 하루하루 소중하게 여기며 살아 보세요. 큰 파도를 막을 수는 없으니, 온 힘을 다해 멀리 헤엄쳐 보세요. 튜브라도 만들어 보시든가요. 하지만 결말은 정해져 있어요. 전부 쓸려 나갈 거예요.

오해하지 마. 놀리려는 게 아니야. 나는 그 사람의 절절한 심정을 이해해. 아주 잘 알아. 턱밑에서 찰랑거리는 불안함. 당장이라도 발밑이 꺼질 것 같은 두려움. 나에게도 있었어. 그 절박하고 간절한 마음이. 그런데 어떻게 나는 담담한 얼굴로 그 사람을 돌려보낼 수 있었을까. 태연하게 열은 미소까지 지으면서.

그래. 어쩌면...... 그 의문이 나를 이곳으로 불러들였는지도 모르겠어. 내 간절함은 대체 어디로 간 걸까.

그 사람과의 짧은 만남 이후에 곰곰이 생각했어. 그리고 과거에서 의심스러운 지점을 하나 찾아냈지. 바로 펑, 하고 폭탄이 터졌을 때야. 공중에 둥실 떠올랐던 순간. 머리부터 발끝까지 무엇도 닿아 있지 않은 찰나에 나는 강렬한 해방감을 느꼈어.

그때 나는 한 번 죽었던 것 같아. 진짜 죽었다는 뜻이 아니라 그런 느낌이었다는 말이야. 그 이후로도 삶이 이어져 오고는 있지만, 뭐랄까, 이 세상에 진짜 속하지 않는 사람이 된 것 같아. 한 발짝 떨어져 있다고 해야 할까. 사실 이렇게 사는 것도 나쁘지 않아. 무슨 일이 일어나도 평온할 수 있거든.

그런데 자꾸만 그 사람의 목소리가 귓가에 맴돌았어. 축 처진 어깨가 어른거려 마음이 불편했어. 그렇게 그냥 돌려보낸 걸 후회하지는 않았지만...... 만약 그 사람이 다시 찾아온다면 무슨 말이든 해 주고 싶었어. 어떤 말이 좋을지 고민하기도 했어. 하지만 끝내 그 사람을 다시 볼 수 없었지.

그즈음이었어. 크리스에게서 연락이 온 건. 우연히 채윤을 만났는데, 안부를 전해 달라는 부탁을 받았다고 했어. 나도 크리스를 통해 짧은 인사를 전했어. 잘 지내는 것 같아 기쁘다고. 나도 잘 지낸다고. 그렇게 지나가는 사소한 일인 듯했어. 아무렇지 않았어.

그런데 다음 날, 나는 침대에서 눈을 뜨자마자 크리스에게 전화를 했어. 밤새 무의식이 결정을 내린 것처럼 마음이 확고했어. 서울에 갈 거야. 수화기 너머에서 크리스가 웃었어.

나는 뭔가에 홀린 것처럼 움직이기 시작했어. 마치 다음, 그다음 할 일이 정해져 있는 것만 같았어. 나에게는 이곳저곳 불려 다니면서 알게 된 좋은 어른들이 많았는데, 그들에게 내 계획을 알렸어. 불안한 사람들을 모을 거라고. 불안을 모아서 변화를 만들겠다고. 그래서 집을 떠나야 하는 사람, 가족과 헤어져야 하는 사람, 자신을 잃게 되는 사람을 최대한 줄여 보겠다고. 무언가를 더 원해서가 아니라, 무언가를 원하지 않아서 간절한 사람들을 모아 새로운 환경 단체를 만들 거라고.

일단 말을 하기 했지만, 나의 갑작스러운 연락이 황당할 거라 생각했어. 그런데 오히려 놀란 건 나였어. 생각지도 못한 응원의 말부터 적극적인 지원 약속까지, 이어지는 상황에 눈코 뜰 새 없이 바빠졌어. 내가 서울에 가겠다고 선언하자, 엄마는 걱정하면서도 바로 이사를 준비했어. 한나와 파커에게도 소식을 전했어. 한나는 나보다 더 기뻐하면서, 봄이 될 때쯤 찾아오겠다고 했어. 파커도 어느새 훌쩍 자란 아이와 함께 격려해 주었어.

그렇게 된 거야. 눈을 떠 보니 어느새 내가 서울에 있더라고. 서울에 오면 나를 숨 막히게 했던 그때의 간절한 마음이 되살아날 줄 알았는데, 그렇지는 않았어. 요새 나는…… 매일 불안해. 그리고 동시에 행복해. 그게 어떻게 가능하냐고? 그러게 말이야. 사람은 정말 이상하다니까.

심지어 새로운 취미도 생겼어. 그 사진 어때? 요즘 시간이 날 때마다 밖에 나가서 한강 주변의 풍경을 찍고 있거든. 강을 따라 무심결에 거닐다 보면 어쩌다 한 번씩 가슴이 저리기도 해. 근데 그게 싫지 않아.

있지, 그 사람을 다시 만날 일이 없을 거라고 생각하면서도, 종종 다시 만나면 하고 싶은 말을 떠올려. 아직 완전히 정리하지는 못했지만, 이런 얘기를 할 거 같아. 불안하면 뭐 어때요. 그 마음은 그냥 그대로 두고, 다른 걸 해 봐요. 일단 뭐든 해 보고, 어떻게 되나 봐요. 그리고 또다시 해 보고, 어떻게 되나 봐요. 재밌잖아요. 같이 하면 더 재밌을 거예요.

어때, 별아. 너도 같이하지 않을래?

언제든 서울에 와도 좋아.

미아.

작 가 의 말

처음에는 기후 난민이 주인공인 재밌는 이야기를 만들어 봐야겠다고 생각했습니다. 가벼운 마음으로요. 전체 분량의 절반 정도까지는 즐겁게 썼습니다. 그런데 그다음이 막막하더라고요. 살면서 그렇게 긴 이야기를 써 본 적이 없어서, 어떻게 마무리해야 할지 도무지 엄두가 안 났어요.

그래서 한동안 책만 읽었어요. 환경과 난민에 관한 책을 주로 읽었고, 작법서도 많이 봤습니다. 그리고 정신을 차려 보니 몇 달이 지나 있더라고요. 부랴부랴 시간에 쫓겨 원고를 완성했습니다. 결과물은, 제가 봐도 무슨 말인지 도무지 이해할 수 없는 글자 덩어리였어요.

사실 쓰면서도 알고 있었어요. 아주 잘못되고 있구나. 그럼에도 어쩔 수 없이 엉망진창으로 계속할 수밖에 없었어요. 굳이 선택해야 한다면, 무책임한 사람보다는 무능력한 사람이 되는 쪽이 낫다고 판단했으니까요.

신기하게도 일단 끝을 내고 나니, 그제야 문제가 뭔지 보이더라고요. 가장 큰 문제는 답을 찾으려고 했다는 거예요. 기후 문제를 해결할 방법이 이야기 속에서 제시되어야 하지 않을까, 그런 막연한 생각을 했던 것 같아요. 고작 몇 달 고민한다고 그런 걸 떠올릴 수 있을 리가 없는데 말이죠. 게다가 주인공은 이야기 내내 사건을 피해 도망만 다녔어요. 사건이 벌어지는 장면을 쓸 자신이 없었거든요.

다시 쓰면 아무리 못해도 이것보다는 낫겠다고 생각했습니다. 그래서 다시 시작했어요. 새로 쓰는 과정에서 창비 편집부 선생님들께서 도와주셨고, 덕분에 전보다 나은 이야기를 만들 수 있었습니다.

그런데 엉망진창인 이야기를 썼을 때처럼, 또 완성하고 나니 안 보이던 게 보이더라고요. 원고를 쓰면서 느낀 점이 자연스럽게 이야기에 흡수된 것 같았어요. 에필로그에 이런 말이 있거든요. '일단 뭐든 해 보고, 어떻게 되나 봐요. 그리고 또다시 해 보고, 어떻게 되나 봐요.'

엉망진창이 되어도, 그 엉망진창을 해야만 다음이 있으니까요.

감사 인사를 드려야 할 분들이 많습니다.

원고 완성까지 정말 오래 걸렸는데요, 많은 의견 나눠 주시고 기다려 주신 창비 청소년문학팀 편집부 선생님들께 감사드립니다. 특히 김준성 편집자님께서 원고에서 좋은 점을 찾아 격려해 주신 덕분에 힘을 내서 끝까지 쓸 수 있었어요. 그리고 멋진 표지를 만들어 주신 산호 작가님을 비롯해 책이 나오기까지 도움 주신 모든 분께 감사드립니다.

선뜻 시간을 내어 초기 원고를 읽고 함께 얘기를 나눠 준 윤혜연, 조연진 님 감사합니다.

먼 곳에서도 도움 주신 장은미 님 덕분에 고민되는 부분을 수월하게 넘어갈 수 있었어요.

수상 소식에 부끄러울 정도로 축하해 준 김소현, 이경미 님, 아낌없이 마음을 나눠 주는 김총혜, 김혜리 님, 소설을 쓰고 있다고 아무에게도 말 못 하던 시절에 유일한 귀가 되어 준 이경민 님을 비롯해 박서진 님, 이두리 님, 박혜원 님, 이수연 님, 박정은 님, 오진환 님 감사합니다.

마지막으로, 뭘 하든 믿고 적당한 거리에서 지켜봐 주는 가족들, 감사합니다.

모두 건강하세요.

2023년 여름
김정

창비청소년문학 120

노 휴먼스 랜드

초판 1쇄 발행 | 2023년 7월 14일

지은이 | 김정
펴낸이 | 강일우
책임편집 | 김준성
조판 | 박아경
펴낸곳 | (주)창비
등록 | 1986년 8월 5일 제85호
주소 | 10881 경기도 파주시 회동길 184
전화 | 031-955-3333
팩스 | 영업 031-955-3399 편집 031-955-3400
홈페이지 | www.changbi.com
전자우편 | ya@changbi.com